KB188490

완벽한 사랑

Perfect love

Lucia Choi Hur

나는 하나님께서 주신 남편의 사랑과 내 가족의 완벽한 사랑을 위해 살아왔다.
하나님 없이 완벽한 사랑은 없다.

사 남매와 아버지

아버지의 장례식을 위해 모인 사 남매

남편 존(2014)

첫줄 좌측부터 남편인 존, 앤더슨, 루시아 둘째 줄 메리(어거스틴의 아내), 어거스틴, 스테파니(며느리), 애나(여동생), 알렉스(어거스틴의 둘째[막내아들]) 셋째 줄 좌측부터 테리(존의 형 마이크의 아내), 존의 형 마이크, 바비 초이(오빠 프란시스코의 아들), 피터와 둘째 아들 해리슨, 저스틴(동생 어거스틴의 첫째 아들) 그리고 바비 허

첫줄 좌측부터 존, 프란시스코, 애나, 아버지, 루시아, 어거스틴, 메리, 알렉스, 앤더슨, 저스틴
둘째 줄 좌측부터, 바비 초이, 피터, 스테파니, 그리고 바비 허

텍사스 아시안 상공협회(Texas Asian Chamber of Commerce) 의장으로 일할 당시 아시아인들을 위해 열심히 일했던 데이비드 챈에게 국회의원 로이드 다겟(Lloyd Dogget)과 함께 공로상을 수여하는 루시아 (좌로부터 루시아, 데이비드 챈 그리고 국회의원 로이드 다겟)

일본 쓰나미 피해자를 위한 기금 마련 행사

Texas Asian Foundation

With the *Texas Asian Chamber of Commerce*

Central Texas Wildfire Fundraising

Photo from EcoPaint, Inc. http://paintingdenver.net/blog/uncategorized/bastrop-county-raging-fire-photos/

On September 5, 2011, wildfires raged in Bastrop, Spicewood, Steiner Ranch and Pflugerville, destroying homes, property and devastating the lives for thousands in the Central Texas area.

Bastrop:
- 34,000 acres burned
- 1,600 homes destroyed
- 2 lives lost

Steiner Ranch:
- 24 homes destroyed
- 30 structures damaged

Spicewood:
- 67 structures destroyed

Pflugerville:
- 325 acres burned
- 2 structures destroyed
- 2 structures damaged

The Texas Asian Foundation (TAF) held a fundraising dinner on September 16 to raise funds for the Central Texas wildfire victims. The fundraising effort continues online and future events are planned. Donate through TAF and 100 percent of your donation will reach those who need it most.

TAF is a 501 (c) 3, non-profit, charitable organization and an affiliate of the Texas Asian Chamber of Commerce (TACC). In March 2011, TAF raised more than $31,000 in donations for victims of the earthquake and tsunami in Japan. TAF raises funds for charitable causes locally and globally, and also gives annual scholarships to Asian American high school seniors.

Donate via secure link Paypal on www.txasianchamber.org or by check.

Checks preferred to maximize donations, please send to
Texas Asian Foundation
c/o Texas Asian Chamber of Commerce
PO Box 26918
Austin, TX 78755

The Texas Asian Foundation (TAF), an affiliate of Texas Asian Chamber of Commerce (TACC), is a 501(c) 3 organization. Contributions to TAF are tax-deductible.

텍사스에서 가뭄으로 인해 발생한 화재로 인해 피해를 입은 주민들을 돕기 위한 자선행사 안내문

TEXAS ASIAN CHAMBER OF COMMERCE

Press Release

Contact: Lucia C. Hur
Phone: 512-420-8777

FOR IMMEDIATE RELEASE
5:30 p.m., December 28, 2004

TSUNAMI MOBILIZES ASIAN AMERICANS

Texas Asian Foundation, sister organization of the Texas Asian Chamber of Commerce takes initiative to aid victims of disaster in South Asia.

Austin, Texas, Decmeber 28, 2004. The shock of unimaginable human toll, as well as destruction of even rudimentary living amenities, has impelled so many to rise up to the occasion. The Asian American community in Texas led by the Texas Asian Chamber of Commerce and its sister organization, Texas Asian Foundation, have launched a community wide effort to help the victims of the consequences of the infamous Tsunami that has visited upon South Asia.

The public, Asian and non-Asian communities, is invited to participate in the fund raising campaign. Contributions are requested to be sent to the Texas Asian Foundation c/o

~ MORE ~

Prosperity Bank, 8770 Research Blvd., Austin, TX 78758, marked "Memo Tsunami Fund", or to mail to Texas Asian Chamber of Commerce, 8222 Jamestown Dr., Suite A113, Austin, TX 78758.

Queries may be directed to 512-420-8777 or cell 751-3922.

-End-

일본 쓰나미 피해자를 돕기 위한 텍사스 아시안 상공협회의 다양한 노력을 알리기 위한 공식 자료

태평양 인근 국가 미인 선발 대회(Pacific Islands Princess Beauty Pageant)에서 심사를 하는 루시아

2014년 크리스마스에 바비와 루시아

Hur's NEEDY GIFT PROJECT
Dance Party 2014

크리스마스를 제대로 즐길 수 없는 고아들과 결손 가정의 자녀를 돕기 위한 자선 모임에서 오래 인생의 동반자인 친구들과 함께(2014. 12.)

완벽한
사랑

Perfect love

　　작가도 아닌 일반인이 한 권의 책을 쓰는 게 이렇게 힘든 일인지 몰랐다. 게다가 한국어가 서툴러서 여러 사람의 도움을 받았고, 전문 작가의 도움도 받아야 했다. 그리고 원고를 정리하다 보니 하고 싶은 말은 많은데 지면은 책 한 권으로 제한되어 있어서 못 다한 이야기가 많아 아직도 가슴에 쌓여 있다.

　　사랑하는 사람의 생사를 가늠할 수 없는 절망의 상황에 서있는 사람들을 위해 펜을 들었다. 특히 뇌를 다쳐 식물인간의 삶을 살게 된 자식을 회복시키기 위해 애쓰는 엄마들에게 티끌만한 도움이라도 주고 싶어 글을 시작했는데, 쓰다 보니 상황 설명을 덧붙이게 되고 그때그때 심정을 토로하게 되어 결국 하소연이 되고 만 것 같다.

　　한국에 '세상에 이런 일이' 라는 방송 프로그램이 있는 것을 보았다. 기상천외한 일, 불가능을 가능케 하는 일, 부부의 변치 않는 사랑, 부모와 자식 간의 사랑 등이 소개되는 것을 보았다. 나의 삶이 그런 삶만큼 드라마틱하지는 못할는지 모르지만 한 여자의, 한 엄마의 최선을 다한 진솔한 사랑을 담고 있음을 말하고 싶다. 사랑 때문에 삶의 무서운 고통을 감내해야 했고 때로 절망의 끝에 서기도 했지만 사랑을 포기하지 않은 한 엄마의 진솔한 삶의 이야기를 나누고 싶다.

내가 바라는 세상은 변치 않는 사랑, 최선을 다하는 사랑, 희망을 포기하지 않는 사랑을 하는 사람들이 살아가는 세상이다. 이러한 세상이야말로 우리 완벽하지 못한 인간이 만들 수 있는 최선의 세상이라고 생각한다. 나는 오늘도 그러한 세상을, 그러한 사랑을 꿈꾼다.

이 책이 병든 사람에게는 약이 되고, 상심한 사람에게 위로가 되고, 힘 잃은 사람에게 용기가 되는 작은 희망의 등불이 되기를 간절히 소망한다.

텍사스 오스틴에서

Lucia Choi Hur

이 세상에 자기 자식을 사랑하지 않는 엄마가 과연 있을까. 자식을 살리기 위해서인데 자신의 삶을 기꺼이 포기하지 않을 엄마가 있을까. 내 배 아파서 낳은 나의 친자식은 아니지만, 나는 우리 아들을 친자식보다 사랑하기에 그 아들을 위해 나의 삶을 기꺼이 포기할 수 있었다. 이 세상의 모든 엄마들이 그럴 수 있듯이……

엄마들의 자식을 사랑하는 마음은 한결같겠지만 사랑의 모양은 각양각색이리라. 한 엄마로서 나도 나만의 독특한 모양으로 나만의 색다른 색깔로 내 자식을 사랑했다. 그 사랑 이야기를 나누고 싶어 이렇게 펜을 들었다. 나의 당연한 사랑을 내세우기 위해서가 아니라, 자식에 대한 사랑 때문에 힘겨움의 길을 택하고, 고통의 길을 걷고 있는 엄마들에게 힘과 위로가 되고자 펜을 잡았다.

대학 입학을 앞두고 새로운 인생의 첫 걸음을 막 내딛으려던 내 아들 바비(Bobby)는 교통사고로 하루아침에 의식불명에 빠져 식물인간이 되었다. 심각한 상태에 처한 아들을 보고 의사들은 손을 놓았지만, 엄마이기 때문에 포기할 수 없었던 그 마음은 엄마들만 알 수 있으리라. 삼 개월 동안 아들은 죽음보다 깊은 잠을 잤다. 그 삼 개월 동안 매일, 매시간을 어떻게 보냈는지, 어떻게 버텼는지, 얼마나 많은 울음을 속으로 삼켜야 했는지, 얼마나 힘들고 외로웠는지, 엄마들만은 알아줄 것 같다.

독하고 모진 엄마라는 소리를 들으며 죽음과 같은 잠에 빠져 있던 아들을 들볶아 삼 개월 만에 깨어나게 만들었다. 그러나 그 다음에 더 큰 시련이 찾아왔다. 뇌에 워낙 큰 손상을 입은 아들은 대부분의 기능을 상실한 어린 아기와 같았다. 아니, 어린 아기만도 못했다. 갓난아기는 신의 섭리에 따라 먹이기만 하면 저절로 자라고 배우는 능력이 있지만, 내 아들은 크게 다쳐 손상되고, 다 자라 굳어버린 머리를 가지고 처음부터 모든 걸 다시 시작해야 했다. '절망'이라는 단어는 이러한 삶의 무게를 다 싣기엔 너무 가볍게 느껴졌다.

그러나 불가능을 가능케 하는 것, 절망을 희망으로 바꿀 수 있는 것이 엄마의 사랑인가 보다. 우리 아들 바비는 이제 청년에서 장년으로 넘어가는 인생의 기점에 서있다. 뇌 손상으로 여전히 걸음이 조금 불편하고 말이 좀 느리긴 하지만, 이제는 그에게서 깊은 잠의 흔적을 엿볼 수 없다.

우리는 모두 해피엔딩을 좋아하고 꿈꾼다. 해피엔딩은 드라마나 영화 속에 나오는 사람들의 이야긴가 보다. 진짜 사람들의 삶은 영화에서 보는 뻔한 각본처럼 전개되지 않는다. 아들 때문에 졸였던 맘을 내려놓고 막 한숨 돌리려는 나에게 암이 찾아왔다. 유방암. 2013년 우여곡절 끝에 오른쪽 유방을 절제하고 암을 제거했지만, 왼쪽에도 작은 혹이 잡혀져 조직검사를 받았다. 다행히도 며칠 전 악성은 아니라는 진단을 받고 겨우 한숨 돌리게 되었지만, 재발의 확률이 높다고 하여 일을 모두 중단하고 무조건 쉬라는 의사의 선고를 받았다.

간수치도 위험한 상태다. 엄마가 간이식수술을 세 번이나 받으셨지만 쉰을 겨우 넘기고 젊은 나이에 세상을 등졌고 이모도, 이모의 아들도 간 질환으로 세상을 떠난지라 평생을 마음 졸이며 살아왔다. 단 몇 년 만이라도 더 살고 싶다고 의사에게 매달리던 엄마의 애절한 모습이 순간순간 뇌리를 스치며 지나갔다. 난 그렇게 살지 않으리라 우리 엄마처럼 살지 않으리라 늘 큰소리쳐 왔지만 가슴 한편으로 밀려오는 허전함과 허망함을 떨치기는 힘들다.

몇 십 년째 다리 통증으로 고생하고 있다. 앉으면 버틸 수 있는데 서기만 하면 누군가 다리를 잡아 늘리는 것처럼 당기고, 바늘로 찌르는 것 같은 통증이 찾아온다. 이 병원 저 병원 찾아다니며 검사를 받았지만 정확한 원인을 모른다고 한다. 원인을 모르니 치료도 어렵다.

왼쪽 가슴에 혹이 잡히고 다시 조직검사를 받게 되니 이제 나에게 주어진 시간이 많지 않을지도 모른다는 다급함이 나를 괴롭히기 시작했다. 시한부의 삶을 사는 사람들의 마음이 어떠할지 상상하기도 어렵지만, 내안에도 초시계가 재깍재깍……. 남은 시간을 말해주는 것 같은 때가 점점 많아진다. 나에겐 정말 시간이 없다.

의사는 아무 일도 하지 말고 쉬라 했지만 평생 하루 서너 시간씩 잠자며 일 중독자로 살아온 나에게는 불가능한 일이다. 나의 삶을 주관하는 분은 신이시니 나의 삶을 그분께 맡기기로 하고 다시 무모한 일을 시작했다. 20년이나 미루어 왔던 책을 쓰기 시작한 것이다.

바비의 사고 후부터 책을 써야 하겠다고 생각했다. 나의 삶을 통해 내 안에 품게 된 이 많은 것들을 그냥 가슴에 담고 세상을 떠난다는 것이 안타까운 일이고 어쩌면 죄를 짓는 일이라는 생각이 들었기 때문이다. 식상한 말일지 모르지만 죽은 자는 말할 수 없지 않는가. 지금 말하지 않으면 영원히 말할 수 없을 것 같았다. 내가 알고 있는 것을 많은 사람들에게 알려주어야 한다는 사명감마저 들었다.

항암약을 복용해가며 글을 쓴다고 하자 나를 아끼는 가족들, 친구들의 반대가 이만저만이 아니었다. 그러나 가장 나를 사랑하고 아끼는 남편은 묵묵히 받아들이며 용기를 북돋아줬다. 그는 나를 가장 잘 아는 사람이기에 왜 내가 이 무모함을 감내해야 하는지 이해한다. 그렇지만 그의 눈에 내 건강에 대한 염려가 가득히 고여 있음을 나는 안다.

세상의 모든 엄마들을 위해 이 글을 쓴다. 아들의 시련을 통해 한 여자가 한 엄마로, 그냥 엄마가 아닌 불가능을 가능케 할 수 있는 독하고 강한 엄마로 변신할 수 있다는 이야기를 전하고 싶어 이글을 쓴다. 비록 그 길이 시련과 아픔의 길이라도 우리 엄마들은 해낼 수 있다는 믿음을 주고 싶어 이 글을 쓴다. 내가 겪은 아픔과 시련을 통해 위로 받고 희망과 용기를 얻을 엄마가 단 한 사람이라도 이 책은 충분한 가치가 있다는 마음으로.

오래 미루어 두었던 이 책을 쓰면서 나는 진솔하게 내 인생을 다시 돌아보려 한다. 나에게 소중했던 사람들을 추억하면서, 내가 범했던 크고 작은 실수를 인정하면서, 내 인생에 오점은 없었는지 반성하면서 이 글을 쓴다.

Contents

꿈찍한 사고

Perfect Love

1994년 6월 4일 토요일. 이 날은 나와 나의 가족에게 잊힐 수 없는 날이 되어 버렸다. 오스틴(주: 미국 남동쪽에 있는 시[市]로 텍사스의 중심 도시)의 유월은 섭씨 35도가 넘는 뜨거운 한여름이었다. 땅에서 올라온 뜨거운 열기와 쨍쨍하게 쏟아지는 햇빛으로 지글거리던 날이었다.

작은아들 바비(Bobby)마저 짐을 한가득 실은 자동차를 몰고 아침 일찍 콜로라도(주: 미국 중서부에 있는 주[州])로 떠났고 이제 집엔 나와 남편 둘만이 남았다. 그 해 가을 콜로라도 대학에 입학을 앞둔 바비는 교회에서 주최한 여름캠프에서 봉사활동을 하러 콜로라도로 떠나는 길에 형 피터(Peter)를 잠시 보려고 그가 있는 러벅(주: 미국 텍사스 주 북서부에 있는 도시)으로 향하고 있었다. 콜로라도에서 몇 년에 걸친 캠프생활을 하면서 콜로라도를 좋아하게 된 바비는 콜로라도 대학을 지원 합격하여, 그해 가을 콜로라도 스프링즈 캠퍼스에서 대학생활을 시작하게 된 것이었다.

큰아들 피터는 러벅에 있는 텍사스 텍 대학에 재학 중이었다. 중고등학교 내내 풋볼(football; 미식축구) 선수였던 피터와 바비는 그야말로 건장한 체구를 가진 청년들이었다. 둘 다 키는 거의 190cm였고 몸무게는 90kg 정도 되었다. 두 거구가 집에서 하나 둘 떠나자 집은 텅 빈 듯했다.

바비가 집을 떠난 그날, 나는 허전한 마음보다는 모처럼 부부만의 한적한 주말을 지내게 되어 조금 들떠 있었다. 게다가 저녁에는 모처럼 친구들과 만나는 부부 동반 모임이 있었다. 오후 6시에 친하게 지내는 친구 다섯 커플이 만나 저녁을 먹고 극장에 가기로 약속했다. 언제나 금요일에 만나던 모임을 토요일로 미룬 것도 바비 떠난 우리 부부의 허전함을 위로해주기 위한 친구들의 배려였다. 우리는 열 명이 한 자동차에 다 탈 수 있는 대형 차가 있었기 때문에, 그들을 데리러 가기로 했다. 그런데 오후 5시쯤 마이크(Mike)와 디(Dee) 부부가 집으로 찾아왔다.

"조금 있으면 픽업할 건데 왜 벌써 집으로 와? 그렇게 빨리 보고 싶었어?"

나는 연락 없이 갑자기 방문한 그들 부부를 의아하게 여기면서도 반가이 맞았다.

"러벅에 가야 할 것 같아서……."

"갑자기 러벅엔 왜?"

남편 존(John)과 나는 그들을 쳐다보며 무슨 일이냐고 물었다.

"닐(Neil)한테서 연락이 왔는데……."

닐은 그들의 아들이고 우리 큰아들 피터의 친구로, 러벅에서 같은 대학에 다니고 있었다. 마이크의 아내 디가 잠시 말을 더듬자 바비의 대부(代父)이기도 한 마이크가 뒷말을 이었다.

"바비가 조금 다쳤대요. 러벅에 갈 준비를 하세요."

"우리 바비가? 어쩌다가? 얼마나? 어디를 다쳤대요?"

나는 너무나 놀라 한꺼번에 많은 질문을 쏟아내며 허둥거렸다. 큰 눈이 더 커지고, 빠른 말이 더 빨라졌다. 침착한 남편이 나를 한 팔로 감싸 안고 다독이며 마이크 부부를 쳐다보았다. 그들의 이야기를 마저 듣자는 신호였다.

"닐 말로는 교통사고로 조금 다쳤다고 하네요. 우리도 자세히 몰라요. 비행기 예약해 두었으니 어서 갑시다."

마이크의 아내이자 내 친구인 디가 방으로 따라 들어와 러벅으로 가는데 필요한 짐을 챙기도록 도와주었다. 조금 다쳤다는 게 도대체 어디를 얼마만큼 다쳤다는 것인지 알 수 없어 나는 답답하고 불안한 마음에 손이 덜덜 떨려서 가방을 챙길 수가 없었다.

"진정해. 큰 사고는 아닐 거야."

남편은 나를 안심시키고 디는 짐을 여행 가방에 챙겨 넣다가 떨고 있는 내 손을 잡았다. 러벅은 자동차로는 7시간이 걸리고, 비행기로는 1시간이 걸리는 거리였다. 마이크 부부도 우리와 함께 러벅까지 동행했다. '우리 아들 얼굴도 볼 겸'이라고 말했지만 그들의 행동이 어쩐지 미심쩍게 느껴져 나는 더욱 불안함을 느꼈다. 남편 존은 원래도 말이 없는 사람이지만 심경이 착잡한지 더 말이 없어졌다.

"닐, 바비 부모님이랑 이제 출발한다."

마이크가 러벅에 있는 아들 닐과 통화를 하기에 나는 급히 손을 내밀어 휴대전화를 달라고 신호를 보냈다.

"닐, 우리 바비가 얼마나 다쳤니? 많이 다쳤어?"

나는 다급한 마음을 숨기지 못하고 닐에게 다그치듯 물어댔다. 닐은 침착하게 대답했다.

"걱정하지 말고 오세요. 그리고 바로 수술을 해야 하는데 제가 부모님 대신 사인해도 되겠죠?"

그러라고 하자 닐은 황급히 전화를 끊었다. 비행기 안에서 나는 디에게 어떻게 바비의 사고 소식을 우리보다 먼저 알게 되었는지 물었다.

"닐이 응급실에서 자원봉사를 하고 있는 건 알지? 응급실에 교통사고 환자가 실려 왔는데 손가락에 끼고 있는 반지가 눈에 익어서 확인해보니 바비더래."

바비가 친한 친구 찰스 케인(Charles Kean)과 의형제를 맺으면서 자기들의 이름 첫 글자가 새겨진 반지를 하나씩 나누어 끼었는데, 한 동네에서 자란 닐도 그것을 알고 있었다. 나중에 안 사실이지만, 그 반지가 아니었더라면 닐은 바비를 알아볼 수 없었을 것이라고 했다. 얼굴이 온통 피로 범벅이 된 채 부어 있어서 원래 모습을 알아보기 어려울 정도였다고 한다. 내가 놀랄까봐 디는 그 이야기를 우리 부부에게 하지 않았다. 닐은 곧바로 바비의 사고를 자기 부모님에게 알린 것이었다.

러벅 공항까지 어떻게 날아갔는지……. '별 일 없겠지'부터 '혹시라도' 하는 생각 사이를 수십 번 오가며 맘을 졸였던 것 같다. 자꾸 눈물이 고이려고 해 나 스스로를 다독이려 했던 것도 같다.

공항에 착륙하자 닐이 자동차 두 대를 끌고 나와 기다리고 있었다.

"아빠가 제 차를 쓰세요. 전 친구 차로 갈게요."

닐이 자기 차를 우리에게 주고 자기는 뒤따라 온 친구의 차에 올랐다. 그 차를 따라 병원에 도착한 시간은 밤 9시였다. 우리가 병원 대기실에 들어섰을 때 피터와 그의 친구들도 대기실에서 바비의 수술이 끝나기를 기다리고 있었다. 마이크 부부와 우리 부부가 들어서자 침울한 표정의 아이들이 우르르 일어나 우리를 맞았다.

"대체 어디를 다쳤는데 수술까지 해야 하는 거야?"

나는 피터를 붙들고 자초지종을 캐물었다. 피터는 차마 말을 꺼내지 못한 채 쭈뼛거렸다. 남편 존이 피터를 데리고 대기실을 나갔다.

"수술은 몇 시에 시작했어?"

존이 피터를 데리고 나가자 나는 남아 있는 피터의 친구들과 닐에게 물었다.

"오후 5시에 수술실로 들어갔어요."

그 소리에 나는 다리가 휘청거리며 손이 떨려 그저 맥없이 의자에 주저앉았다. 수술이 벌써 4시간이 넘어가고 있다면 그건 물어볼 필요도 없이 대수술임이 분명했다. 한참이 지나 피터와 존이 대기실로 들어왔다. 존의 표정을 통해 바비의 상태를 짐작해 보려 했으나 좀처럼 속마음을 내색하지 않는 그는 그저 무표정할 뿐이었다.

"저녁들 먹고 와."

존이 피터에게 말하며 강한 눈짓을 보냈다. 피터는 내 눈을 똑바로 쳐다보지 못한 채 친구들을 데리고 대기실을 나갔다. 형 피터도 병원에 아르바이트 근무를 하고 있었지만 바비가 사고가 나서 응급실에 실려왔을 때 피터는 외출 중이었다.

"도대체 상태가 어느 정도인거래요? 괜찮아질 수 있는 거지?"

아이들이 모두 나가자 나는 초조하고도 다급한 마음으로 존 앞에 다가앉았다. 마이크 부부는 그런 나를 더 이상 말리지 않았다. 존은 원래 거짓말을 하지 않는 사람이다. 그가 내 마음 편하라고 바비의 상태를 거짓말로 말해주지는 않을 거라고 믿었다.

"생각보다 좀 큰 사고인 것 같아. 살아있는 것이 기적일 정도로."

"뭐라고요? 어딜…… 얼마나…… 얼마만큼 다쳤는데?"

'큰 사고'라는 말에 갑자기 눈앞이 깜깜해지며 현기증이 일었다. 끔찍한 교통사고 장면들, 사고현장, 피범벅이 된 사람들을 구급차에 운송하는 장면들……. 어딘가 기억 한 저편에 묻혀있던 장면들이 뇌리를 빠른 속도로 스쳐갔다. 말문이 다시 열리지 않았다. 그저 누군가 '걱정하지 말아요. 곧 괜찮아 질 거야.'라는 말을 해줄 것 같아 입만을 주시하며 멍하니 바라보았다.

"수술하다가 잘못될 수도 있다고 했대. 양쪽 다리뼈 으스러진 건 큰 문제가 아닌데 뇌를 많이 다친 것 같다는군. 뇌손상이 심해서 수술은 하지만 위험할 수도 있다니까 마음의 준비를 하는 게 좋겠어."

존의 흔들리는 눈빛 앞에서 쏟아지려던 내 눈물이 말라가고 있었다. 가슴이 쿵 소리를 내며 내려앉는 소리가 내 귀에 똑똑히 들렸다. 다음 순간 눈앞이 캄캄해왔다. 나는 정신을 놓지 않으려고 눈을 부릅뜨고 의미 없이 고개를 끄덕이며 '오! 바비. 어쩌다가…….'하면서 손이 부들부들 떨려와 두 손을 꽉 맞잡았다.

'약한 모습 보이면 안 돼.' 나는 입술에 힘을 주었다. 가장 견디기 어려운 사람은 존인데 그는 지금 꿋꿋하게 버티고 있다. 그런 그 앞에서 눈물을 보일 수는 없었다. 평생 힘들게 살아온 그 사람에게 또 이런 일이 닥치다니 그의 심정은 지금 어떨지를 생각하니 내 가슴이 찢어지는 것 같았다.

수술실에 있는 바비 걱정도 말로 할 수 없었지만 눈앞에 있는 존도 너무나 걱정스러웠다. 그는 지금 벌어지고 있는 상황을 절대 믿고 싶지 않을 것이다. 눈을 뜨면 깨어날 악몽이기를 얼마나 빌고 있을까? 그에게 용기가 되어줄 사람은 나뿐이다. '내가 이 사람 앞에서 꿋꿋하게 버텨야 해.' 나는 마음을 다잡았다.

나는 차츰 침착해져 갔다. 나는 보통 때는 급하고 다혈질이랄 수 있지만, 정말 큰 일이 눈앞에 닥치면 이성적이 되고 담대할 수 있는 면을 가지고 있었다. 그런 성격을 이미 아는지라 존은 내 어깨에 손을 얹으며 사실 그대로를 말해준 것이었다. 오히려 존 자신이 마음의 준비가 필요한 듯 보였다. 존이 심호흡을 하고야 나를 보았다. '당신은 침착하게 이 상황을 받아들일 수 있을 거야.' 하는 눈빛으로 나를 마주보며 또 한 번 호흡을 가다듬었다.

다른 환자 가족의 경우는 수술실에 아무나 들어갈 수 없기 때문에 수술이 어느 정도로 진행되었는지 알 수 없었지만 우리는 병원에서 일하는 피터와 닐이 수술실을 드나들며 진행사항을 알려 주어 그나마 다행이었다.

"수술은 방금 끝났어요. 곧 중환자실로 옮길 거예요."

닐이 마음을 졸이며 기다리고 있던 우리 모두에게 그 말을 전한 시각은 새벽 1시 40분이었다. 수술이 9시간이나 걸린 것이다. 말하지 않아도 그 심각성을 충분히 짐작할 수 있었다. 새벽 2시쯤 수술을 집도했던 의사팀이 수술실에서 나왔다. 바비의 수술을 집도한 의사는 그 분야에서 이름이 나있는 신경외과 의사라고 했다.

"수술은 잘 됐습니다만……."

"의식 회복은 가능할까요?"

존이 물었다.

"뇌손상이 워낙 심해서 지금으로서는 뭐라 장담하기가 힘듭니다."

"경험이 많으시잖아요. 의사선생님 생각은 어떠시냐고요? 그간 다른 환자들을 많이 보아 오셨으니⋯⋯."

답답함을 숨기지 못한 나는 말을 아끼는 의사에게 한 걸음 다가가 그를 다그쳤다. 그럴 의도는 아니었는데 울부짖는 소리가 되어 버렸다.

"며칠 두고 보시지요."

그가 우리에게서 등을 돌리고 몇 명의 의사들과 함께 우리 시야에서 멀어졌다.

"며칠 두고 보자는 게 무슨 뜻이야? 그동안 경험으로 알 거 아냐? 자기들 의견을 묻는 거잖아!"

나는 너무 무성의한 그들의 답변에 화가 치밀었다. 옆에 있던 마이크 부부가 흥분하여 어쩔 줄 모르는 내 팔을 붙들었다. 진정하라는 뜻임을 알았지만 속이 타서 가만히 있을 수가 없었다.

"닐, 중환자실에 들어가 볼 수는 없는 거야?"

"지금은 회복실에 있어요. 나중에 중환자실로 옮기면 바비를 만날 수 있을 거예요."

닐은 응급실에 일하러 가면서 마이크에게 자기 아파트 열쇠를 건네주었다. 하루 이틀에 끝날 일이 아니라며 자기 숙소를 우리에게 사용하도록 배려해 주었다. 피터도 러벅에 살고 있었지만 피터는 룸메이트(roommate)가 있었기 때문에 우리에게 자기의 숙소를 내줄 수가 없었다.

"피터, 바비의 사고 이야기 좀 자세히 해 봐."

우리와 함께 밤을 새우겠다고 버티는 마이크 부부를 기어이 호텔로 쫓아 보내고 우리 부부는 중환자 가족 대기실에 피터와 마주앉았다.

"벨(Belle)은 그 자리에서 죽었어요."

바비와 함께 자동차에 타고 있었던 바비의 애견 벨은 사고 현장에서 즉사했다고 한다. 그 말을 듣는 순간 온몸이 부르르 떨렸다. 피투성이로 죽어 있는 검정 개 벨의 모습이 눈에 보이는 듯 했다.

"나한테 거의 다 와서 사고가 났더라고요."

피터가 있는 러벅을 10km 남짓 남겨 둔 고속도로에서 사고가 났는데, 마침 뒤에 오던 차의 사람들이 사고 현장을 목격하고 곧바로 911에 신고를 해주어서 7분 만에 구급대원들이 출동할 수 있었다고 했다.

"그분들은 아주 친절한 사람들이었어요. 농사를 짓는다는 그분들이 걱정스런 얼굴로 여기 병원까지 다녀가셨어요."

그 사람들의 증언에 의하면 고속도로 난간에 세워져 있는 전봇대를 바비의 자동차가 힘껏 들이받았는데 너무나 큰 소리가 나서 뒤에 가던 그들도 깜짝 놀랐을 정도였다는 것이었다. 혹시 바비가 운전 중에 깜박 졸았던 건 아닌지 생각게 했다.

"응급실에 도착했을 때 닐이 의형제 징표인 바비가 끼고 있는 반지를 알아보지 못했다면 사고 환자가 바비인 줄 몰랐을 거예요. 얼굴이 온통 피투성이였으니 누구도 알아볼 수 없었겠지요. 현장에서 개가 죽을 정도로 큰 사고였는데 저만한 것도 다행이라 생각하셔야 해요."

존과 나는 할 말을 찾지 못했다. 무거운 침묵만 흘렀다. 피터는 닐의 아파트로 우리를 데려다 주겠다고 했으나 나는 그냥 병원에 있겠다고 우겼다. 대충 싸들고 온 짐만 피터를 시켜 닐의 아파트에 옮기도록 했다.

존은 나만이라도 아파트에 가서 잠깐 눈을 붙이고 오라며 등을 떠밀었지만 바비를 보지 않고는 아무 데도 갈 수 없었다. 아이가 깨어날지 못 깨어날지도 모르는 상황에서 아파트에 간다고 잠이 올 리 만무했다. 피터는 동생이 자기를 보러 오다가 사고가 났다는 생각 때문에 마음이 더 무거웠는지 기숙사로 돌아가지 않고 우리와 함께 대기실에 있겠다고 했다. 우리 셋은 그 날 밤을 그렇게 샜다.

"중환자실로는 언제 옮기는 지 좀 알아봐."

나는 아이의 상태를 내 눈으로 확인해야겠다는 생각밖에 할 수가 없어 피터를 들볶았다. 그러면서 틈틈이 속으로 중얼중얼 기도를 올렸다. 내가 믿는 천주님뿐 아니라 이 세상에 계신 모든 신들께 우리 바비를 살려달라고 빌었다. 이렇게 허무하게 아이를 잃을 수는 없다고 부르짖었다.

"그 애에게 생명을 주실 때는 뭔가 할 일이 있고 뜻이 있어서 이 세상에 보내셨을 텐데 아직 아들은 그 할 일을 다 하지 못했습니다. 주신 일을 마저 하고 갈 수 있도록 기회를 주십시오."

내가 두 손을 모아 쥐고 속으로 기도를 하고 있는 동안 존은 소파에 기대어 눈을 감고 있었다. 그는 이 순간이 자기가 꾸고 있는 꿈 중에서 최악의 악몽이기를 간절히 바라며 잠이 들었는지도 몰랐다. 그는 언제나 너무 힘들고 너무 엄청난 일이 닥치면 말없이 쓰러져 잠을 자는 버릇이 있었으니까. 그가 가여웠다. 나는 바비가 그대로 세상을 떠나면 어쩌나 하는 두려움에 휩싸였다.

바비의 의식이 돌아오지 않은 가운데 아침이 밝았다. 마이크 부부가 아침 일찍 간단한 음료와 미국 사람들이 아침에 즐겨 먹는 베이글 샌드

위치를 사들고 대기실에 나타났다. 눈이 퀭한 것이 그들도 잠을 설친 모양이었다.

"아직 별 다른 변화는 없는 거지?"

조심스럽게 물으며 우리 부부의 표정을 살핀 후 초죽음이 된 내 얼굴을 본 디가 다가와 가만히 한 팔로 나를 안아주었다.

"이거라도 좀 마시자. 아이를 보려면 기운을 차려야지. 쓰러지면 볼 수도 없잖아."

"나 안 쓰러져. 내가 얼마나 강한 사람인지 알잖아."

베이글 샌드위치는 입에 대지도 못하고 그녀가 권하는 오렌지 주스만 간신히 한 모금 삼켰다. 존과 피터는 그들의 권유에 못 이겨 주스를 마시고는 베이글 샌드위치를 깨물었다. 남자들은 여자와는 다른 모양이었다. 상황에 보다 논리적으로 대처할 수 있는 모양이었다. '먹고 버텨야 한다.' 라든가 '하루 이틀에 해결 날 일이 아니니 장기전에 돌입하려면 내 몸도 보살펴야 한다.' 라는 등의 생각을 할 수 있는 존재인가 보았다. 순간적인 감정에 휘둘리지 않을 수 있는 것이 남자의 본성인가? 커피 한 잔씩을 마시고 카페인 힘으로 정신을 가다듬었을 때 닐이 찾아와 우리를 중환자실로 안내했다.

"수술 직후라 소독 붕대로 감싸고 있으니 너무 놀라지 마세요."

닐이 미리 귀띔을 하며 마음의 준비를 시켰다. 세균 감염으로부터 보호하기 위한 격리실 침대에 바비는 누워 있었다. 우리는 맑은 유리창을 통하여 바비를 볼 수 있었다. 왜 닐이 우리를 안내하며 놀라지 말라고 했는지 알 것 같았다. 머리에서부터 코와 눈과 입을 빼놓고 얼굴까지 온통 붕대로 감겨 있었고 가슴 부위와 다리에도 붕대를 휘감고 있었다. 키나 몸집 등 큰 체구로 보아서 바비라 짐작이 갈 뿐 어디를 보아도 바비의 모습은 찾아볼 수 없었다. 붕대뿐 아니라 온몸에 주렁주렁 라이프 서포트 시스템(life support system)에 연결되어 있는 선들이 수십 가닥 붙어 있었다. 영화 속에 나오는 미라나 로봇처럼 보이지 살아있는 인간처럼 보이지 않았다. 어찌 보면 그냥 큰 통나무에 붕대를 감아 놓은 것 같았다.

존의 얼굴에서 핏기가 가시는 것을 나는 보았다. 마이크 부부도 피터도 할 말을 잃은 채 자신들의 놀란 가슴을 수습하기에 바빴다. 너무나 참담한 모습이었다. 사람이 저런 모습으로도 살 수 있다는 것이, 심장이 뛰고 있다는 것이 의아할 지경이었다. 바비의 상황을 놓고 이런저런 시나리오를 무의식중에 만들어 놓았지만 어느 시나리오도 이러한 광경을 담고 있지는 않았다.

참혹함을 떨쳐내려 머리를 저으며 나는 '강해져야 해. 강해져야 해.'라고 중얼거렸다. '내가 정신 차리지 않으면 저 아이를 살려낼 수 없어. 루시아, 정신 차려.' 하는 마음의 소리가 안으로부터 들려왔다. 나는 이를 악물고 눈물을 삼켰다. 지금은 울 때가 아니야. 나는 내 아들을 살려내야 해. 그러한 사고에서 아들 바비가 살아났다는 것이 기적 같았다. 그저 바비가 살아있다는 것에 감사해야 할 것 같았다. 나는 절망이라는 벼랑 끝에 서서 감사기도를 드렸다.

우리 부부는 수술을 집도한 신경외과 의사를 만났다. 그들의 반응은 역시 며칠 더 두고 보자는 것이었다. 머리 앞부분이 지프차의 덮개 쇠파이프에 심하게 부딪치면서 그 충격으로 뇌 손상을 입었다고 했다. 뇌 앞부분은 사물 인지능력과 기억을 담당하는 부분인데 얼마만큼 손상을 입었는지 현재로서는 분명하게 파악할 수가 없다고 했다. 환자가 깨어나야만 검사를 통해 손상 정도를 파악할 수 있다는 것이었다. 빠르면 이삼 일 안에 깨어날 수도 있지만 그렇지 않을 수도 있다는 말만 되풀이했다.

수술 후 이틀째 되던 날, 오스틴에 있는 우리 모임의 다른 친구(밥[Bob]과 셜리[Shirley]) 부부가 우리 집에 세워 둔 크고 긴 차를 타고 우리 부부를 찾아왔다. 우리에게 큰 차가 필요할 것 같아 7시간이라는 긴 시간을 멀다 않고 차를 가져다주러 달려와 준 것이었다. 어려움을 당한 우리 부부와 함께 있어주기 위해 먼 길을 마다 않고 말없이 달려와 준 친구들의 배려가 말할 수 없이 고마웠지만, 나는 다음날 그들과 함께 마이크 부부도 오스틴으로 돌려보냈다. 내 감정에 빠져 시간을 낭비하고 있어선 안 될 것 같았기 때문이었다. 바비가 당장 깨어나지 않는 경우에 대비 준비할 일이 많았고 그들이 내 곁에 있는 것이 바비를 위해서나 나를 위해서 결코 도움이 되지 않을 거라는 판단이 섰다.

평상시 감성적인 편이지만 문제에 부닥치면 냉철하고 이성적으로 변모할 수 있는 나의 성격이 다시 나를 지배하기 시작했다. 가족이 이럴 때 무엇을 어떻게 해야 환자에게 도움이 되는지 나는 아무 것도 알지 못했다. 그러나 바비와 같은 사례의 환자 기록을 찾아보면 무슨 치료 방법을 찾을 수 있을지 모른다는 생각이 들어 마음이 급했다. 무슨 기능을 어떻게 하는지 바비에게 얼마나 도움이 되는지 알 수도 없는 라이프 서포트 시스템에 아들의 목숨을 내맡긴 채 마냥 손 놓고 있을 수만은 없다고 생각했다.

그러는 와중에도 그냥 방치해 둘 수 없는 다른 하나가 있었다. 나의 사업.

결혼 전에 존은 어려운 상황에서도 조금씩 돈을 모아 부동산을 사놓았었다. 잠시 호황을 보았던 부동산 경기가 우리가 결혼할 무렵엔 하락세로 치달아 모두 빚을 안고 처분하게 되어 우리는 힘들고 어려운 상황에서 결혼생활을 시작하게 되었다. 뭔가 수입원이 있어야 하기에 나는 조그만 화학제조업 회사를 인수해서 운영하고 있었다. 그때 당시 회사는 5년째 제대로 수익을 내지 못한 상태여서 우리는 재정적으로 쪼들리는 상태였다. 남들은 우리 속사정을 모르고 있었지만 우리는 집도 월세를 내고 있어서 내 사업 아니면 우리 생활의 수입원조차 끊어질 급박한 상황에 처해 있었다. 그러한 상태에 있는 회사를 오래도록 비워 놓는 것은 우리의 밥줄을 끊는 것이었다. 회사 운영비를 아끼기 위해 나 혼자 연구하고 나 혼자 제품을 개발하고 나 혼자 영업을 해나가며 1인 다역으로 꾸려나가는 회사였다. 그러니 내가 없으면 아무 일도 되지 않아 문을 닫아야만 하는 실정이었다.

대학에서 나는 물리학, 생화학, 유기화학 등 자연과학 분야를 공부했다. 그리고 이 분야에서 기술연구나 개발에 자신이 있어서 회사를 시작했다. 하지만 회사가 수익을 남기려면 개발해서 제조한 제품을 팔아야 하는 영업을 담당해 줄 사람이 필요했다. 내가 직접 영업을 해야 한다는 사실을 미처 깨닫지 못했고 회사를 시작했기에 영업으로 인해 애를 먹었다. 그 때까지 공부만 했던 터라 영업에 대한 경험도 없었을 뿐 아니라 영업이 적성에 맞지도 않는 것 같았다.

처음 한동안 영업직원 없이 일할 때 회사로 걸려온 전화 받는 것이 그렇게 어려울 수 없었다. 차라리 밤을 새며 제품을 개발하라면 쉽게 할 수 있겠는데 사람들에게 부드럽고 상냥하게 내 제품들을 소개하고 사라고 권유하는 그런 일은 도무지 나에게 맞지 않는 것 같았다. 당시 화학제조업 분야는 남자들이 독점하고 있었기 때문에 나의 회사 운영은 더욱 어려움이 많았다. 걸려오는 전화를 받으면 상대방은 먼저 '남자를 바꿔라.' 는 말부터 했다. 그들에게 상담을 해주려 해도 우선 상대방들이 여자와는 대화를 하려 들지 않았다.

"저에게 말씀하시죠."

"여자가 뭘 안다고……. 사장 바꿔요."

"제가 사장인데요."

"여자가 사장이오? 이 일에 대해 뭘 알기나 알고 시작한 거요?"

여자가 사장이라는 사실을 알고는 두 말도 하지 않고 전화를 끊어버리는 사람이 있는가 하면 또 어떤 사람은 내가 우리 회사의 제품 제조법과 성분에 대해 열심히 설명을 하면 '당신이 날 가르치는 거야?' 하고 화를 내기도 했다. 업계에서는 '저 여자가 이 바닥에서 얼마나 버티나 보자.' 며 코웃음을 치기도 했다고 한다. '일 년 버티면 잘 버티는 거지. 장담할 수 있어.' 업계의 남자들은 나를 두고 내기를 걸기도 했다고 들었다. 당시는 인터넷도 이메일도 생소하던 때라 오로지 전화(국제 전화와 미국 내 전화)로 회사 영업을 하는 수밖에 없었는데, 여자가 사장이라는 이유로 이들은 내가 만든 제품에 대해서 아예 알아볼 생각도 하지 않고 무조건 무시하고 배척하려 들었다. 그렇다고 그들을 개인적으로 찾아가 일일이 설득할 수도 없는 일이었다.

나는 다른 방법을 통해서 제품을 알릴 방안을 강구하는 데 힘썼다. 그 중 하나는 컨벤션에 참여하여 전시회나 세미나를 통해 내 제품을 알리는 것이었다. 제품전시회가 있는 곳은 어디든 달려가 내 회사 전용 부스(booth)를 설치하고 제품을 선보이며 관심을 가지고 있는 사람들에게 성실하게 제품에 대해 설명을 해주었다. 내가 만든 상품을 직접 가져다 놓고 제품의 성분 분석을 통해 품질이 우수함을 강조하며 그들에게 한 번 써보라고 권유했다.

내가 만든 제품을 써 본 사람들이 품질이 좋다고 인정하면서 하나둘씩 주문을 해오는 가운데 거래처가 생겨났다. 업계에서는 '그 여자 기술이 제법인가 봐.' 하는 입소문이 나돌기 시작했고 주문 전화가 걸려오기 시작했다. 제품의 성분 분석이나 원자재에 관해서 질문을 해오면 나는 전문용어를 쉽게 풀이해서 상세하고도 솔직하게 설명해주었다. 그러는 가운데 사람들이 루시아라는 경영주을 인정하고 신뢰하기 시작했고, 그녀가 만든 제품에 관심을 갖게 되었다.

허 케미컬 제조회사의 CEO 겸 사장
루시아

월세도 제대로 못 내던 어렵던 생활의 고비를 벗어나 회사가 겨우 적자경영을 탈피해 보려는 시점에서 바비의 사고 소식을 전해 듣게 된 것이었다. 회사가 아니었으면 바비의 치료비를 감당하는 것이 불가능했는데 이러한 사정은 존과 나 외에는 그 누구도 알지 못했다. 존이 부동산 개발업으로 한 때 큰 호황을 누렸기 때문에 남들은 우리가 아직도 재력가인 줄 알고 있었고, 나는 자존심을 지키기 위해 우리가 재정적으로 얼마나 힘든지 내색하지 않았다. 사업에 희망이 보이기 시작했고 그래서 나는 더더욱 회사 일에 열정을 쏟던 중이었다. 그 사이 나를 도와 생산 업무를 거들어 줄 직원도 한 명 채용했다.

케미컬 제품 생산은 교육을 시켜둔 직원에게 맡길 수 있었지만, 제품에 대해 상담해주고 영업을 할 사람은 나밖에 없었다. 또 자신들 회사에 적합한 제품을 주문해오면 주문에 따라 제품을 개발해야 했는데 그 역시 연구 개발자인 나만이 할 수 있는 일이었다. 그러한 회사 문을 닫지 않기 위해서는 일을 쉴 수가 없어 어쩔 수 없이 바비의 간병과 회사 일을 병행해야 했다. 이러한 상황이 말할 수 없이 고통스러웠지만 다른 대안이 없었다.

하는 수 없이 병실로 팩스를 옮겨 놓고 상담 전화와 주문 제작 전화는 내가 받기로 했다. 환자의 안정이 필요하기 때문에 병실에서 전화로 떠들며 상담을 받을 수가 없어 전화가 걸려오면 전화를 들고 병실 밖으로 나가서 상담을 하곤 했다.

죽음 같은 잠에 빠져 있는 아들 옆에서 그렇게라도 해서 회사 일을 해야 하는 내가 싫기도 하고 내 신세가 서글프기 그지없었다. 의식 없는 아들은 지금 사경을 헤매고 있는데 엄마인 나는 제품 하나라도 더 주문을 받아보려 한다는 사실이 서럽고 신이 원망스러웠다. 왜 나에게 계속해서 이런 시련을 주시는지 하는 생각만 자꾸 들었다.

가장 힘들었던 것은 업무 상 전화로 상담을 할 때 나의 마음은 무너지는데 아무 일 없는 척하며 명랑함을 가장하고 상담해야 한다는 것이었다. 더구나 전화를 걸어온 상대가 나의 실력을 미심쩍어 한다든지, 제품의 품질을 깎아 내려 한다든지, 다른 회사 제품과 비교하며 가격을 흥정하려 하는 등으로 나의 자존심을 상하게 하는 때는 정말 내 감정을 조절하기가 너무나 어려웠다. 입술을 깨물며, 울음을 꾹 삼키며 통화를 끝내야 할 때가 한두 번이 아니었고, 통화 끝나자마자 화장실로 달려가 소리가 나지 않게 입을 막고 펑펑 운 적이 많았다. 그러나 바비의 병원비와 치료비를 생각하면 단 한 군데의 거래처도 잡아야 하는 상황이어서 나의 자존심을 죽이며 참아야만 한다고 나를 달래곤 했는데 그것이 나를 더 서글프게 했다.

그러는 중에도 회사 일 때문에 바비의 간병이 소홀해질까 두려워 나 스스로를 채찍질해 가며 내가 할 수 있는 일을 찾았고 해야 할 일은 밤잠을 설쳐가며 하곤 했다.

"피터, 바비의 자동차는 어떻게 처리했니?"

"보험회사에서 폐차장에 실어 보냈다고 하던데요."

바비 수술 후 사흘 째 되던 날, 피터를 앞세워 남편과 함께 바비의 사고 난 차가 있다는 폐차장으로 찾아갔다. 어떻게 어디를 다쳤는지 사고차의 상태를 보면 더 정확하게 알 것 같아서였다. 폐차장 직원들은 바빠서 자동차를 찾아줄 수 없으니 우리더러 찾아보라고 했다. 넓은 폐차장을 돌아보는 중에 바비의 차인 갈색 지프 랭글러(Jeep Wrangler)가 내 눈에 띄었다.

"저거 바비 차 아니야?"

"맞아요. 바비 차예요."

앞장서 가던 피터가 찌그러진 바비의 차 앞에서 걸음을 멈추었다. 존과 나도 피터를 따라 종잇장처럼 구겨진 차 앞에서 걸음을 멈추었다. 우리 세 사람은 그 차를 보는 순간 누가 먼저라고 할 것도 없이 서로를 부둥켜안고 울음을 터뜨렸다. 랭글러는 차의 형체를 알아볼 수 없을 정도로 꼬깃꼬깃 뭉쳐놓은 고철덩어리 그 자체였다. 그 속에서 사람이 살아남았다는 게 믿기지 않았다. 전봇대를 들이받으면서 차의 천정 쇠파이프에 머리를 심하게 부딪치고, 전봇대 안으로 파고든 차에 다리가 끼어 차를 절단하고야 왼쪽 다리를 꺼낼 수 있었다는 말이 실감이 났다. 저절로 끔찍하고도 처참한 광경이 눈앞에 그려졌다.

정신을 차려 그 차를 다시 보는 순간 내 입에서는 '고마워요, 수잔(Susan).' 하는 소리가 나도 모르게 튀어나왔다. 수잔은 바비의 생모(生母)였다. '당신이 바비를 살렸군요.' 바로 옆에 그녀가 있는 것처럼 나는 공중에 대고 중얼거렸다. 바비의 생모가 바비를 살렸다는 확신이 어찌나 강한지 나는 한 번도 본 적이 없는 수잔이 내 곁에 서 있는 것만 같은 착각에 빠졌다. 피터와 존은 자동차를 살펴보느라 나의 이상한 행동을 눈치 채지 못했지만 그때부터 나는 수잔이 친자매처럼 친근하게 생각되었다. 이미 하늘나라로 갔지만 죽어서도 자기 자식을 살리려 하는 엄마의 마음이 전달되어 지는 것 같았다.

간호사였던 바비 엄마는 경찰차와 충돌하여 교통사고를 당하고 척추 전신마비로 3년을 고생하다가 세상을 떠났다고 존이 말해주었다. 정신은 온전하고 또렷한 데 온몸이 마비되어 움직일 수 없었으니 그 정신적 고통이 얼마나 컸을지 짐작하기 어려웠다. 그 때 피터는 네 살, 바비는 세 살이었다.

존은 그 어린 두 아들을 데리고 퇴근 후에는 기차로 두 시간 거리에 있는 아내가 입원한 병원으로 병문안을 가곤 했다고 한다. 휠체어에 앉아 사는 아내를 병원에 남겨두고 집으로 돌아갈 때면 두 아이들을 데리고 살아갈 일이 암담하기만 했었다고 나에게 고백한 적이 있었다.

추운 겨울 날 기차 안에서 잠든 두 아이에게 코트를 벗어 덮어주며 집으로 돌아가던 그때, 살아도 사는 게 아니었다는 존의 심정 고백을 들으며 나는 눈물을 흘렸었다. 먹고 살기 위해 어렵게 잡은 IBM 회사에는 출근해야 하고, 시작한 공부도 중단할 수 없고, 아내의 간병도 해야 하고, 아이들도 거두어야 하는 존의 처지를 상상하며 나는 가슴이 저렸었다. 결국, 바비가 여섯 살 때 수잔은 세상을 떠났다.

미국으로 유학 와서 온갖 모진 고생을 다한 존. 어렵게 어렵게 대학 공부를 끝내고도 몇 년간을 이 직장, 저 직장 전전하다가 겨우 아이비엠(IBM)이라는 대기업에 취직되어 막 인정받기 시작했을 때, 타국에서 외롭던 그가 따뜻한 가정을 꾸리게 되고 그러면서 생활도 안정을 찾고 살림도 좀 펴지기 시작했을 때 수잔이 사고를 당했다.

청천벽력 같은 사고 소식을 듣고 그는 절망에 빠졌었다. 그의 그런 아픔들이 나로 하여금 따뜻하게 그를 위로해주고 싶게 만들었고 그에게 쉽게 다가가게 만들었는지 몰랐다. 그 어려운 상황에서도 끝내 공부를 포기하지 않고 대학원까지 마친 그가 존경스러웠고 그런 그에게 나는 사랑을 느끼기 시작했다. 그의 강한 의지력이 남자답게 느껴졌다.

그에게 기쁨만 주고 싶고 그에게 행복한 나날만 갖게 해주고 싶은 마음으로 그와 결혼하고 그의 두 아들을 받아들였는데 또다시 바비에게 이런 사고가 생겼으니 그의 심정이 어떨지 미처 헤아리기 어려웠다.

3, 4일이면 의식을 찾겠지 하고 은연 중 기대하고 있었는데 곧 그 기대가 무너지자 나는 초조하고 불길한 마음에 휩싸이기 시작했다. 수술 후 첫 주는 희망을 가지고 바비를 보아서 그랬는지 얼굴에 생기가 있는 것처럼 보였는데, 시간이 지날수록 바비의 몸과 얼굴이 더 경직되어 보이고 점점 더 죽음처럼 깊은 잠에 빠져드는 것 같았다. 하루하루 식물인간으로 변해가는 기미가 선명해지는 것 같았다.

"바비가 점점 더 깊이 잠드는 것 같아요. 왜죠?"

이렇게 물으면 의사들은 시원한 대답 대신 '글쎄요.' 하며 다시 좀 더 지켜보자고 했다. 나는 더 이상 그들에게만 맡겨둘 수 없어 바비의 처치, 처방 기록을 살피기 시작했다. 미국에서는 가족이 환자의 치료기록을 볼 권리가 있는데도 병원에서는 내가 환자의 기록을 보려 하는 것에 대해 내켜하지 않는 눈치였다. 그래도 나는 가족의 권리를 내세워 치료 과정을 기록해 놓은 차트를 보겠다고 고집했다.

낮에 바비를 담당하는 의사와 밤에 바비를 담당하는 의사가 달랐고 수시로 드나드는 인턴들도 여러 명이었는데, 내가 보기에 그들은 치료 기록을 꼼꼼히 살피지 않는 것 같았다. 의사들은 교대를 하면서 환자에 대한 정보나 관찰 결과에 대한 의견도 주고받지 않는 것 같았고 단지 차트만 대충 훑어보고 약과 주사를 처방하는 것 같았다. 의사들이 다녀갈 때마다 도무지 무슨 주사인지 모를 주사만 자꾸 놓았다.

나는 한때 의대생이었다. 의과대학에 입학했다가 피를 보지 못하는 내 병적인 습성 때문에 결국은 끝까지 다니지 못하고 물리학으로 전공을 바꾸었지만 약에 대해서도 주사에 대해서도 나는 관심이 많았다. 의학사전을 뒤져가며 바비에게 처방한 주사가 무슨 주사인지 어떤 효과가 있는지 알아냈다.

어느 날은 갑자기 새로운 약이 처방되었고 어느 날은 같은 주사약이 두 번 처방될 때도 있었다. 한 번은 혈액응고를 막아주는 주사를 너무 많이 처방해서 위험에 빠진 일도 있었다. 내가 처치 기록을 살피지 않았다면 자기들의 실수를 숨기고 단지 바비가 위험한 고비를 맞았다고 변명을 했을 것이 틀림없었다.

한국에서는 특히나 의사들이 환자 가족에게 환자의 증세에 대해서, 또 어떤 효과를 위해 어떤 처방을 하고 있는지 상세한 설명을 해주지 않는다고 들었다. 그럴수록 환자 가족은 병원 기록을 더 철저히 살펴야 한다는 것을 나는 알려주고 싶다.

바비에게 처방된 약을 살펴보다가 그들이 '딜란틴(Dilantin)'이라는 발작예방약을 계속해서 주사한다는 사실을 알았는데, 이 약은 발작도 예방하지만 부작용으로 자꾸 사람을 졸리게 만들어 결국 잠을 자게 하는 약이다. 죽음처럼 깊은 잠에 빠진 아이를 자극하여 의식을 깨워야 할 상황에서 이러한 약을 오랜 동안 처방하는 것을 난 이해할 수가 없었다. 다시 격해지는 감정과 치솟아 오르는 화를 억누르며 의사를 만났다.

"지금 처방하는 주사약을 중단해 주시고 졸리거나 잠에 빠지게 하는 부작용이 없는 약으로 바꿔 주세요."

나는 언짢아하는 의사의 표정에는 아랑곳 하지 않고 내 의사를 분명히 전달했다.

"뇌가 큰 쇼크를 받은 상태라 발작을 일으키기 쉽고 이를 방지하려면 지금 이 약이 가장 효과적이라서 투여하는 겁니다."

그들은 바비에게 현재로서는 이 약이 가장 적절하며 이보다 더 효과적인 약은 없다고 주장했다.

"내 생각은 달라요. 어떻게든 혼수상태에서 깨어나는 것이 우선이지요. 깨어나야 무슨 치료든 해볼 게 아니겠어요?"

그들은 내 항변에 더 이상 대꾸하려 하지 않았다. 그들도 속수무책인 것 같았고 그저 상투적이고 형식적인 처치만 하고 있는 것이 틀림없었다. 이후부터 의사들과 이런저런 일을 놓고 벌이는 논쟁이 잦아졌다. 논쟁이라기보다는 나의 항변이 잦아졌다고 말해야 할 것이다. 한편으로는 의사들의 마음을 움직여 구태의연한 치료방식에서 벗어나 보다 적극적이고 개혁적인 치료에 도전하게 해 보려 애쓰며, 나는 존과 함께 매일 바비의 전신을 마사지하면서 바비의 몸이 굳어지지 않도록 팔다리 운동을 시켰다.

"왜 코마에서 깨어나게 해주는 코마자극치료는 하지 않는 거죠?"

"중환자실에서는 코마자극치료를 할 수 없습니다. 그 치료를 하려면 다른 병실로 옮겨야 해요."

"그럼 왜 다른 병실로 옮겨주지 않는 거예요?"

"너무 심한 코마 상태에 빠진 환자라서 병실을 옮긴다는 건 위험하기 때문입니다."

의사들과 실랑이는 계속 되었고 그 와중에도 존과 나는 틈틈이 러벅 의과대학 도서관에 가서 코마 상태에 빠진 환자에 대한 자료들을 찾았다. 도움이 될 만한 작은 기록이라도 찾아서 바비를 위해 활용하고 싶었지만 1994년 그 당시에 의학적으로 도움이 될 만한 기록도 그리 많지가 않았고 획기적인 사례도 나와 있지 않았다.

"현대의학이 이 정도밖에 되지 않는단 말이야? 코마 상태에서 깨어나게 하는 의학상식 자료가 이렇게 없다는 것이 말이 돼?'

존과 나는 너무 실망한 나머지 도서관을 포기하고 의사인 아버지와 남동생에게 도움을 요청해보았다. 그러나 그들에게서도 큰 도움이 되는 자료를 얻지는 못했다. 처음으로 의사가 되지 못한 것이 후회가 되었다. 아버지도 의사고 남동생 그리고 두 올케가 모두 의사지만 의사가 부러웠던 적은 한 번도 없었다. 그래서 나는 쉽게 의대를 중도 포기했었는데 그런 내가 코마 상태에 빠진 아들을 위해 해줄 수 있는 것이 아무 것도 없다는 사실에 갑자기 의사의 길을 포기한 것이 후회스럽고 절망스러웠다. 마치 내가 지금 의사였더라면 바비를 위해서 뭔가 해줄 것이 있었을 것 같았다.

의과 대학에서 첫 해를 잘 마치고 2년째 접어들자 시신을 해부하게 되었다. 그 날 나는 밤새 시신들이 나에게 달려들어 꼬집는 악몽에 시달렸다. 피를 제대로 보지 못하는 나에게 병원 실습은 곤욕이었다. 실습 시간에 실험용 쥐의 피를 보고 졸도하기도 했다. 아무래도 의사는 내가 갈 길이 아니라는 판단이 섰다. 봄 학기가 되어 나는 몰래 아버지께 편지를 써놓고 학교와 집을 떠났다. 고집불통인 아버지가 내 심경을 이해하고 의대를 포기하려는 내 뜻을 받아줄 리 만무인 것을 잘 알고 있기 때문에 나는 그 방법밖에 없다고 생각했다. 그렇게 의대를 포기했던 내가 처음으로 깊은 회의감에 빠졌던 것이다.

혹시 오늘은 무슨 변화가 있을까. 혹시 오늘은 엄마를 부르며 깨어나지 않을까……. 매일같이 희망으로 시작하여 절망으로 마무리 짓는 하루하루를 보낸 지 2주쯤 되었을 때 바비의 상태를 총책임을 맡아 체크하는 신경과 여의사가 우리 부부를 불렀다.

"바비가 의식을 찾는다는 일이 현실적으로 어렵다는 말씀을 드리려고 뵙자고 했어요. 바비를 진료해 온 각 과의 의사들이 모여 회의를 했는데 모두 의견이 일치했어요. 사실대로 말해 주는 것이 옳다는 판단이 들어서요. 코마가 한 달 이상 지속된 후에 의식을 찾은 사례도 있기는 하지만 깨어나더라도 심각한 기억상실증을 가지거나 식물인간에 가까운 상태로 살아가는 경우가 대부분입니다. 아드님도 그런 케이스에 속할 확률이 높다는 뜻입니다."

매일 바비의 기록을 들여다보며 의사들과 사사건건 충돌하는 내가 안타까웠는지 아니면 귀찮았는지 알 수 없었지만, 여의사는 바비의 앞날에 대해 처음으로 솔직하게 자기의 의견을 털어놓았다. 이런 최악의 뉴스를 전혀 예상하지 않은 것은 아니었지만 가슴이 다시 철렁 내려앉았다. 내 안의 저 깊은 곳에서 무언가가 북받쳐 올랐지만 꾹 삼키며 겨우 한 마디 내뱉었다.

"아무 노력도 해보지 않고 포기하시는 건가요?"

아무리 진실을 말하고 있어도 나는 그 여의사가 너무 원망스러웠다. 아무런 희망도 주지 못하고 미래도 장담할 수 없다고 말하는 의사가 그저 무능하게만 여겨졌다. 환자의 가족이 느낄 실망감에 대해서 조금의 배려도 없는 무책임한 의사라는 생각이 들었다.

"저희들로서는 최선의 노력을 다 했다고 생각합니다만……."

"매일 발작예방제만 투여하는 것이 최선이었나요? 우리 바비가 코마에서 깨어나 정상인으로 살아가는 첫 사례자가 될 수도 있잖아요?"

"기적이라도 일어나 그렇게 되기를 우리 모두 진심으로 바라고 있습니다."

"난 기적을 믿어요."

나는 여의사의 절망스러운 말을 더 이상 듣고 싶지 않아 자리에서 일어섰다. 존이 그녀에게 형식적인 인사를 건네고 나를 뒤따라 나왔다. 여의사와 대화를 나누는 동안 내 마음은 더 굳어졌다. '이렇게 포기할 수는 없어. 어떻게든 바비를 깨워 내고야 말 거야.'

"존, 바비를 코마에서 깨우기 위해서는 우리 방식대로 하는 방법밖에 없어요. 저렇게 무성의한 의사들에게 우리 바비를 더 이상 맡겨 놓을 수가 없어요. 저들은 이미 바비를 포기했어요. 우선 병원부터 옮겨야겠어요."

나는 존의 동의를 구했다. 바비는 열아홉 살의 너무나도 젊고 건장한 청년으로, 강한 승부욕과 정신력을 지녔던 풋볼 선수였다. 나는 바비가 자신의 병마를 이겨낼 수 있는 모든 조건을 갖추고 있다는 믿음이 들었고 그를 사랑하는 사람들이 그를 끝끝내 포기하지만 않는다면 그는 꼭 깨어날 것이라고 존을 설득시켰다. 존은 차마 입 밖으로 말을 내뱉지는 않았지만 주변 여러 사람들을 위해서, 특히 나를 위해서 바비를 포기할 마음의 준비를 한 것 같았다. 그는 나를 염려하고 있었다. 매사에 신중한 그가 어렵게 말문을 열었다.

"당신……. 지금보다 훨씬 더 힘들어질 거야. 잘 생각해보고 결정해요. 난 무조건 당신 뜻에 따르겠어."

"바비를 혼수상태에서 깨울 수만 있다면 내가 힘든 건 걱정 말아요. 해보지도 않고 포기할 수는 없잖아. 바비는 강한 아이니까 견뎌낼 거야. 다른 사람들은 다 포기하더라도 우린 절대로 포기하지 말아요."

존이 내 눈을 들여다보며 가만히 고개를 끄덕였다. 그의 눈에 사르륵 눈물이 고이는 것을 나는 보았다. 나의 눈에도 눈물이 고였다. 사려 깊은 그는 내게 고맙다는 말은 하지 않았다. 그는 '고맙다.' 는 말을 나에게 한다는 것이 친엄마 이상의 마음을 가지고 있는 나를 모욕하는 것이라고 생각하는 사람이었다.

뼈마디가 잡히는 내 앙상하고 가느다란 두 손에 두툼하고도 투박한 그의 손이 겹쳐졌다. 성실하게 살아온 믿음직스러운 손이었다. 그는 아무 말도 할 수가 없었다. 엄마 잃은 두 아들과 외로운 자신을 사랑으로 감싸주고 받아준 것도 고마운데, 결혼하자마자 경제적 고통을 주었고 이제는 코마 상태의 아들 간병까지 맡게 된 어린 아내에게 무슨 말을 하겠는가.

나는 그런 그의 마음을 속속들이 다 알았다. 감사하다고 말하고 싶은 그의 따뜻한 마음이 손의 감촉으로 전해져 왔다. 생각만 해도 가슴이 아린 사람, 그를 위해서라도 나는 기필코 바비를 병상에서 일으켜 세울 것이다.

Perfect love

간절한 소망

나는 그날부터 오스틴에 있는 병원과 의사들에 대해 정보를 수집하기 시작했다. 우선 집과 가까운 병원으로 가는 것이 좋을 것 같았다. 환자나 그 환자를 돌보는 가족의 심신이 안정되어야만 장기적인 치료에 몰두할 수 있을 것 같아서였다. 가족이 다른 모든 일은 손을 놓고 간병만 할 수는 없었기 때문에 생활과 간병을 동시에 할 수 있는 방법을 찾아야만 할 것 같았다. 시간이 얼마나 걸릴지 알 수 없어 장기전을 생각해야 했고 중도에 포기하지 않고 치료를 끝까지 계속하려면 이것이 최선이라는 결론을 얻었다.

회사 일에도 시간을 많이 할애해야 하는 내 경우는 더욱더 그랬다. 나는 회사를 더 잘 꾸려내어 바비의 치료비 걱정 없이 어떤 치료든 도움이 되는 치료는 뭐든 받게끔 해주고 싶었다. 그러자면 회사 일이 중요했고 집 가까이와 회사 가까이에 바비의 병원이 있어야 내가 양쪽 다 소홀하지 않고 더 많은 시간을 할애할 수 있게 될 것이라 생각했다. 이리 저리 옮겨 다니느라 차에서 많은 시간을 보내는 것은 어리석은 일이라 생각했다.

그렇지만 바비를 위해서 오스틴에서 가장 진취적이고 도전정신을 가지고 있는 유능한 의사를 찾는 것이 무엇보다 더 중요했다. 기존 틀이나 형식에 갇혀 다른 의사들이 하는 방식 그대로 무사안일주의의 치료를 하겠다는 의사는 원치 않았다. 자식을 살리려는 절실하고 절박한 부모의 마음을 이해하고 부모와 함께 최선을 다해 치료를 해 나갈 의사를 원했다.

이런 저런 방법으로 의사들의 경력을 알아보고, 유능하다고 판단되는 의사들의 리스트를 만들고, 한 사람 한 사람에게 여러 차례 전화통화를 하면서 우리의 입장을 이야기해주고 우리의 제안을 전달했다. 우리의 제안은 우리 부부가 치료에 적극적으로 참여하는 것이었다. 우리는 이미 경험으로 그냥 의사에게만 모든 것을 내맡기는 것은 바람직하지 않다는 것을 배웠기 때문에 그냥 방관자처럼 의사들이 하는 것만 바라보고 있을 수는 없었다.

오스틴에서 제일 유명한 신경과 의사는 그러한 우리 제안을 받아들일 수 없다며 바비의 치료에 우리가 참여하는 것을 재고하라고 했다. 그는 자신의 의료진을 믿고 환자를 100% 그냥 맡겨달라고 했다. 우리 부부는 그럴 수가 없었고, 그래서 그 의사를 단념했다. 나는 유명한 의사를 찾는 것이 아니라 새로운 치료 방법을 동원해서라도 최선을 다해줄 열정적인 의사를 찾으려 하였다.

오스틴의 많은 병원을 알아봤지만 우리 뜻을 이해하고 함께 협력하여 바비를 치료해 줄 의사를 찾아내는 것은 그리 쉽지 않았다. 수십 번 실망과 낙담을 했다. 우리가 단지 병원 측에 원하는 것이 우리 부부로

하여금 처방, 처치, 치료에 참여하게 해주는 것, 우리에게 중요한 결정 사항을 미리 알려 주고 또 의사들이 바비의 치료와 관련하여 미팅 등을 할 때 우리도 참석할 수 있게 해달라는 것이었는데 대부분의 의사들은 이를 납득하지 못하는 것 같았다.

힘겨운 노력 끝에 찾아낸 병원은 오스틴 남부 재활병원(Health South Rehabilitation Hospital of Austin)이었다. 내가 원하는 여러 가지 조건에 부합되는 병원이었고, 더 중요한 것은 우리가 찾는 열정적이고 도전적인 젊은 의사가 그곳에 있다는 것이었다. 병원 측과 전화로 여러 차례 의견을 나누었는데, 처음 그 병원에서는 너무 큰 중대 사안이라서 곧바로 답변을 줄 수 없다고 했다. 바비의 치료를 담당할 모든 의사들과 의논도 해야 하고 병원 측 임원들에게 보고하여 결재를 받아야 한다는 것이었다. 병원 측에서는 쉽게 결정을 내리지 못하고 일주일이라는 시간을 끌었다. 일주일 후 나에게 전화가 걸려왔다.

"존, 오스틴에서 반가운 연락이 왔어요. 부모 면담을 하고 싶대요."

오스틴 남부 재활병원에서는 심사숙고 끝에 코마 상태인 바비의 입원을 허락하기 전에 부모를 먼저 만나보고 싶다는 것이었다. 우리 부부는 주말을 이용해 러벅에 온 지 거의 한 달 만에 오스틴으로 돌아갔다. 병원에서는 바비 문제를 상의하기 위해 여러 차례 회의가 열렸다고 했다. 우리 부부에게 그들은 바비의 상태와 문제점을 상세히 물었고 우리 부부는 솔직하고 성실하게 현재까지의 상황을 설명해 주었다. 그들은 긴 시간 면담을 끝내고 우리를 밖으로 내보낸 다음 다시 회의를 하더니 결국 바비를 받아주겠다고 했다. 나는 그 소식을 듣자 바비가 곧 깨어날 수 있을 것 같은 희망으로 흥분되는 마음을 억누를 수 없었다.

"여보, 이제 정말 힘든 일이 시작되는 거야. 마음의 각오는 단단히 한 거야?"

존은 좋아서 어쩔 줄 모르며 희망에 부풀어 있는 나를 안쓰럽게 바라 보며 어깨를 다독였다. 우리는 그 길로 다시 러벅으로 돌아가 러벅 병원 에 바비를 오스틴으로 옮기겠다고 알렸다. 7시간이 넘는 장거리 운전으 로 바비를 옮길 수가 없었고, 의료진이 바비와 함께 여행해야 했기 때문 에 일반 비행기를 이용하는 것도 불가능했다.

유일한 방법이 앰뷸런스 헬리콥터를 이용하는 것이어서 병원에 앰뷸 런스 헬리콥터를 대기시킬 테니 퇴원 절차를 밟아 달라고 요구했다. 그 러나 러벅 병원에서는 환자의 상태 때문에 불가능하다며 일언지하에 거절했다. 이제부터 힘든 일이 시작되는 거라던 존의 말대로 첫 관문부 터 장벽에 부딪쳤다.

"이 병원에서 더 이상 가망이 없다고 해서 다른 병원으로 옮기겠다는 데 왜 허락해주지 않는 거예요?"

나는 이해할 수 없었다. 하루라도 빨리 바비를 옮겨서 하루라도 빨리 의식을 회복시켜야 하는데 그래서 맘이 그지없이 초조하고 조급한데 왜 이렇게 시간을 낭비하게 하는지……

"환자가 위험한 상태에서 벗어났다고 볼 수 없기 때문이에요. 앰뷸런 스 헬리콥터를 타고 환자를 이송하는 도중에 환자 신변에 문제가 생기 면 전적으로 사인을 해 준 우리 병원이 책임을 지게 되어 있습니다."

러벅 병원은 바비의 현재 상태로는 절대로 환자 이송 허가를 내줄 수 없다고 버텼다. 한동안 실랑이를 벌이다가 결국 이송 중 어떤 일이 환자 에게 벌어지더라도 병원 측에 책임을 전가하지 않을 것이며 전적으로 부모인 우리가 책임지겠다는 각서를 쓰고 나서야 병원의 허락이 떨어졌다.

미국에서는 일반 구급차를 부르는 경우도, 의료보험의 혜택을 조금 받을 수는 있지만, 개인이 부담해야 하는 비용이 상당하다. 앰뷸런스 헬리콥터를 사용하는 비용은 상상을 초월하는 금액이었다. 특히 그 당시 우리의 형편으로는. 더욱이 우리는 병원 의사의 지시를 따르지 않는 것이기 때문에 그 비용의 일부도 보험회사에서 받을 수가 없게 되었다.

그러나 나는 망설일 수가 없었다. 한시가 급했기 때문에 우선 옥상 이착륙장에 헬리콥터를 대기시켰다. 겨우 힘겹게 퇴원 준비 절차를 마치고 바비를 헬리콥터에 태우려 하는 데 바비의 체온이 급격히 상승했다. 다시 병원에서는 위험하다고 기다리라고 지시를 내렸다. 잠시 기다린 후 다시 이송을 시도하려 하는데 또다시 바비의 체온이 올랐다. 이러기를 세 번 반복한 후 나는 더 이상 기다리며 지체할 수가 없다고 판단했다. 바비의 불안정한 체온이 하루 이틀 안에 안정을 찾을 것이라는 보장도 없었고 다소 모험이 되더라도 빨리 오스틴에 있는 병원으로 옮겨 새로운 치료를 시작하는 것이 바비에게 최선이라는 생각이 굳어졌다.

그러나 원리원칙을 따지는 병원에서 우리의 생각을 순순히 받아줄 리 만무했다. 헬리콥터는 대기 중이고 시간은 점점 흐르는데 병원 측은 아랑곳하지 않았다. 존과 나는 입술이 바싹 타들어 갔다. 더 이상 병원 직원들과 실랑이를 벌이는 것이 무의미해 보여서 나는 병원에서 아르바이트를 하고 있는 피터에게 방법을 좀 찾아보라고 사정을 했다.

피터는 가깝게 지내던 의사에게 현재 처한 상황을 설명하고 도움을 요청했다. 마침 피터가 친하게 지내온 의사는 바비를 수술했던 바로 그

의사였다. 그가 바비의 차트를 들여다보고 체온을 체크한 다음 부모가 모든 책임을 지겠다는 서류에 서명을 확인한 뒤에야 퇴원을 하도록 도와주었다.

이러한 우여곡절 끝에 우리는 결국 바비를 헬리콥터로 이송할 수 있었다. 그러나 앰뷸런스 헬리콥터에는 환자와 응급처치요원(간호사나 의사)밖에 탈 수가 없다고 우리는 다른 교통수단을 이용하라고 했다. 결국, 앰뷸런스 헬리콥터에 바비만 태워 보내고 존과 나는 입원했던 그동안의 생필품들을 싣고 자동차 운전을 하여 오스틴에 가야만 했다. 어느새 입원 기간이 한 달 반이나 된 탓인지 소소하게 사들인 생활용품들이 한 살림이었다. 오스틴으로 돌아오는 차 안에서 운전에 열중하는 존 옆에서 차창 밖으로 눈을 돌리며 겨우 안도의 큰 한숨을 내쉬며 이제 겨우 한 개의 관문을 통과했구나 하는 쓸쓸한 마음에 잠겼다. 바비의 치료는 아직 본격적으로 시작되지도 않았다는 생각을 하니 갈 길이 멀게만 느껴졌다. 한가하게 슬픔에 잠길 여유가 난 없었다. 난 그 때 처음 슬픔이라는 감정도 사치일 수 있다는 생각을 했다. 정말 힘겨울 때는 눈물을 흘릴 수도 없구나 하는 상념에 잠겨 들었다.

자동차로 7시간을 달려야 하는 우리 부부보다 헬리콥터로 출발한 바비가 더 먼저 오스틴에 도착하게 되어 있어서 우리는 마이크 부부에게 도움을 요청했다. 마이크 부부는 오스틴 남부 재활병원에 미리 나가 기다리고 있다가 바비가 탄 헬리콥터가 도착하자 입원실로 바비를 옮기는 중책을 기꺼이 맡아 주었다. 마이크는 바비의 대부(代父)이기도 하지만 우리 부부와는 친형제와 다를 바가 없었다. 마이크의 부인인 디와 나는 자매 같은 사이였다.

"존, 여기 걱정은 하지 말고 운전이나 조심하게. 일곱 시간이나 운전하려면 고단할 텐데 걱정이군. 루시아는 그렇게 지친 몸으로 자동차 이동이 가능하겠어?"

마이크는 간병하느라 지쳐있는 우리 부부가 오래 장거리 운전하는 것을 오히려 염려하고 있었다. 나에게 그런 것은 문제가 되지도 않았다. 오로지 혼자 보낸 바비가 무사히 오스틴까지 갈 수 있어야 하는데 하는 걱정에 사로잡혔다.

"바비에게는 별 일 없겠죠? 아까 체온이 좀 높았는데……."

"이 사람아, 앰뷸런스에는 간호사와 응급처치요원이 함께 탑승하고 있어. 우리보다 뛰어난 처치 능력을 가지고 있는 사람들이 바비 곁에 있다고. 그러니 걱정 말고 눈 좀 붙여."

나는 원래도 잠을 잘 못자는 사람이었는데, 바비가 사고를 당한 이후는 더욱 심해져서 매일 밤 수면제 없이는 잠들지 못하는 지독한 불면증에 시달리고 있었다. 수면제를 장기 복용하는 것이 건강에 해로울 것 같아 의사와 상담을 했지만 의사도 약이 건강에 이롭지는 않겠지만 잠을 못자서 병을 얻는 것보다는 약을 먹고라도 자는 게 낫다며 수면제를 처방해 주었다.

마이크 부부로부터 바비를 무사히 병원에 입원시켰다는 전화를 받고 나서야 나는 한숨을 돌리고 차창에 머리를 기댔다. 몇 시간을 달린 후 휴게소에 들러 커피를 한 잔씩 마시고 너무 고단해 보이는 존과 운전을 교대해주자 존은 차창에 기대어 잠이 들었다.

존이 잠들자 나는 다시 이런 저런 물밀 듯 밀려오는 생각에 빠져들었다. 지나온 하루하루가 영화의 장면들처럼 스치고 지나갔다. 무엇보다

한 달 반 동안이나 아무런 이득 없이 러벅에서 허송세월을 한 것 같아 화가 나기 시작했다.

나는 스스로를 진정시키며 지나간 시간은 돌아보지 않기로 마음을 굳혔다. 이 시간 이후부터는 바비가 의식을 찾는 일과 우리 가족이 다시 갖게 될 밝은 앞날만을 생각하기로 마음을 굳혔다. 내가 버텨야만 존도 버티고 바비도 깨어나게 할 수 있다는 것을 나는 누구보다 잘 알았다.

존은 의지력이 강하고 속이 깊은 사람이지만 자기 자신만을 위하고 자기 이득만을 취하고자 다른 사람에게 고통을 줄 수 있는 사람이 못 되었다. 바비를 사랑하는 마음이야 나보다 몇 배 더하겠지만 나에게 엄청난 고통을 감당하게 하면서 아들의 회복만을 선택할 사람은 결코 아니었다. 그는 밀어붙이는 추진력도 강하지만 아니다 싶으면 빨리 포기하는 판단력도 남달랐다. 내가 못 견디고 쓰러진다든지 힘에 부쳐 병이 난다면 그는 바비의 치료를 그 순간에 바로 포기할지도 몰랐다. 그런 일이 일어나지 않도록 나 자신부터 강해져야 한다고 마음먹었다.

이제 그의 앞에서 눈물을 보이지도 않겠노라 마음을 먹었다. 한 번도 견디기 어려운 가까운 가족의 사고를 두 번씩이나 당한 그도 저렇게 굳건히 버티며 울지 않는데 내가 울 수는 없는 일이다. 다행스럽게도 그는 울고 싶은 심정일 때 잠을 자는 것으로 자신을 달래는 버릇이 있었다. 그 버릇이 그의 체력을 버텨주는 원동력인 듯싶었다.

나는 지금의 고달픈 삶과 슬픈 현실에 대해 절대 비관하지 않겠다고 다시 마음을 굳혔다. 그런데 울컥 나도 모르게 그만 참았던 눈물이 쏟아졌다. 그가 잠든 것이 다행이었다. 그가 보지 않을 때 마지막으로 울자. 이제 오스틴에 도착하면 절대 울지 말아야지.

낯익은 오스틴의 밤거리를 보면서 안도의 마음과 함께 반가운 마음이 들었다. 잠시 병원 면담 때문에 다녀갈 때는 눈에 들어오지도 않던 오스틴의 거리, 한 달 반 만에 돌아온 오스틴이었다. 집으로 먼저 가서 짐 실린 대형차를 세워두고 승용차로 바꿔 타고 병원에 가자는 존의 말을 끝내 듣지 않고 나는 병원으로 차를 몰았다. 그때까지도 마이크 부부가 바비의 병상을 지키고 있었다.

"얼마나 고생이 많았어?"

디가 나를 얼싸안았다. 안 그래도 마른 내 몸이 더욱 앙상해졌다며 그녀는 눈시울을 적시더니 오래도록 나를 안아주었다. 진정으로 가슴 아파하는 모습에 내 가슴도 울컥했지만 나는 담담하게 디를 포용했다. 마이크 부부가 우리를 바비에게 안내했다.

"의사들은 내일 만나야 할 거야. 다들 퇴근했으니까. 존과 루시아도 오늘은 집에 가서 쉬고 내일 병원에 나오는 게 좋겠어."

바비는 러벅에서 오스틴까지 비행기를 타고 날아온 것을 아는지 모르는지 똑같은 모습으로 누워 꿈쩍하지 않고 있었다. 어쩌면 환경이 바뀌면서 자극을 받아 의식이 깨어날 수도 있지 않을까 하는 티끌만한 기대가 있었는데, 역시 허망한 꿈에 불과했다. 병실은 제법 넓고 쾌적한 편이었다. 침대 머리맡에는 수많은 기기들과 보조 장치들로 복잡했고 그것에서 나오는 선들을 주렁주렁 매단 채 바비는 러벅에서처럼 곤히 잠들어 있었다.

"간병인을 구해야겠지? 루시아와 존은 일을 해야 하잖아."

"아니. 간병인은 구하지 않을 거야. 존과 내가 교대로 바비를 지키고 보살필 거야. 남에게 절대로 우리 아이를 맡길 수 없어."

"하루 이틀도 아니고 너무 힘들 텐데……."

내 성격을 잘 아는 디는 걱정하면서도 더 이상 나를 설득하려 하지 않았다.

변함없이 잠자고 있는 바비를 눈으로 확인하고야 우리는 집으로 향했다. 병원에서 집까지 자동차로 30분 거리였다. 7시간 거리의 러벅 병원과 비교하면 너무도 가까운 거리였고 회사와도 45분 거리였다. 병원과 집과 회사를 오가면서 세 가지 일을 다 볼 수 있다는 사실만으로도 나는 다소 마음이 놓였다.

"존, 내가 회사를 팔아야 할까요? 아무래도 하루 종일 바비를 간병해야 할 거 같은데……."

"글쎄. 간단하게 결정할 일이 아닌 것 같은데……. 생각을 좀 해보자고."

한 산업단지 안에 있는 마지막 남은 우리 소유의 건물 안에 각각 회사를 가지고 있었지만 우리 두 사람은 출근해서도 서로 얼굴 부딪칠 일이 거의 없었다. 그는 다니던 회사를 그만 두고 부동산 개발업에 뛰어들었고, 나는 화학제조업 회사를 운영하고 있었다. 그는 나보다 시간적으로 여유가 있는 편이어서 사무실에서도 일찍 퇴근하여 귀가했다. 그래서 그가 집안일을 더 많이 도왔다. 그의 부지런함은 누구도 따를 자가 없었다. 그 부지런함과 성실함으로 역경을 이겨내고 자신을 성공으로 이끌었던 사람이다.

존은 직장을 다니던 젊은 시절부터 부동산에 관심이 많았다. 그는 IBM 회사에 취직한 후 자리를 잡게 되자 월급만으로는 빨리 안정된 생활을 누릴 수 없다는 판단 하에 생활비를 절약해 가며 돈을 모으고 그

돈으로 부동산에 투자하였다. 마침 그의 투자시기에 맞추어 부동산 경기가 호황을 누리는 행운으로 미국 각지에 많은 부동산을 소유하게 되었다.

부동산 경기는 뉴욕이 있는 동부보다 텍사스 주가 있는 남부 쪽이 더 활성화되고 있었고 그 중에서도 남부 쪽 경기가 더 전망이 있었기에 오스틴에도 부동산을 사들였다. 우리 부부가 오스틴에 자리 잡게 된 것도 그가 사놓은 부동산들 때문이라 할 수 있다.

그러나 그러한 부동산 경기는 존과 내가 결혼을 할 즈음에는 바닥으로 치닫게 되어 가지고 있는 부동산들이 재산이 아니라 부담스러운 짐 덩어리가 돼 버렸다. 모두 그러하듯이 은행의 융자를 받아 부동산을 사는데 부동산 가치가 하락하면 나머지 갚아야 하는 은행융자금보다 부동산 가치가 떨어져 이자를 얹어 파는 것은 고사하고 자기 돈을 더 얹어 팔아도 처음 본전을 찾지 못하는 지경이 된다.

은행에 파산 신고를 하면 자신이 가지고 있던 돈은 잃지 않을 수 있으나 개인 신용이 바닥에 떨어지게 된다. 존은 개인 신용을 잃지 않고 또 그동안 줄곧 거래해 왔던 은행 직원들에게 피해를 주고 싶지 않다고 자신이 가지고 있던 돈을 더 얹어서 가지고 있던 부동산을 처분했다. 이런 집들이 한두 채가 아니라 수 백 채였으므로 틈틈이 아껴 모아놓은 돈을 모두 잃게 되었다. 나는 그러한 존이 원망스럽기보다는 존경스러웠다. 그런 그의 마음 씀씀이와 성실함을 사랑했던 나였으니까.

한 달 반 만에 집으로 돌아온 우리는 피곤을 풀 겨를도 없이 제대로 짐을 풀어 정리할 여유도 없이 다음 날에 대한 준비 체제로 들어갔다. 당장 내일부터 새로운 의사들을 만나 미팅을 갖고 바비의 치료에 총력을 기울여야만 한다는 생각 외에는 할 수가 없었다. 그것이 지금으로서는 우리의 삶의 전부였고 가장 큰 과제이며 중대사였다.

아침 10시에 병원 측 임원들과 바비를 책임 맡을 의료진과의 미팅이 잡혀 있었다. 첫 상견례나 마찬가지였다. 겉으로는 당당한 척 했으나 나는 내심 긴장하고 있었다. 의료진을 만나는 일이 설레면서도 한편 두려웠다. 그들이 우리와 같은 마음으로 바비를 혼수상태에서 깨우기 위해 최선을 다해 줄 의사들이기를 빌었다. 세상에는 무성의하고 무책임한 의사들도 많지만 우리 아버지처럼 고지식하고 성실하고 책임감 강한 의사들도 있다는 것을 나는 믿었다. 나는 두근거리는 마음으로 회의실 문을 밀었다.

회의실에는 이미 8명의 의료팀이 우리를 기다리고 있었다. 뇌신경과를 비롯해 바비 증상에 관련된 의사, 간호사, 치료사들로 구성된 통합의료진들이었다. 의사 세 사람 중 한 사람은 내가 희망을 걸었던 젊은 의사였다. 병원 측 임원 한 사람이 의료진들을 소개했고 우리에게 바비에 관한 그동안의 경위를 설명할 시간을 주었다. 존은 바비가 사고를 당하고부터 러벅 병원에서 한 달 반 동안 진료를 받은 내용을 설명하고 나서 나에게 퇴원을 결심하게 된 동기를 말하도록 기회를 주었다.

"저는 바비에게 지속적으로 발작예방제를 투여하는 것에 대해서 병원에 항의를 많이 했습니다. 죽음처럼 깊은 잠에 빠진 아이를 잠에서 깨워야만 하는데 자꾸 잠을 재운다는 게 이해가 되지 않았습니다. 그들은 뇌의 쇼크를 방지하기 위해 그러한 약을 주사한다고 했지만 제가 볼 때는 형식적인 처치에 불과한 것 같았습니다. 아이를 깨우기 위해서 자극 치료가 필요할 것 같았고요. 아들의 의식이 돌아오기를 간절히 바라는 저희들의 심정으로 함께 고민하고 함께 치료해 줄 분들이 필요했습니다. 시험적인 새로운 시도를 해보셔도 좋습니다. 이보다 더 나빠질 것이 무엇이 있겠습니까? 시도하다가 잘못된다고 해도 절대 원망하지 않겠습니다. 저희도 가능성이 있다면 어떤 방법이든 시도해 볼 생각입니다. 도와주세요. 우리가 원하는 것은 매주 바비에 대해 회의를 하고 서로 의견을 교환하고 의료진들의 회의에 우리도 참석하도록 해달라는 것입니다."

의료진들은 몇몇 질문을 나에게 해왔고 일주일에 한 번씩 바비에 관한 관찰 기록을 놓고 주간회의를 할 때 우리 부부도 참석해도 좋다고 했다.

"아무리 의료진들이 정성을 다해 살핀다 해도 가족만큼 환자에 대해 깊은 관심을 쏟을 수는 없을 것입니다. 한마디로 가족만큼 훌륭한 의사는 없다는 뜻이기도 합니다. 우리가 두 분을 도와드리는 것입니다. 그 점을 우리 의료진들도 인식하시고 합심하여 치료를 성공시키도록 하십시다."

그 말에 우리 부부는 그들을 향해 고개 숙여 깊은 감사의 뜻을 전했다. 그런 생각을 가지고 그렇게 말해줄 수 있는 사람들이라면 믿어도 좋겠다는 생각이 들었다. 역시 내가 탐문한 끝에 찾아낸 의사는 나를 실망시키지 않았다.

내가 원했던 젊은 뇌신경과 의사가 총 지휘를 맡았다. 그는 젊지만 유능한 의사였고 권위적이기보다는 진취적이고 시험적인 면이 내 마음을 끌었다. 우선 러벅 병원에서 한 달반 동안 투여 받았던 약을 중단하고 가능하면 자꾸 잠에 빠지게 하는 그러한 성분이 들어있는 약은 처방하지 않기로 한 것도 희망의 조짐으로 보였다. 코마 자극치료와 마사지를 시작하기로 했고 부모 나름으로의 민간요법 치료도 허락되었다. 그 치료는 반드시 병원에 보고하고 허락을 받아야 한다는 전제 조건이 붙어 있었지만 그건 오히려 바람직한 일이었다. 바비의 상태에 맞는 맞춤형 치료 프로그램이 만들어졌다. 그 프로그램에 따라 바비의 치료 스케줄이 짜졌다.

"오랜 시간 혼수상태로 누워 있는 환자들 대부분이 욕창에 걸리고 온몸이 굳어오는 현상이 나타나는데 전신 마사지를 해주면 그 증상을 막는 데 큰 도움이 됩니다."

러벅 병원 중환자실에서는 코마 자극치료나 마사지 치료를 할 생각도 하지 않았었다. 중환자실에서는 그런 치료를 할 수가 없다면서. 그래도 우리는 병원 눈치를 보면서 잠깐씩 팔다리와 전신을 주물러 주었는데 이제 오스틴 이 병원에서는 적극적으로 마사지를 권유하는 것이었다.

"내 생각이 맞았어. 상식적으로 생각해도 그렇잖아. 온몸이 굳어가는 아이의 혈액순환을 위해서라도 마사지를 하는 게 도움이 될 텐데 러벅에서는 그런 것도 해주지 않았던 거야."

나는 또다시 한 달 반이라는 시간을 낭비한 것과 너무 구태의연하고 수동적이었던 러벅 병원의 치료방식에 대해 다시 화가 치밀기 시작했다.

"지나간 일은 잊어요. 그런 생각하면 더 속상하기만 하잖아. 흘러간 시간은 되돌아오지 않으니 그렇게 자기 자신을 괴롭히지 말아요, 당신."

나는 사고 초기부터 적극적인 방식으로 치료에 임했다면 혹시 어떤 효과를 보았을지도 모른다는 생각을 떨쳐 버릴 수 없어 화를 억누를 수 없었고 존은 그런 내가 염려스러운지 나를 다독이며 타일렀다. 나 역시 과거에 연연해하는 사람은 아니었지만 너무 귀중한 사고 초기 시간을 낭비하고 적절하게 대응책을 찾지 못한 것이 억울해서 분이 쉽게 가라앉지 않았다.

병원에서 치료사가 해주는 마사지 외에도 존은 매일 바비의 전신을 마사지해 주었다. 바비가 워낙 운동으로 단련된 근육질의 단단하고 큰 체구여서 몸무게 50kg도 안 되는 나로서는 그 체구를 감당할 수가 없었다. 아들의 다리 하나 들어 올리는 일도, 몸을 닦아주기 위해 옆으로 돌려 눕히는 일조차도 나 혼자서는 도저히 해낼 수가 없었다. 더구나 의식이 없는 나무토막 같은 상태의 몸뚱이는 실제의 몸무게보다 더 무겁게 느껴져 몇 번 시도해 보다가 결국 포기하고 말았다.

존은 건장한 편에 속하는 데도 바비를 버거워 했다. 100kg에 가까운 거구 바비를 어깨부터 발까지 전신을 마사지 하고 나면 존의 온몸은 땀으로 흥건히 젖었고 그는 잠시 환자 침대 곁 소파에 가서 누워야 할 정도로 체력이 소모되었다. 한 번 하는 데 두 시간 내지 세 시간이 소요되는 그 힘든 마사지를 잠시 쉬었다가 일어나 또 되풀이했다.

아침 7시부터 오후 3시까지는 시간적 여유가 있는 존이 바비 곁을 지켰고 퇴근 후에나 시간을 낼 수 있는 나는 오후 3시부터 밤 12시까지 바비를 맡았다. 간병인을 쓰라는 친구들의 권유가 많았지만 우리는 그렇게 하지 않았다. 경제적인 이유도 있었지만 무엇보다 우리 자식의 생사가 달린 일인데 남의 손에 맡겨놓고 기다릴 수가 없었다. 아무리 성실하고 헌신적인 간병인이라 하더라도 부모처럼 자식을 보살필 수는 없을 것이기 때문에.

존은 바비의 병상을 지키는 8시간 동안 말없이 마사지를 계속하고 또 계속했다. 그 덕에 바비의 혈액순환은 원활했고 어느 곳에도 마비 증상은 일어나지 않았으며 그렇게 오랜 시간 누워 있었는데도 불구하고 단 한군데 욕창도 생기지 않았다. 그것은 모두 존의 중노동 덕이었다. 내가 교대하러 병원에 가면 존은 언제나 지쳐 보였는데, 힘든 마사지 때문이었다.

존을 집에 들여보내고 나는 잠든 바비를 찬찬히 살펴보았다. 러벅 병원에서처럼 그렇게 깊이 잠들어 있다는 느낌은 들지 않았다. 우선 환자답지 않게 혈색이 좋았고 가볍게 낮잠을 자는 것처럼 편안해 보였다.

나는 바비가 코마 상태에 빠진 이후 계속해서 의학책도 보고 의학 논문도 보면서 한 가지 결론에 도달하게 되었는데, 그것은 인간의 뇌가 잠에 빠졌다고 해서 인간의 감각이 덩달아 잠자거나 죽지는 않는다는 사실이었다. 다시 말해 '혼수상태에 빠진 사람이라도 감각은 다 살아있다.'는 사실이었다. 이 사실을 되짚는 중 퍼뜩 아이디어가 떠올랐다.

"감각, 그래, 감각이 살아있다면 감각을 자극해 보는 거야."

나는 황급히 내 핸드백에서 향수를 꺼내어 바비의 코에 바짝 갖다 대고 비비면서 아이의 표정을 살폈다. 물론 아무런 반응을 보이지 않았지만 나는 내 아이디어에 착안해 그날부터 바비의 감각을 자극하는 방법들을 궁리하기 시작했다.

일반 향수로는 아무래도 효과가 덜할 것 같아서 보다 효과가 강할 것 같은 특수 향수를 제조했다. 텍사스의 뜨거운 태양 아래 일반 향수를 오래 놓아두면 휘발성이 있는 물질들은 증발하고 남는 성분이 있다. 이 농축액이 후각을 자극하는 데 효과가 있을 것 같아서 이렇게 제조된 특수 향수를 써서 바비의 후각을 자극하기 시작했다. 또 얼음을 수건에 싸서 몸과 코에 들이대며 자극하는 방법도 쓰기 시작했다. 차디찬 얼음 수건으로 바비를 괴롭히기 시작한 것이다. 이 두 방법을 번갈아가며 감각을 자극해 보는 노력을 계속했다.

아무 의식이 없는 임신 초창기의 태아도 엄마의 자궁 속에서 위협을 느끼거나 자극을 받으면 스스로를 보호하려는 움직임을 보인다고 한다. 그것은 극히 단순한 동물적인 보호본능에 지나지 않지만 나는 그런 원리를 이용해서라도 바비를 깨어나게 하고 싶었다.

얼음수건으로 한동안 자극하다가 또 다른 아이디어가 떠올랐다. 향이 짙은 소나무 껍질을 이용하여 자극해 보는 것이다. 바비는 고등학교 시절 내내 여름방학이면 늘 콜로라도에서 열리는 크리스천 캠프에 가서 봉사활동을 했었다. 교회 청소년들은 여름방학만 되면 로키(Rocky) 산맥으로 이어지는 콜로라도로 캠프를 떠났다. 캠프에서는 크리스천 재단에서 팔려고 잘라놓은 소나무의 껍질을 벗기는 작업도 일과에 포함되어 있었다. 바비는 소나무의 껍질 벗기는 작업도 열심히 했고 캠프에 온 학생들에게 상담을 잘해줘서 인기가 좋았다.

바비는 3개월 가 있는 동안 처음에는 용돈을 가지고 갔지만 얼마 지나고부터는 용돈이 필요치 않다며 보내준 용돈도 돌려보냈다. 시원한 산 속에서 진한 소나무 껍질 향에 취하다보면 한여름이 금방 지나간다며 그 일을 좋아했었다.

나는 그곳 크리스천 캠프에 연락하여 바비를 위해 제일 최근에 벗긴 향이 진한 소나무 껍질을 좀 보내달라고 부탁했다. 그들도 이미 바비의 소식을 들은 터라 기꺼이 신선한 소나무 껍질을 보내주었다. 도착한 커다란 소나무 껍질들을 잘게 잘라 잘 봉하여 냉장고에 보관하고 조금씩

덜어 바비의 후각을 자극했다. 한 번 사용한 소나무 껍질은 버리고 다음 번에는 냉장고에 있는 새 껍질을 사용했다. 의식은 없지만 바비가 좋아하던 향기를 기억할 것 같아 하루도 거르지 않고 그 일을 계속했다. 며칠은 얼음 수건으로 후각을 자극하다가 또 며칠은 소나무 껍질로 후각을 자극하며 아이를 못 견디게 괴롭히면서 간절한 내 마음을 전했다.

"바비야, 어서 돌아와. 우리 모두 이렇게 널 기다리고 있잖아. 너 엄마를 정말 사랑한댔지? 그렇다면 제발 내 소원을 들어줘."

분주하고 소란스럽던 병원이 고요해지는 밤 시간이면 나는 바비에게 수없이 속삭였다. 밤늦은 병실에서 바비를 자극하는 일을 게을리 하지 않았고 정신 나간 사람처럼 바비에게 많은 이야기를 들려주었다. 바비는 아무 반응을 보이지 않았지만 나는 바비가 듣고 있을 것이라 믿으며 이야기를 계속했다.

"이 냄새 생각나니? 네가 껍질을 벗기던 콜로라도 소나무야. 넌 그곳을 좋아했어. 맡아 봐. 기억날 거야."

코에 바짝 소나무 껍질을 들이대며 냄새를 맡게 했다.

"제발 귀찮다고 소리라도 지르렴. 어쩌면 이렇게 꿈쩍도 안하는 거니. 엄마 잔소리가 듣기 싫어서 그래? 네가 깨어나면 이제 잔소리 안 할게."

아무리 울지 않겠다고 스스로에게 약속했지만 바비에게 지난 이야기를 들려주다보면 나도 모르게 눈물이 줄줄 흘러 바비의 이불깃으로 내 손등으로 굴러 떨어졌다. 하루 이틀도 아니고 한 달 넘게 매일 되풀이하는 내 끈질긴 등살에 짜증을 내며 자기를 괴롭히는 내 손을 거세게 뿌리쳐 주기를 간절히도 빌었다. 존은 그렇게 애태우는 나를 보다 못해 이제 그만하라고 말하기도 했다.

안타깝게도 또 한 달이 지나갔다. 바비가 의식을 회복할 가능성이 점점 희박해져 갔다. 하루하루가 지날수록 날이 가면 갈수록 바비가 깨어날 가능성은 낮아진다는 것을 병원은 물론 존도 알고 나도 알고 있었다.

"여보, 과연 우리가 이렇게 하는 것이 옳은 것일까?"

존이 힘없는 목소리로 내게 물었다. 그의 지쳐있는 목소리가 내 마음을 아프게 했다. 이제라도 그냥 포기하자고 말하고 싶은 눈치였다. 어쩜 차마 말로 내뱉지는 못하지만 존은 마음 한 구석에서 '차라리 사고 당시 아들이 죽었더라면 본인한테도 가족한테도 더 낫지 않았을까' 라는 안타까운 생각을 하는지도 모를 일이었다. 우리에게 입 밖으로 내어 그런 말은 못했지만 바비와 우리를 지켜보던 사람들은 한두 번 그런 생각을 안 해 본 사람이 없었음을 나는 안다. 특히 존은 전신마비의 아내를 3년 동안이나 간병한 경험이 있었기 때문에 그 고통을 누구보다 잘 알고 있는 사람이었다. 나는 지쳐가고 연약해지는 존을 보며 더 강인해져야 했다. 아니 더 강한 척 해야 했다. 하루에도 수십 번 나를 괴롭히는 절망감과 좌절감, 허탈함과 허망함, 내가 간신히 하루하루를 지탱해 나가는 것을 알면 존이 어떻게 할 것임을 알기 때문이었다.

"존, 신이 우리의 인내력을 테스트하는 것 같아. 그 테스트를 통과해야만 해요. 희망을 버리면 안 돼. 우리가 포기하면 바비는 어떻게 해? 바비는 건강했고 강한 아이니까 틀림없이 이겨낼 거야. 바비는 지금 깨어나기 위해 나름대로 혼자 사투를 벌이고 있는지도 모르는데 우리가 손 놓아 버리면 바비가 너무 가엾잖아."

나는 존의 투박하고 두툼한 손을 잡고 그에게 희망을 심어주는 말을 계속했다. 그의 눈이 촉촉해지더니 나를 향해 고개를 끄덕였다.

"그래. 우리마저 그 애를 버린다는 건 너무 잔인한 일이지. 그렇지만 당신한테 못할 짓을 시키는 것 같아서 그걸 참을 수가 없어."

"존, 나를 염려하는 당신 마음은 이해하지만 이제 그런 약한 소리는 내 앞에서 하지 말아요. 그건 나한테도 도움이 되지 않아."

"알았어. 대신 당신 건강도 챙기면서 바비를 돌보겠다고 약속해."

"내 건강은 내가 잘 알아 챙기니까 걱정하지 말아요."

어려운 일이 닥칠수록 우리 부부의 애정은 더욱 돈독해졌다. 내 가슴을 처음으로 뛰게 했던 남자, 존 허. 한국에서 75불 들고 미국으로 건너와 대학과 대학원까지 마치며 지금 이 자리까지 온 남자. 그는 공부를 하는 것만이 미국 이민생활에서 살아남는 길이라 생각하고 죽기 살기로 공부를 했다고 한다. 나는 충동적이고 순간적인 사랑보다는 깊은 존경심을 가지고 존을 사랑했다.

나는 미국 이민 온 후 이런저런 마음고생은 했지만 의식주 걱정은 해본 적이 없었다. 일곱 살에 한국을 떠나 말레이시아에서 외국인 학교를 다니며 매일 영어 단어 100개씩을 외우며 영어를 익히고 미국에 와서는 중학교 1학년으로 입학했다.

의사인 아버지 밑에서 별로 부족한 것 없이 성장해 온 나는 모든 일에 완벽을 기하는 완벽주의자였고, 내가 하는 일에서는 최고가 되어야 만족하는 사람이었다. 당당함을 넘어 교만에 가까운 나에게 가까이 다가오려는 남자들은 많았지만 나는 나보다 능력 없는 남자들을 무시하며 누구한테도 눈길조차 주지 않았다. 무능하면서도 자기가 무능한 줄모르고 거드름을 피우는 사람, 가진 것도 없으면서 작은 일을 하찮게 여기며 노력하지 않는 사람, 부모의 사회적 위치나 재력을 제 것같이 알고 으스대는 사람을 나는 그때나 지금이나 제일 경멸한다.

그런 면에서는 존도 나와 같았다. 자기 것이 아니면 탐내지 않고 자기가 노력하지 않고 쉽게 거저 얻으려는 법도 없었다. 남을 배려할 줄 알면서도 생색내지 않고 말이 워낙 없는 사람이다 보니 말부터 앞세우는 일도 없었다. 나는 그런 그에게 빠져들었다. 그의 앞에서는 저절로 겸손해지고 부드러워지고 선머슴 같던 내가 여자다워짐을 느꼈다.

존을 만나면서 나는 내 인생이 바뀔 조짐을 이미 눈치 챘다. 주변에서는 모두들 말도 안 된다고 하며 우리의 사귐을 말리려 했다. 왜 사서 고생을 하려 하느냐고 만류했다. 특히 나를 아끼는 우리 가족들 앞에서는 그 사람 이야기를 꺼낼 엄두도 내지 못했다. 그러나 누구도 내 마음을 변하게 할 수 없었고 그와 나는 부부가 되었다. 그리고 내 선택에 대해 티끌만한 후회도 없이 그와 함께 잘 살아왔다. 그도 나도 서로에 대해 불평이나 불만이 없었다. 그런 생각을 할 겨를도 없이 부지런히, 바쁘게, 열심히 살았다. 재정적으로도 사회적으로도 자리를 잡고 남들의 존경도 받으며 살려고 노력해온 우리 부부에게 첫 번째 시련이 닥친 것이었다.

"정직하고 성실하게 살면 아무 걱정 없이 잘 살 줄 알았는데, 왜 자꾸 이런 시련이 닥치는지 정말 알 수가 없어."

러벅 병원에서 나란히 앉아 바비를 지켜보다가 무심히 내비친 그 말이 그의 착잡한 속마음을 대변해주고 있었다. 나는 그 말의 깊은 뜻을 너무 잘 알기에 코끝이 찡해 왔다. 나를 만난 이후에는 그에게 좋은 일만 있게 해주고 싶고 행복한 생활만 누리게 해주고 싶은 내 욕심을 신이 허락하지 않는 모양이었다.

Perfect love

신이 허락하지 않은 행복

존을 만나고 사랑하게 된 것이 나의 운명이듯, 존이 나를 만나고 사랑에 빠진 것 또한 그의 운명일 것이다. 의대 재학시절 나는 신시내티 대학 도서관에서 많은 시간을 보냈는데 그 때 존을 만났다. 동양인이 많지 않았던 시절이라 같은 동양 사람만 보아도 친근함을 갖던 때였다. 우리는 같은 한국인임을 알아보고 서로 눈인사를 건네게 되었고, 며칠 후에는 휴게실에서 커피를 함께 마시면서 대화를 나누는 사이로 발전했다. 그는 뉴저지에 살고 있는데 신시내티에 교수로 있는 형을 만나러 왔다고 했다.

"미국 생활 힘들지 않았어요?"

나는 어린 나이에 미국으로 이민 왔던 그 낯섦을 기억하며 의례적인 인사말을 건넸다. 그리 심각한 대화를 나눌 의도가 있었던 것이 아니라 한국 사람끼리 타국에서 만나면 당연한 물어보는 인사 같은 것이었다. 내 별 뜻 없는 질문에 존은 '난 정말 고생을 많이 했어요.' 하며 진지하게 답변을 했다.

"누구나 준비 없이 낯선 땅에 오면 고생하죠. 언어 때문에도 그렇고 문화가 달라서도 그렇고요. 존은 뭐가 제일 고생스러웠어요?"

"내 경우는 언어나 문화보다 당장 먹고 사는 문제가 더 절박했어요. 미국 오고 몇 년은 공부하느라 보낸 시간보다 돈 벌러 뛰어다니는 일에 더 많은 시간을 썼으니까요."

그의 성실하고 진지한 답변에 나는 대화를 중단할 수가 없었다. 존이 자연스럽게 미국에 처음 왔을 때 이야기를 들려주었다. 나로서는 상상도 못해 본 다른 세상의 이야기 같았다. 그날 못 다한 이야기는 다음 만났을 때 또 다시 이어졌다. 그가 말하지 않으면 내가 그 뒷이야기를 궁금해 하며 마저 이야기를 해달라고 졸랐다.

"좋은 이야기도 아니고 재미있는 이야기도 아닌데 그게 왜 궁금해요?"

"어떻게 공부를 계속할 수 있었는지 알고 싶으니까요."

내가 열심히 귀담아 들어주는 것이 좋았는지, 아니면 누구에게라도 속을 한번쯤 털어놓고 싶었는지 모르지만 그는 못 이기는 듯 다음 이야기를 계속했다. 나를 만나기 직전까지 살아온 이야기를 다 듣고 났을 때 나는 정말 진심으로 마음이 아팠고 그에게 큰 위로가 되어주고 싶었다. 그의 고생이, 그의 노력이, 그의 삶이 내 가슴을 아프게 했고 그의 무던하고 성실한 성격에 존경심이 일었다. 그의 이야기는 대충 이랬다.

존은 24살이라는 '어정쩡한' 나이에 미국으로 오게 되었다. 신시내티에서 공부를 하고 있던 형의 초청으로 미국에 왔으나 형의 도움을 받을 입장이 못 되었다. 형도 혼자서 공부하고 의식주를 해결하느라 밤낮 없이 시간에 쫓겨 살면서 간신히 유학생활을 하고 있는 형편이었다. 존이 미국에 도착했을 때 손에 쥐고 있던 돈은 비행기 표를 사고 남은 75

불이 전부였다.

고등학교를 졸업하고 군대를 다녀온 후 형에게 미국에서 공부할 수 있는 길을 알아봐 달라고 부탁을 했다. 가면 형에게 부담주지 않고 혼자 힘으로 어떻게든 살 테니 유학길만 열어달라고 하자, 형이 그 방법을 모색해 주었던 것이다. 그 때만 해도 미국에는 한국 사람이 별로 없던 이민 초기라서 더욱 어려움이 많았다.

"우선 일자리부터 구해야겠어."

차도 없고 돈도 없고 말도 안 통하는 학생 신분으로 무슨 일을 해야 할지 막막한 가운데 그의 미국생활이 시작되었다. 형과 형 친구들이 나서서 일자리를 알아봐 주었다.

첫 일자리는 소문에 듣던 식당에서 접시를 닦는 일이었다. 모든 유학생들이 특별한 기술 없이도 할 수 있는 일이라 그런지 많은 유학생들이 접시 닦기 아르바이트를 하고 있었다. 첫 출근을 한 날, 매니저는 막상 접시 닦는 일은 시키지 않고 주방에 찌든 기름때 벗겨내는 일을 하라고 했다. 영어가 제대로 안되어 매니저가 하는 말을 정확하게 알아들을 수는 없었지만, 눈치로 알아듣고 성실히 시키는 대로 일을 했다. 세제로 닦고 또 닦아도 찌들어 붙은 기름때는 잘 벗겨지지 않았다.

일주일을 그 일을 하고나니 코피가 흘렀다. 그리고 일주일이 지나서야 비로소 접시를 닦는 일에 투입되었다. 신참 아르바이트 학생의 성품을 떠보기 위한 일종의 테스트가 아니었을까 하는 의구심이 일었다. 그는 접시 닦는 자기 몫의 일을 끝내고도 다른 직원이 식당 뒷마무리하는 일까지 거들었다. 젊고 성실한 그를 직원들은 좋아했고 친절하게 대해 주었다.

식당에 출근할 때는 버스를 타고 갔지만 집으로 갈 때는 이미 버스가 끊겨 두 시간이 넘는 먼 길을 걸어서 집으로 돌아가야만 했다. 일을 다 끝내고 집으로 퇴근하는 시간은 언제나 새벽 한 시가 넘은 시간이었다. 종일 노동에 지친 몸을 끌고 두 시간이나 걸어서 집에 도착하면 몸이 물에 젖은 솜처럼 녹초가 되었다. 눈꺼풀이 절로 내려 덮였지만 그는 세수를 하고 밤새 영어와 씨름했다. 아르바이트 하는 시간을 빼고는 오로지 영어 공부에 매달렸다.

"우선 말이 통해야 이 땅에서 무엇이든 할 수가 있어."

형이 공항에 마중 나와 제일 먼저 했던 말이다. 중고등학교 때 배운 영어는 미국 땅에서 아무런 도움도 되지 않는다는 사실을 알았다. 학교에서 배운 영어로 대화를 해봤자 누구 하나 알아듣는 사람이 없었다. 미국 땅에서 주고받는 사람들의 대화는 단 한마디도 귀에 들어오지 않았다. 공부라면 자신이 있었고 영어 성적도 좋았던 그를 첫 번째로 당황하게 만든 것은 실질적인 영어회화였다.

듣기도 말하기도 처음부터 다시 시작해야 한다는 것을 알았다. 존은 학기가 시작될 때까지는 어떻게든 듣기 실력이라도 쌓아야 한다는 생각에 손에서 사전을 놓지 않았다. 강의를 못 알아들으면 공부를 할 수가 없고 성적이 나오지 않으면 학업을 계속할 수가 없다는 중압감에 그는 잠깐 엎드려 쪽잠을 자면서도 영어 사전을 손에 쥐고 잤다.

"형, 영어를 빠른 시간 안에 독파할 비책은 없어? 알면 좀 가르쳐줘."

누구의 도움도 없이 교수의 꿈을 가지고 장학금을 받으며 공부에 매진하고 있는 형이 위대해 보였다. 남의 언어로 남의 학문을 연구한다는 것이 얼마나 엄청나고 대단한 일인지 그는 새삼 실감하는 중이었다.

"비책은 오로지 훈련과 단련뿐이야. 어느 날 문득 언어를 익힌다는 것은 공부가 아니라 사람들과 어울려 사는 훈련이라는 걸 깨닫게 될 거야. 그때 말문이 트이는 거지. 연구하는 학문은 그 다음 문제야. 혼자 깨우치고 혼자 터득하는 길밖에 더 다른 비책은 없어."

존은 형의 말이 무슨 뜻인지 잘 이해되지 않았다. 경험자가 하는 말이니 그런가보다 하고 새겨들었다. 학기가 시작되고 강의에 들어갔지만 도무지 무슨 말인지 알아들을 수가 없었다. 예상했던 것보다 더 심각했다. 등에서 진땀이 흘렀고 이대로는 안 되겠다 싶은 다급한 마음이 들었다. 먹고 살아야 하므로 일을 그만둘 수는 없었다.

일하러 가는 버스 속에서도 영어공부는 계속되었다. 간판, 광고, 옆 사람들의 대화, 그 모든 것이 다 영어공부 소재였다. 틈만 나면 강의 시간에 메모한 노트를 들여다보며 강의 내용을 해석하느라 골머리를 앓았다. 영어 사전이 너덜너덜 헌 걸레처럼 낡아져 한 장씩 제대로 펼치기도 어려울 정도가 되었다. 영어가 아닌 수학, 과학 같은 다른 과목은 오히려 한국에서보다 쉬웠다. 강의를 들은 날은 기필코 그날 강의를 다 이해해야만 잠자리에 들었다. 그런 노력 덕분이었는지 기말 시험 성적은 예상보다 나쁘지 않았다. 그렇게 존은 자기 자신과의 싸움을 계속했다.

"그런 환경에서도 포기하고픈 마음은 안 들던가요?"

나도 독하게 내 일을 해내는 성격이지만 존만큼 이를 악물고 힘든 고비를 넘겨야 했던 적은 없었다. 단지 나는 누구에게도 지기 싫어하고 지적당하기 싫어해서 늘 하는 일은 무엇이든 완벽하게 해내느라 마음고생을 하는 정도였다. 그것도 나는 나름대로 고생이라 생각했는데 존은 나를 부끄럽게 만들었다.

존은 굶어죽지 않고 살아남기 위해 공부를 하고 일을 해야 했던 사람이었다. 사실 한국에서 존의 집안은 존의 아버지가 용인 시장으로 봉직하고 계셨기에 그리 여유가 없는 형편은 아니었다. 그러나 형제자매가 많아서 학비며 생활비가 많이 들었고 독립심이 강한 존은 집안의 도움을 받지 않고 혼자 서기를 원했다. 미국에서 유학생활을 포기하고 한국으로 돌아가면 이러한 눈물겨운 고생은 면할 수도 있었을 텐데 그는 끝내 그렇게 하지 않았다.

"오로지 공부만 열심히 하면 살아갈 길이 열릴 거라고 생각했어요. 공부만이 내가 이 땅에서 살 수 있는 유일한 길이라 믿었지요."

간신히 등록금을 마련, 한 학기를 마치자 다음 학기 등록금 조달할 일이 걱정이었다. 접시 닦는 시간제 아르바이트 수입으로 학비를 마련하는 것은 어림도 없었다. 궁리 끝에 방학이 시작되자 두 군데 아르바이트를 뛰었다. 낮에 한 곳 그리고 밤에 한 곳. 밤 시간에는 마트 진열대에 물건 채우고 정리하는 일을 했다. 자신의 잠잘 시간을 포기하고 일을 한 것이다.

밤새 일하고 날이 훤하게 밝아오는 이른 아침에 집에 돌아가 서너 시간 눈을 붙이고 또 낮 일터로 출근했다. 여덟 시간씩 두 곳에서, 하루 열여섯 시간 일을 하면서 몸은 지칠 대로 지쳤지만 막상 보수는 얼마 되지 않았다. 그래서 그는 방학 동안 풀타임으로 일할 곳을 찾았다. 고생이 더 되더라도 수입이 높은 아르바이트를 구해야 새 학기 학비가 마련될 것 같았다.

그가 구한 일은 석탄의 원자재를 가공하는 공장에서의 아르바이트였다. 석탄 완제품을 만들기 전에 철근, 석탄가루 등 원자재를 태워 녹이기 위해 컨베이어 벨트로 그것들을 끌어올리는데 이때 옆으로 떨어지는 석탄 원석 가루를 삽으로 떠서 한데 모으는 작업을 하는 일이었다.

7, 8명의 학생들이 한 조가 되어 아르바이트를 했는데 시간 수당이 꽤 좋았다. 3개월 여름방학 동안 그 아르바이트를 계속하면 그 돈으로 새 학기 등록금을 마련할 수 있을 정도였다. 일반 사람들이 기피하는 일자리라 그런지 지급되는 수당은 높은 편이었지만 그만큼 중노동이기도 했다.

한국에서 학교나 다니다가 군대에 다녀온 터라 힘든 일을 해본 경험이 없는 존에게는 대단히 힘든 막노동이었다. 일을 하다보면 땀이 흐르고 땀과 석탄 가루가 범벅이 되어 눈과 입만 빼고 온몸이 새까만 검둥이로 변했다. 이 작업을 위해서는 그곳에서 제공하는 안전 장비인 가죽 부츠를 신어야 했는데, 하루 작업을 마치고 부츠를 벗을 때는 양말에서 물이 뚝뚝 떨어졌다. 하루 종일 가죽 부츠 속에서 땀이 흘러 양말을 적신 것이다. 3개월의 아르바이트를 끝냈을 때는 무좀이 심해질 대로 심해져 발에서는 고름이 흐르고 통증으로 걸음 걷기가 곤란해졌다. 여름 어느 주말에 신시내티 형과 함께 모처럼 바닷가로 여행을 떠났다. 그때 모래사장에서 형이 존의 맨발을 보고 '너 이게 무슨 일이야? 병원엔 가 봤어?' 하며 깜짝 놀랐을 정도였다고 한다.

"그래도 젊었으니까 그게 죽을 만큼 힘든 줄도 모르고 견뎠던 것 같아요. 지금 되돌아가서 다시 그런 삶을 살겠느냐고 묻는다면 그때처럼 살지는 못할 거라는 생각이 들어요."

나는 그의 이야기를 들으며 너무 마음이 아파서 코끝이 찡해지는데 존은 별로 대수롭지 않다는 듯 선량하고 순진한 웃음을 피식 웃을 뿐이었다. 그 담담한 모습이 나에게는 더 아픈 기억으로 가슴속에 깊이 새겨졌다.

"삼년 동안 여름방학마다 그 일을 해서 학비를 조달했어요. 언제나 여름방학이 시작될 때쯤이 나에게는 보릿고개였어요. 학기가 거의 끝나 다시 돈을 벌어야 할 때쯤 되면 용돈도 생활비도 다 떨어져 빈털터리가 되는 거죠. 그럴 때는 이틀에 한 번 식사를 했어요. 그것도 제대로 된 식사도 아니었어요. 치킨 스프 캔에 밥을 버무려 먹는 것이 고작이었으니까요. 거지 중에 상거지로 살았지요."

남의 일처럼 무덤덤하게 말하고 있는 그를 나는 따뜻하게 안고 등을 다독여주고 싶었다.

그에게는 여름보다 겨울이 더 고통스러웠다. 여름에는 비만 피할 수 있으면 한 데에서라도 잠을 잘 수 있었지만 돈 떨어진 겨울방학에는 잠자는 일이 큰 걱정이었다. 아무데서나 자다가는 얼어 죽을 판이었다. 방학 때는 학생들이 집으로 돌아가기 때문에 기숙사를 운영하지 않아서 건물이 빈다는 것을 알고 존은 빈 기숙사에 숨어들어 잠만 자고 나오는 묘안을 찾아냈다. 밤늦게 숨어들어 잠간 눈만 붙이고 이른 아침에 그곳을 나와 일터로 갔다. 히터도 들어오지 않는 냉골의 기숙사 방에서 잠을 자고나면 일어날 때는 너무 웅크리고 잔 탓에 온몸이 다 쑤시고 아팠다. 그래도 돈 들이지 않고 사방 벽이 가려진 방에서 잠을 잘 수 있다는 것이 다행스러웠다. 한겨울을 그렇게 나면 되겠구나 싶어 안도하고 있을 때 경비원에게 들켜 다시 잘 곳이 없어져 버렸다.

"그 겨울이 제일 고생스러웠던 것 같아요. 또 한 가지 견디기 어려운 것은 휴일이었어요. 남들이 기다리고 기다리는 휴일이 난 정말 싫었어요."

"왜요? 휴일에는 쉴 수 있잖아요."

"그래서 싫었던 거죠. 남들은 다 즐거워하는 휴일에 나는 너무 외로웠거든요. 일을 하느라 정신없이 바쁠 때는 몰랐는데 쉴 시간이 주어지면 나는 혼자라는 사실을 뼈저리게 느끼게 되고 한국이 그리워서 마음이 약해졌지요. 쉬는 게 오히려 고통이었어요."

결국 나는 참지 못하고 눈물을 쏟고 말았다. 가슴이 미어지며 아팠다. 그렇게 힘든 3년을 보내고 그는 정보도 얻고 요령도 생겨 병원 식당에 일자리를 구했다. 병원 식당에서 환자들의 식사를 배식하고 뒷정리를 하는 일이었는데 그곳은 시간외수당은 주지 않는 대신에 몇 시간이고 원하는 시간만큼 일을 할 수 있게 해주었다. 그는 20시간씩 병원 식당 근무를 자청했다. 시간 수당도 높고 석탄 제조 공장보다는 편하게 일할 수 있었다. 아르바이트 인원을 통솔하는 관리책임자가 존에게 친절을 베풀어주어 더욱 일하는 것이 즐거웠다. 존은 방학 때 병원 식당에 근무하면서 제법 돈을 모았다. 방학이 끝나고도 시간이 허락하는 만큼 근무할 수 있도록 관리책임자는 편의를 제공했다. 결국 좋은 성적으로 대학을 졸업하게 되었고 뉴욕에 있는 제약회사에 취직이 되었다. 그에게 이제 다른 삶이 펼쳐질 조짐이 보이기 시작한 것이다.

간호사인 수잔을 만나고 결혼을 하면서 존의 제2의 미국생활이 시작되었다. 결혼 다음 해에 피터를 낳고 1년 반 뒤에 바비를 낳았다. 그 사이 그는 큰 청사진(photo-imaging) 연구개발소로 옮겨 가정의 안정도 찾았다. 병원에서 일하는 아내와 두 아들까지 얻은 그는 든든한 가장이 되었다. 월급만으로는 경제적으로 신분상승을 할 수 없다고 판단한 그는 편의점도 경영했다. 그의 타고난 근면, 성실은 가정생활의 행복과 가족을 보살피는 일에도 예외는 아니었다.

그는 현재에 만족하지 않고 자신의 인생에 좋은 발판이 되어줄 수 있는 여러 대기업 회사에 지원했다. 결국 누구나 부러워하는 IBM 회사 시험에 합격했다. 동시에 존은 공부를 계속해야 한다는 마음으로 다시 대학원에도 입학했다. IBM에서는 뉴욕에서 자동차로 두 시간 거리 북쪽에 있는 포킵시(Poughkeepsie) 지점으로 발령을 받았다. 그곳에서 존은 IBM에서 마이크로칩 디자인 제조를 담당하는 일반기술부(General Technology Division)에서 실력을 발휘했다. 그는 직장에서는 직장인으로 성실히 일하는 한편 개인적으로는 사업가로 변신해갔다.

존은 꿈에 부풀었다. 내 가정을 꾸리고 사는 것이 행복하고 인정받는 직장에서 일하는 것이 즐거웠다. 이제 자신의 사회적 위치도 조금씩 안정을 찾아가고 경제적으로도 살 만하다 싶었을 때 수잔이 경찰차와 부딪치는 교통사고를 당했다. 뉴욕에 있는 큰 병원으로 옮겨졌고 그의 고달픈 인생은 다시 시작되었다.

"기가 막혔어요. 신이 내 행복을 질투하는 게 아니라면 그런 일이 있을 수 없었어요. 겨우 사람답게 살아보려던 참이었고 부부가 모두 몸이 부서져라 열심히 일했는데 어떻게 그런 일이 벌어질 수 있어요? 경찰차와 부딪치는 사고도 거의 없는 일인데 수잔에게 그런 일이 생긴 거예요."

처음 사고를 당하고 얼마간은 휴가를 받아 수잔을 돌볼 수 있었으나 직장을 그만두지 않는 한 아내만 간병하고 있을 수는 없었다. 회사 수익을 올리면서 성실하게 일을 잘하던 존을 지점장은 좋아했다. 그런 존에게 불행한 일이 벌어진 것을 딱하게 여긴 지점장이 많은 편의를 봐주었지만 그것도 한계가 있는 법이었다. 회사에 출근해도 멍하니 넋이 나가 일손을 잡을 수가 없었다.

퇴근을 하면 뉴욕에 있는 병원으로 수잔을 간병하러 갔다. 종일 일하고 피곤한 상태여서 자동차 운전을 하는 것보다는 기차를 타고 가는 길을 택했다. 지친 몸으로 두 시간 기차를 타고 가서 수잔을 보살피다가 두 시간 기차 타고 집으로 돌아오는 길은 멀기만 했다. 남들 즐거워하는 주말이면 그는 쉬지도 못하고 두 아들과 함께 병원으로 나들이를 갔다. 그리고 전신마비로 꼼짝 못하고 누워있는 아내를 돌보며 하루 종일 시간을 보냈다.

시간이 흘러 겨우 휠체어에 앉는 데까지는 회복되었으나 그때부터 아이들은 점점 더 엄마 곁에 가까이 가려 들지 않았다. 수잔이 몸을 혼자 지탱하지 못하기 때문에 휠체어 머리 부분에 쇠파이프로 만든 지지대를 씌워 놓았는데, 어린 눈에 그것이 무서워 보였던 모양이었다. 수잔이 휠체어를 탄 모습은 전체적으로 강철 로봇이 움직이는 형상 같아서 아이들에게 엄마라는 정겨움을 주기보다 두려움을 불러일으키는 존재가 되어 버렸다.

휠체어에 앉을 수 있게 된 후 집 가까운 병원으로 데려 왔지만, 수잔은 사고 당한 지 3년 만인 1981년에 세상을 떠났다. 두 아들을 신시내티 형수에게 맡겨 놓아서 시간이 날 때마다 두 아들을 보러 온다고 했다. 누구의 도움도 없이 그 많은 일들을 혼자 묵묵히 겪어낸 그가 남달라 보였다. 아버지 외에 존경하는 남자가 없었던 내가 처음으로 존에게 존경하는 마음이 생겼다.

나는 그를 만나며 그전에 미처 느껴보지 못한 야릇한 감정을 느끼기 시작했다. 그에게 나도 모르게 빠져들고 있었다. 그를 대하면 가슴이 떨렸다. 아침에 눈을 뜨면 오늘 도서관에 가서 그를 만난다는 사실에 맘이 설레었고 괜히 즐거웠다. 더 이상 이전의 내가 아니었다. 내 마음속에 그에 대한 사랑이 싹트고 있었다. 신시내티에서의 만남은 그리 오래가지 않았다. 나도 존도 각자 자기가 사는 지역으로 돌아가야 했기 때문에 신시내티를 떠났다. 그러나 우리는 한인들의 모임에서도 우연히 한 번씩 만났고 차츰 데이트를 하는 사이로 변해 갔다. 뉴욕에서도 가끔 데이트를 즐겼다.

우리는 만난 지 1년 반 만에 결혼했다. 결혼과 함께 그의 불행도 거짓말처럼 사라지기를 바랐고 나를 만난 이후에 남은 인생은 그가 행복하기만을 나는 원했다. 그전 결혼 생활은 신이 허락하지 않은 행복이었다면 나와의 결혼생활은 신이 허락해준 행복으로 만들겠다는 마음으로 나는 두 배 세 배 노력했다. 그와의 데이트, 그와의 결혼 이야기는 뒤에서 보따리를 풀 생각이다.

Perfect love

기적은 있다

오스틴 병원으로 온 지 두 달이 가까워오고 있었다. 혼수상태에 빠진 지 3개월이었다. 러벅 병원에서는 코마 상태에서 깨어나지 않고 일주일이 지나면 회복 가능성을 50% 이하로 보고 한 달이 지나면 10%의 가능성도 없다고 했다. 이것이 사실이라면 3개월 동안 혼수상태에서 깨어나지 못한 바비에게는 1%의 희망조차도 없다고 그 곳 의사들은 말할 것이었다. 그래도 오스틴 남부 재활병원 의사들은 우리 부부에게 이런저런 말로 격려하며 용기를 주었다.

"부모님의 노력 덕분인지 환자의 상태가 더 나빠진 것은 없습니다. 대개는 전신에 마비 증상이 나타나고 욕창이 생기고 손상된 뇌뿐 아니라 멀쩡하던 장기들도 하나 둘 손상을 입게 마련이지요. 그러나 바비의 경우는 3개월이나 혼수상태로 누워 있는 환자라고 믿기 어려울 정도로 모든 기능이 원활합니다. 힘내세요."

일주일에 한 번씩 만나는 회의를 통해 우리를 더 잘 알게 된 의료진들은 우리 부부의 애타는 심정을 더 잘 이해하게 되었는지 이제 가족같이 우리를 대해주었다.

"대부분 스스로 지쳐서 스스로 포기하고 말죠. 정말 당신의 집념은 대단해요."

"집념이 아니라 자식을 살리려는 엄마의 마음일 뿐이에요."

"모든 엄마들이 다 당신 같지는 않아요. 대부분 그저 환자 옆에서 울고 눈물을 흘리며 의사만 바라보지요."

나와 존은 여전히 하루를 거르지 않고 우리의 일상을 지켰다. 문득문득 3개월이 지났다는 생각이 칼처럼 머릿속을 스쳤지만 '아니야. 항상 예외는 있고 우리 바비는 달라.' 하며 머리를 흔들어 나쁜 생각을 지워버리려 애썼다. 그러나 시간이 점점 촉박해지고 있음을 부인할 수 없었고 나의 마음도 점점 메말라가고 있었다. 불안과 초조의 순간들이었다.

오랜 동안 쉬지 못해 육체는 피곤에 절어있었고 깊게 자리 잡은 불면증으로 깡마른 얼굴이 더 야위어갔지만 정신력으로 날 지탱해 나가고 있었다. 삶과 죽음의 기로에 선 환자 자신은 혼수상태라 아무 경험을 할 수 없고 아무 느낌을 갖지 못하지만 매일같이 그 삶을 지켜보는 가족, 대신 투병해야 하는 가족들은 삶이 아닌 삶을 살게 된다는 것을 알았다. 그렇다. 삶이라고 부를 수 없는 삶.

어느 날 주사를 놓으러 왔던 간호사가 환자의 코에 얼음수건을 가져다대는 나를 보며 말했다. 두 달 째 매일 그 행동을 하고 있는 내가 쓸데없는 짓을 하는 어리석은 여자로 보였을 법도 한데 그녀는 내 끈기가 존경스럽다고 말해 주었다. 그녀가 주사를 놓고 나가자 나는 다시 녹아버린 얼음을 버리고 새 얼음을 꺼내어 수건에 쌌다.

"바비야, 석 달을 잤으면 실컷 잤잖아. 제발 부탁이니 이제 잠에서 깨어나 줘. 이 녀석아, 눈을 좀 떠보라고. 이 얼음이 다 녹기 전에 오늘은 눈을 번쩍 뜨고 날 좀 봐줘."

밤늦은 시간에 나는 또 써늘한 얼음수건을 아이의 코에 바짝 갖다 붙이며 미친 여자처럼 혼자 중얼거렸다. 그때 바비의 머리에서 살짝 꿈틀하는 미세한 움직임을 보았다. 언뜻 그 얼음수건을 피하는 것 같은 몸짓이었다. 아주 짧고 아주 미미한 움직임이었지만 나는 그 순간을 놓치지 않았다. 혹시 내가 너무 간절한 마음이어서 헛것을 본 것은 아닌지 스스로 내 눈을 의심하기도 했으나 분명 얼음수건을 피하려는 듯한 몸짓이었다. 눈을 뜨고도 꿈을 꾸고 있는 것 같아 나는 다시 확인하려고 내 볼을 만지다가 다시 얼음수건을 집어 들었다.

"바비야, 이 얼음 수건 차가워서 싫지? 그럼 조금 전처럼 어서 피해 봐."

나는 흥분으로 가볍게 떨리는 손으로 얼음수건을 또다시 바비의 코에 들이밀었다. 코가 얼지만 않도록 조금의 쉴 틈만 주고 계속 얼음수건을 갖다 댔다. 그러나 바비는 더 이상 움직임이 없었다. 나는 병실을 달려 나가 병동 담당 간호사를 찾아 조금 전 일어난 일에 대해 설명했다.

"우리 바비가 꿈틀했어요. 얼음수건을 피하려 했다고요."

당직을 서던 의사와 간호사들이 반신반의하며 우르르 나를 따라 병실로 들어왔다. 나는 그들이 보는 앞에서 다시 얼음수건을 아이의 코에 갖다 대며 바비가 한 번 더 기적을 보여주기를 바랐다. 코에 갖다 대었다가 떼었다가 하면서 몇 번을 시도해 보았지만 안타깝게 바비는 아무런 반응을 보이지 않았다.

조금 기다리다가 간호사는 내 등을 쓸어주며 '좀 쉬세요.' 하고 병실을 나갔다. 병원에서는 내가 몇 달째 쉬지 못해 피곤에 지쳐 있는 데다 바비의 회복을 너무도 바라는 마음 때문에 헛것을 보았다고 생각하는 눈치였다. 나도 내가 본 것이 착각은 아니었는지 확신이 서지 않아 좀 전 상황을 곰곰이 되짚어 보았다.

"아니. 잘못 본 게 아니야. 난 분명히 봤어."

바비의 머리가 움찔하면서 얼음수건을 피하려 한 것이 틀림없었다. 그 날 나는 더 열심히 얼음수건으로 바비를 괴롭혔다. 그러나 더 이상 다른 진전은 없었다. 실망해서 집으로 돌아온 나는 존에게 병실에서 있 었던 일을 말했지만 존 역시 '당신 마음이 너무도 절실하니까 그렇게 보였을 수도 있어.' 하면서 믿으려들지 않았다.

"정말 바비가 얼음수건을 피하려 했다니까. 이렇게 머리를 움찔하면 서 얼음을 피하려 했어."

흥분을 가라앉히지 못하고 나는 같은 말을 되풀이하면서 거실을 서 성거렸다.

"아, 왜 모두들 내 말을 안 믿어주지?"

"알았어. 나는 당신 말 믿어. 새롭게 희망을 걸어보자."

존이 안절부절못하는 나를 끌어다 식탁 의자에 앉혔다. 그가 레드 와 인 한 잔을 나에게 권했다.

"와인 한 잔 마시고 잠을 좀 자. 이러다 정말 당신 쓰러지겠어."

그 역시 내가 잠도 못자고 제대로 먹지도 못한 채 아이를 돌보다가 몸이 허약해져서 헛것을 본 거라 믿는 표정이었다. 나는 더 이상 말을 않고 입을 다물었다. 그들에게 실제로 보여주는 방법밖에 증명할 길이 없었다. 아무도 믿어주지 않아도 내가 본 것은 실제였고 그 순간에 느꼈던 가슴 속 흥분은 지워지지 않았다. 회사에 나가서도 순간적이었던 바비의 반응을 잊을 수가 없었다.

다음 날 나는 평상시보다 조금 일찍 퇴근하여 존과 교대하고 바로 얼음수건 자극을 시작했다. 소나무 껍질이나 향수에 반응을 보인 것이 아니라 얼음수건에 반응을 보였기 때문에 나는 얼음수건을 집중적으로 사용했다. 그러나 바비는 언제 그런 일이 있었느냐는 듯 아무런 움직임이 없었다. 사람들은 모두 내가 보았던 것이 점점 착각이었다는 쪽으로 생각을 굳혀 갔다. 나조차도 그것이 정말 착각이었는가 하는 의구심을 품고 있던 이틀째 밤, 나는 또 한 번의 기적을 목격했다. 역시 밤 시간이었다.

"내가 본 게 착각이 아니지? 그렇지 바비야. 넌 이 얼음수건이 싫은 거지? 싫으면 싫다고 표현을 해 봐."

나는 얼음수건을 바비의 코에 바짝 갖다 대었다. 그때 바비가 이틀 전보다 조금 더 강하게 얼음 수건을 피하려는 몸짓을 했다. 내 눈 앞에서 벌어지는 일인데도 내 눈을 의심했다. '오, 바비. 고마워. 내가 본 게 착각이 아니란 걸 증명해줘서.' 나는 치료기기들에 연결된 선을 주렁주렁 달고 있는 바비를 나도 모르게 끌어안았다. 그날 밤 몇 번 더 얼음수건을 가져다 댔지만 더 이상의 반응은 없었다.

나는 의사와 간호사에게 전날보다 조금 더 강하게 얼음수건을 피하려 했다고 보고했다. 내가 두 번씩이나 바비가 어떤 반응을 보였는지를 상세히 설명하자 그들도 고개를 갸우뚱거리며 관심을 보이기 시작했다. 아무리 피곤에 지쳐 환상을 보았다 해도 저렇게 상세하게 설명할 수는 없지 않겠는가 하는 표정으로 내 말에 귀를 기울이기 시작했다.

드디어 닷새째 되던 날, 그날은 간호사가 바비의 상태를 살피러 병실에 들어와 있었다. 그날도 나는 얼음수건을 아이의 코에 덮었다 떼었다 하며 숨쉬기 답답할 만큼 바비를 괴롭히기 시작했다. 그때 바비가 다시 미세한 움직임으로 꿈틀 분명 수건을 피하려는 듯했고 손가락까지도 꼼지락거리는 움직임을 보였다.

"이걸 보세요, 바비가 꿈틀했어요. 머리 쪽에서……."

나는 소리쳤고 간호사도 바비의 미세한 움직임을 분명히 보았다.

"선생님, 환자가 반응을 보였어요. 손가락도 조금 움직였고요."

간호사가 황급히 인터폰으로 의사에게 보고했고 의료진 몇 명이 병실로 달려왔다. 나는 의사들이 보는 가운데 얼음수건을 코에 데었다 떼었다 하며 바비의 반응을 살폈다. 병실에 들어와 있는 의료진들이 숨을 죽이고 내 행동을 지켜보았다. 서너 차례 되풀이하자 바비가 또 이전과 같은 움직임을 보였고 이번에는 손가락을 조금 더 확실하게 꼼지락거렸다.

"어머, 미미한 움직임이 보였어요. 손가락도 꼼지락거렸어요."

간호사가 나를 얼싸안았다. 의사도 나에게 고개를 끄덕이며 미소를 지어 보였다. '당신이 본 것이 정말 착각이 아니었군요.' 하는 표정이었다. 나는 그들이 보는 가운데 또다시 얼음수건을 바비 코에 가져다 댔다. 바비는 다시 그 얼음수건을 피하려는 몸짓을 보였다. 느리고 미미한 동작이었지만 우리 모두는 환호를 질렀다. 연락을 받은 존도 병원으로 달려왔다. 그가 왔을 때 의료진들은 다 물러가고 나 혼자 병실에 있었는데 그는 병실로 들어서자 나를 가만히 안았다.

"수고했어. 이게 모두 당신의 노력 덕이야. 당신 아니면 누구도 해낼 수 없는 일을 해낸 거야."

그의 진심어린 감사에 내 눈에 모처럼 눈물이 고였지만 나는 눈물 콧물을 훌쩍 들이마시고 그에게 웃어보였다. 바비가 깨어나기 전에는 그의 앞에서 절대로 울지 않겠다는 스스로의 약속을 나는 지켰다.

"이제부터 시작이래요."

"당연하지. 이제 치료를 시도해 볼 수 있게 된 거니까 그것만도 큰 가능성이 열린 거야."

"바비는 나에게 자신감과 희망을 주었어요. 바비는 날 실망시키지 않았어."

"갈 길이 아직 멀어."

존과 나는 그날 집으로 가지 못하고 병실에서 바비와 함께 밤을 보냈다. 너무 대견하고 너무 기특했다. 아침에 출근한 의사들은 그새 소문을 듣고 밝은 표정의 우리 부부를 보자 축하한다고 손을 흔들어주었다. 그날 바비를 위한 의료 팀의 긴급회의가 열렸다. 바비의 치료를 10단계라고 한다면 이제 1단계를 이룬 것이라며 그들은 희망에 들뜨기보다는 신중한 태도를 보였다. 너무 큰 기대를 가졌다가는 자신들도 환자 가족도 실망할 수 있다는 사실을 강조했다.

"3개월이나 코마 상태에 있던 환자가 깨어났다는 일은 기적이라 할 수 있습니다. 그러나 너무 오랜 시간 혼수상태로 있었기 때문에 얼마나 이전 기능을 회복할 수 있을지 알 수가 없습니다. 특히 뇌손상을 입었던 환자의 경우는 더더욱 회복이 어려워 의식이 돌아온다 하더라도 식물인간이 될 수도 있고 사람이나 사물을 잘 분간하지 못하는 인지 불능 상태가 될 경우가 허다합니다. 그러니 너무 큰 기대를 하지 않으셨으면 좋겠습니다. 그것은 앞으로의 치료에 도움이 되지 않습니다.

희망으로 부풀어 있는 나에게 그들이 왜 그렇게 필요 이상으로 긴 설명을 하는지 그 당시에는 이해하지 못했다. 나중에 바비가 의식을 되찾아 본격적인 치료가 시작되고서야 그들이 했던 말을 이해할 수 있게 되었다. 바비의 병실에 드나드는 의사들의 발길이 잦아졌다. 각 과의 의사들이 모두 한 번씩 다녀가고 각 분야의 치료사들도 바비의 현 상태를 체크하느라 분주했다. 감각이 살아있음을 확신한 나는 몸 곳곳에도, 발바닥에도 얼음을 갖다 대며 바비의 표정을 살폈다. 차츰 더 확실하고 강하게 얼음을 피하고 거부하는 몸짓을 드러냈다. 그러나 거부하는 몸짓은 금방 행동으로 옮기지 못하고 자극한 한참 후에야 자신의 반응을 몸으로 표현한다는 사실을 알았다.

"바비야, 눈을 떠야지. 눈 떠."

나는 바비가 도로 잠에 빠질 것 같아 틈만 있으면 아이에게 얼음수건을 들이대며 잠들지 못하도록 했다. 바비는 겨우 눈을 떴다가도 곧 스르르 눈을 감았다. 처음에는 초점 없이 잠깐 눈을 떴다가는 곧 도로 감아버리기를 반복했다.

"바비, 내 말이 들려?"

의사가 바비에게 물었다.

"내 말이 들리면 눈을 떠 봐."

바비는 의사가 말한 뒤 한참 후에야 다시 눈을 떴다. 의사의 말이 들린다는 의사표시를 한 것이다. 그때 바비는 처음으로 제대로 눈을 떴고 아주 천천히 존과 나를 번갈아 보았다.

"바비야, 날 알아보겠어? 아빠를 알아보겠어? 알겠으면 눈을 감았다가 다시 떠 봐."

나는 바비에게 행동으로 답하기를 요구했다. 아이는 멀뚱히 눈을 뜬 채 아무런 반응도 보이지 않았다. 그 사이 의사들은 병실을 떠났다. 그들이 나가느라 분주한 사이에 바비가 눈을 감았다가 다시 떴다.

"바비가 당신과 나를 알아본다고 대답했어. 우리가 요청하는 행동에 대해 바비는 실행에 옮길 시간이 필요한 것뿐이야. 의사들이 시간을 주고 기다려줘야 해."

바비의 뇌에서 명령을 내린 후 몸이 명령에 따라 반응을 보이는 데는 시간이 다소 걸리는데 그 시간이 짧아도 5분은 되는 것 같았다. 우리 부부는 반복적으로 바비에게 행동을 요구하고 반응을 살폈다.

"엄마를 알아보겠으면 손가락을 움직여 봐."

"아빠를 알아보겠으면 고개를 옆으로 돌려 봐."

눈을 떠보라는 간단한 행동을 넘어서서 조금씩 더 어려운 몸짓을 요구하자 그것도 한참 후에야 겨우 꼼지락거리는 정도로 답을 해주었다.

"바비야, 고마워. 깨어나서 고맙고, 우리말을 알아들어서 고맙고, 대답을 해줘서 고맙고 다 고마워. 사랑해 바비야."

나는 바비 볼에 내 볼을 비벼댔다. 내가 묻는 말에 일일이 답해주려고 꼼지락거리는 표정이 너무나 대견스러웠다. 이제 이 아이를 침대에서 일어나 앉게 하는 것이 우리의, 나의 다음 목표이며 사명이 되었다. 바비의 기적 같은 깨어남은 나로 하여금 이제 불가능한 것이 없다는 자신감을 주었다. 나는 흥분되는 마음을 가라앉히지 못하고 누운 아이를 껴안았다.

병원 안 화제는 단연코 바비가 3개월 만에 코마에서 깨어났다는 것이었다. 병원뿐이 아니었다. 바비가 다니던 고등학교, 우리가 사는 동네, 우리 부부의 친구들과 바비의 친구들에게도 바비가 깨어났다는 뉴스는 빠르게 전해졌다.

회복을 기원하며 침울해 있던 사람들이 병문안을 하고 싶다고 했다. 우리는 조금만 더 기다려달라고 그들에게 양해를 구했다. 아직은 바비가 혼수상태에서 깨어난 것조차도 혼란스러워하고 있을 뿐 아니라 자기의 현재 상태를 인지하지 못하는 상태라고 설명했다. 그들은 코마 환자가 깨어나면 혼수상태에 빠지기 전의 정상인으로 바로 돌아오는 줄 알고 있었다. 영화나 드라마에서는 코마 상태에 있던 환자가 눈을 뜨고 의식을 회복하면 가족을 알아보고 대화를 나눈다.

하지만 그것은 터무니없는 엉터리 이야기다. 내가 그랬던 것처럼 다른 사람들도 바비가 깨어났다는 말에 그런 드라마와 같은 상황을 기대하고 있을 것이 분명했다. 혼수상태에서 깨어나 아무 인지능력도 판단력도 없이 심지어는 생각이라는 것도 할 줄 모르고 목숨만 연명하는 식물인간으로 살아가는 사람들이 많다는 사실을 그때야 나는 알았다.

면회를 허락할 수는 없었지만 아직 바비를 잊지 않고 염려해주는 이웃들이 있다는 것은 고맙고 반가운 일이었다. 바비는 성격도 좋은데다가 중고등학교 내내 풋볼 선수였기 때문에 친구도 많고 선후배도 많았다. 풋볼 선수 중에서도 바비는 주장 격이어서 항상 친구들이 그를 따랐다. 주말이면 풋볼 하는 아이들 열대여섯 명이 우르르 우리 집으로 몰려와 즐거운 시간을 보내곤 했다.

먹성 좋은 풋볼 선수들이 집에 한 번 다녀가면 커다란 두 개의 냉장고가 텅 비곤했다. 그래도 나는 바비가 다른 곳에 가서 노는 것보다는 우리 집에 모여 노는 것이 좋았다. 우리 집은 내가 모르는 어느 곳보다 안전하니까. 아이들은 바비를 좋아하고 부러워했으며 풍족한 음식이 있는 우리 집에 오고 싶어 했다.

우리 부부 역시 오랫동안 한 동네에 살면서 친구로, 학부모로, 공적인 관계로 인연을 맺은 사람들이 한 둘이 아니었다. 가까운 이웃이 아니더라도 풋볼 선수의 부모들끼리는 서로 인사를 나누고 지냈다. 거의 매일 밤 풋볼 시합이 열리고 선수의 부모들은 별 특별한 일이 없는 한 시합을 보기 위해 미식축구장에 모였다.

나 역시 아무리 바빠도 시간을 내어 시합을 보러 가는 편이었다. 자연히 어느 선수의 엄마, 어느 선수의 아버지임을 서로 알게 되고 인사를 나누며 살아왔다. 그런 그들이 바비가 의식을 회복한 것에 대해 관심을 가져주는 것이 더없이 고마웠지만 아직 바비가 외부 사람들과 인사를 나누는 것은 꿈도 꿀 수 없었다.

치료기기에 달려 있던 선들이 바비의 몸에서 하나씩 둘씩 제거되었지만 바비는 몸을 가누기는커녕 자신의 고개도 혼자 힘으로 가누지 못했다. 당연히 혼자 앉지도 못하고 음식을 먹지도 못하고 물을 마실 줄도 몰랐다. 갓 태어난 갓난아기는 엄마 젖을 물려주면 젖을 빨 줄도 알고 그것을 삼킬 줄도 알지만 바비는 금방 태어난 아기보다도 못했다.

"바비가 왜 이러는 거예요? 원래 코마에서 깨어나면 이렇게 되는 건가요?"

나는 덩치 큰 아기가 된 바비를 바라보며 너무 놀라 의사에게 물었다.

"미리 말씀 드렸던 것이 바로 이런 경우를 염두에 두었던 것입니다. 바비는 교통사고로 뇌손상을 입었을 뿐 아니라 오랜 시간 혼수상태에 빠져 있으면서 뇌에서 모든 기능이 지워져 버렸다고 보시면 됩니다. 여태 해왔던 모든 기억을 상실하고 뇌가 백지상태가 된 것이지요. 이제부터 학습과 연습을 통해 새로 인지능력을 심어주고 다시 시작해야 하는 겁니다."

그저 어이가 없고 기가 막혔다. 어떻게 이럴 수가 있을까. 어떻게 이런 일이 우리 사람에게 가능할 수 있을까. 정말 상상도 못해보았던 일이었다. 특히 우리 아들 바비에게 이런 일이 있을 수도 있다는 것은 정말로 정말로 불가능한 일이었다. 의식을 되찾고 며칠간은 유리창 밖의 풍경을 보라며 눈동자를 유도해 보았지만 그저 무표정한 얼굴로 목석처럼 눈만 껌뻑거렸다. 충격을 주지 않기 위해 큰소리로 말하지도 못하고 조용조용 바비에게 말도 걸어 보았지만 여전히 반응이 없었다. 이 전과 달리 눈을 뜨고 있고 간간이 움직임이 있다는 사실을 빼면 사람의 형상을 하고는 있지만 사람으로서의 기능을 전혀 못하는 사람 아닌 사람이었다.

누운 바비를 침대에서 일으켜 앉히려면 존과 간호사와 내가 함께 거들어야만 겨우 일으킬 수 있었다. 일으켜서 베개를 머리 뒤편에 고이고 양쪽 겨드랑이 밑으로 방석을 받쳐줘도 바비는 중심을 잡지 못하고 한쪽으로 기울어 쓰러졌다.

혼자 앉기를 할 수 없는 바비를 위해, 바비의 상태에 적합한 휠체어가 주문되었다. 목 위부터 이마까지 지지대를 만들어 머리를 고정시키고 허리부터 어깨까지 받침대로 묶어 앉히고 골반과 다리를 벨트로 걸어 바비를 앉히는 휠체어였다. 모든 것을 바비의 현 상태를 고려하여 맞추었기 때문에 그 휠체어에 앉히면 바비는 어느 쪽으로도 넘어지지 않고 바로 앉을 수 있었다. 휠체어는 전동식으로 이런 저런 버튼만 누르면 저절로 기능을 수행하는 것이었다. 물론, 사람이 버튼을 누를 수 있어야 하고 어떤 버튼이 어떤 기능을 수행하는지 알아야 제 기능을 할 수 있는 것이었다. 따라서 조작법을 바비에게 가르쳐야만 하는 것이었다.

그러나 이러한 걱정은 지금 사치였다. 무엇보다 시급한 것은 튜브를 통하여 위장에 음식을 투입하지 않고 스스로 음식을 씹고 삼켜서 먹도록 만드는 일이었다. 스푼으로 씹을 필요가 없는 부드러운 스프 같은 음식을 입에 떠 넣어줘도 바비는 그것을 혀로 받아들이고 목으로 삼키는 일을 할 줄 몰랐다. 치료사는 먼저 자기가 스프를 한 스푼 떠서 입으로 가져가 먹는 모습을 바비에게 보여주고 다시 한 스푼 떠서 바비의 입에 넣어주었다. 치료사의 음식 먹는 모습을 지켜본 바비는 그대로 해보려 하지만 반 이상은 모두 흘리고 반도 안되는 양만 겨우 입안에 받아들인다.

"어떻게 이렇게 인간이 가지고 있는 가장 기본적인 능력조차 상실할 수가 있을까요?"

정말 내 눈 앞에서 내 아들에게 벌어지고 있는 일인 데도 믿기가 어려웠다. 먹고 마시고 삼키는 일은 생존을 위한 가장 기본적인 기능, 즉 본능에 속하는 일인데 그것도 뇌에서 기억하지 못한다니 정말 모양만 갖춘 뇌를 가진 인간임에 틀림없었다. 바비는 오전 내내 여러 치료사들로부터 일상생활에 필요한 기능 등을 배우고 훈련을 받았다. 먹는 법, 마시는 법, 손짓 하나하나, 몸동작 하나하나도 다 배워야 하는 아기가 아닌 아기가 되었다. 빨대로 물을 빨아 마시는 일이 그렇게 어려운 일인지 바비를 보며 처음 알았다. 그래도 다행히 바비는 치료사가 가르치려 하는 것에 나름 집중하는 모습을 보이며 따라하려고 노력했다. 다만 바비의 몸은 바비의 마음을 따라주질 않았다. 아니, 따라주질 못했다.

깨어남으로 들떴던 흥분이 채 가라앉기도 전에 우리는 이전보다 더 큰 충격 상태에서 허덕이며 갈피를 못 잡고 있었다. 내 감정도 제대로 추스를 수 없어 어찌할 바를 몰라 하던 나는 문득 말없이 바비를 바라보고 있는 존의 어두운 얼굴을 보았다. 불현듯 지금의 바비의 모습을 지켜보는 존의 마음이 얼마나 아플까 얼마나 괴로울까 하는 생각이 내 마음을 사로잡았다. 새로이 접하게 된 바비의 비극적 뉴스에만 온 정신을 쏟던 내 시야에 존이 들어왔다. 바비의 휠체어 그리고 수잔의 휠체어. 식물인간……. 존은 아마도 이 데자부(déjà vu)가 꿈인가 실제인가 하고 있는지도 몰랐다. 어떻게 아들의 생모 수잔을 통해 이미 한 번 겪은 일이 다시 재현될 수 있을까 생각하는 지도 몰랐다. 죽음보다 싫었던 경험을 또 되풀이하게 된 존. 난 그만 주체하지 못하고 눈물을 터트리고 말았다.

겨우 빨대로 물을 빨아 당기고 스프를 입으로 받아 목구멍으로 삼키는 일을 해내는 데도 일주일 넘게 시간이 걸렸다. 바비가 입원해 있던 이 남부 재활병원에는 각 치료실이 마련되어 있어 각 치료실에서 그곳에 준비되어 있는 기구를 이용하여 각각 다른 훈련을 받을 수 있게 되어 있었다. 예를 들면, 물리치료실에는 갖가지의 물리치료에 필요한 기구들이 준비되어 있었고 물리치료사들이 항시 대기하고 있었다. 그러나 바비의 현 상태는 다른 환자들과 함께 치료실에서 치료를 받을 수 없는 정도여서 바비는 자신의 병실에서 치료와 지도를 받아야 했다. 자신의 몸을 제대로 가눌 수 없어 다른 사람들을 당황하게 만들 수 있는 환자들은 자신의 병실에서 치료와 훈련을 받게 되어 있었기 때문이다.

난 존의 아픔을 생각하며 더 마음을 굳게 먹기로 했다. 그리고 지금은 바비의 치료에만 모든 힘을 쏟아야 한다고, 내 감정들로 나 자신을 소진시킬 시간이 없다고……. 치료사들이 퇴근하고 난 저녁시간에는 내가 치료사가 되었다.

"바비야, '에이' 하고 소리를 내 봐. 엄마 입을 잘보고 그대로 해 보는 거야. 자 이렇게 입을 아래위로 벌리면서 소리를 내는 거야."

나는 바비에게 소리 내는 법을 가르쳤다. 입 모양, 호흡, 몸짓을 시범으로 보이며 배에 힘을 주고 목을 앞으로 빼면 소리가 나온다고 설명했지만 아이는 내 모습을 쳐다보기만 할 뿐 소리를 내지 못했다.

"자, 밥 먹자."

음식을 눈앞에 가져다 놓아도 바비는 별 반응을 보이지 않았다. 예전의 기억이 다 지워져 버린 상태여서 그것이 맛있는 음식인지 차가운 음식인지 뜨거운 음식인지 알지 못했으니 식탐이 있을 리 없었고 또 손을 마음대로 움직이지 못하니 와서 집을 수도 없었다. 나는 바비와 같은 음식을 내 앞에 준비하고 내 것을 먼저 맛있게 먹는 모습을 보여주었다. 아이는 눈을 똑바로 뜨고 내가 밥 먹는 모습을 지켜보았다. 호기심을 자극한 다음 바비에게 자기 음식을 한 스푼 떠서 입으로 가져다주었다. 아이는 내가 했던 모습대로 음식을 먹어보려 하지만 잘 되지 않았다. 몇 번 만에 겨우 반쯤 흘리며 맛있게 받아 삼켰다. 입가에 흘린 스프를 냅킨으로 닦아주며 아이가 맛을 느끼고 있는지 표정을 살폈다.

"바비야, 아주 잘 했어. 맛있지? 이게 네가 좋아하던 크림스프야. 크림스프. 스프라고 말하면 또 한 스푼 줄게."

맛을 느꼈는지 바비가 입맛을 다셨다.

"스프! 입을 옆으로 벌리고 입술을 내뱉듯 붙였다 떼면 그 소리가 나와."

　내 입술 모양을 가까이에서 보여주며 두 번이고 세 번이고 반복해 '스프'를 발음했지만 아이는 결국 스프 한 공기를 다 먹도록 소리를 내지 못했다. 치료사들은 실망을 하는 나에게 며칠 만에 물을 삼키고 스프를 넘기고 맛을 느끼는 것만도 굉장히 빠른 진전이라며 과한 욕심은 갖지 말라고 달래주었다.

　나는 바비의 간병 틈틈이 계속해서 의학 관련 자료와 연구 논문 등을 찾아보며 어떻게 하면 바비의 기능 회복을 가속화시킬 수 있을까 고민했다. 그러던 중 코마 회복 초기가 중요하며 이 때 보다 적극적이고 강한 치료를 했을 때 그 환자들이 회복이 더 빠르고 더 많은 기능을 되찾을 수 있다는 사례를 발견하고 바비에게도 초기에 더 적극적이고 강한 치료를 받게 해야 한다는 확신을 했다. 그리고 이 사실을 바비 치료를 놓고 일주일에 한 번씩 모이는 주간 회의에서 의료진들에게 강조하며 호소했다.

　"이미 아시겠지만 저도 '의학적으로 끊어진 신경들은 일 년을 넘기게 되면 다른 신경으로 이어지기 힘들고 또 회복하기 힘들다' 는 보고서를 읽었습니다. 이미 바비는 삼 개월을 혼수상태로 보냈으니 시간이 얼마 없습니다. 우리 모두 치료에 속도를 내어야 합니다. 빠른 시간 안에 회복하지 못하면 회복 가능성이 점점 희박해지니까 말이에요."

　그들도 공감을 하는지라 고개는 끄덕였으나 확신을 주는 어떤 진료 계획이나 자신감 있는 반응은 보이지 못했다.

　그러나 이 보고서는 나에게는 일종의 시한폭탄과 같은 것이었다. 1년이라는 짧은 기간 안에 이미 몇 개월이 흘러 버렸고 이제 남은 시간이 너무 짧게 느껴졌다. 이 안에 바비의 기능들이 제대로 회복되지 못하면 바비가 어떤 삶을 살게 될지 상상하는 것조차 두려웠다.

지금의 바비를 놓고 나도 모르게 자꾸 바비의 1년 후의 모습에 대한 시나리오가 그려지곤 했다. 뇌손상 때문에 이미 정상의 삶은 불가능하다고 수십 번 들었지만 자꾸 나도 모르게 사고 이전의 씩씩하고 건장한 청년, 엄마인 나에게 따스했던 바비의 모습이 그려지기도 했고 그럴 때면 나도 모르게 미소가 지어지곤 했다. 그러한 부질없는 희망을 내가 아직도 가지고 있나 하며 소스라치게 놀라고 그러한 생각을 좇으려 머리를 흔들면서 다시 한없는 절망감으로 슬픔에 잠기었다.

이미 바비의 간병 시작과 더불어 깊어진 불면증으로 나는 야윌 대로 야위었지만 이 새로운 시한폭탄이 가져온 불안과 초조함은 나를 육체적으로 뿐 아니라 정신적으로까지 앙상하게 만들었다. 새벽까지 몇 시간 채 남지 않은 늦은 밤에도 잠을 청하려 누우면 내 머릿속에서는 재깍재깍 초침이 움직이는 소리가 들리는 듯 했다. 지금까지 쌓이고 쌓인 피로를 생각하면 머리만 붙이면 장소를 가리지 않고 곯아떨어질 듯한데 나의 민감한 성격은 나로 하여금 대신 수많은 생각들을 넘나들며 외롭고 쓸쓸하고 피곤한 밤을 지새우게 만들었다.

나의 어두워진 표정을 보았던지 존은 내 어깨를 감싸 안으며 위로를 해주었다.

"여보, 우리의 최초 목표는 바비를 혼수상태에서만이라도 깨워내자는 거였어. 그건 우리가, 아니 당신이 해냈어. 그러니 더 큰 욕심을 내지 않았으면 좋겠어. 일 년 안에 바비는 정상적으로 음식을 혼자 먹을 수 있을 거고 휠체어를 혼자 밀고 다니게 될 거고 하고픈 말을 할 수도 있게 될 거야. 그러니 제발 그 이상 욕심내지 마."

존은 병원 벤치로 데리고 가서 나를 앉히더니 모처럼 자기 심중에 있는 말을 털어놓았다. 내가 앞으로는 여태껏 해왔던 것보다 더 조바심을 치며 바비 치료에 안달을 낼 것임을 알기 때문이었으리라.

"그렇지만 빠른 시간 안에 바비를 최대한 회복시키지 못하면 바비는……."

"그래서 하는 말 아닌가? 그러다 당신이 쓰러지면 난 또 당신 간병을 하며 세월을 보내야 하는데 그러길 원하지는 않지?"

그의 눈이 애절하게 나를 바라보았다. 수잔을 간병하던 때를 떠올리면 지금도 진땀이 난다던 존, 그를 다시 그런 악몽 속에 살게 하고 싶지는 않았다.

"알았어요. 내 건강 상하지 않도록 돌보면서 할게. 그럼 됐죠?"

그는 진심으로 내 건강을 염려하고 있었다. 바비가 사고를 당한 이후 나의 삶은 존재하지 않았다. 병원에서 그리곤 회사에서 하루의 대부분을 보냈고 잠시 몇 시간 눈 붙이고 씻고 옷 갈아입으러 가는 일 외엔 집에서 제대로 쉬어 본 기억이 없으니 나를 위한 시간이 없어진 지 이미 오래였다. 여행이나 다른 문화생활, 편안한 휴식 같은 것을 즐겨 볼 겨를은 더더욱 없었다. 오로지 바비 뿐이었고, 바비 생각뿐이었다. 바비 걱정을 하다보면 늘 걸리는 것은 회사였다. 이 때 내 회사에 관심을 갖고 회사를 팔지 않겠냐고 묻는 사람이 있었다.

"여보, 나……. 회사를 팔까요? 사고 싶어 하는 사람이 있는데……."

바비가 사고를 당한지 얼마 되지 않았을 때 내가 잠시 고민했던 문제를 다시 끄집어내었다. 존은 그때 좀 더 생각해 보자고 했는데 나는 고민 끝에 다시 의논키로 한 것이었다. 비록 회사가 안정된 상태는 아니었으나 이제 처음으로 적자를 벗어나 성장의 가능성을 보여주기 시작한 회사였다.

실제 나에게는 그 회사가 나의 희망이요 미래나 다름없었다. 회사를 제대로 이끌어 이 업계에서 성공하기 위해 나는 고군분투해 왔기에 솔직히 중도에서 이렇게 남에게 넘기고 싶은 생각은 결코 없었다. 나는 기어이 이 보수적인 남자 중심 업계에서 인정받는 첫 번째 여성 경영자가 되리라 굳게 맘먹고 있어 더욱 그랬다. 그럼에도 불구하고 회사를 팔 생각을 해 본 것은 바비의 회복과 회사를 양립하느라 바비에게 조금이라도 소홀하게 될까봐 두려웠고 두 가지를 다 완벽하게 하기 위해서는 내가 너무나도 치열한 삶을 살아야 한다는 것을 잘 알았기 때문이었다.

"어렵게 시작한 회사인데……. 성장 가능성이 전혀 없는 것도 아니고……. 잘 생각해 봐. 바비 때문인 건 이해하지만."

존도 쉽게 결정내릴 문제가 아니라며 다시 고민해 보기를 권했다.

"나도 이왕 시작한 일이라 끝까지 해보고 싶긴 한데……. 바비에게 전적으로 매달리지 못할까봐서요."

바비에 관한 한 존은 내 생각과 다르다고 했다.

"내가 보기에 당신은 바비에게 조금도 소홀하지 않아. 어느 누구도 당신만큼 그렇게 아들을 위해 최선을 다할 수는 없다고 확신해. 그리고 당신이 애써 만든 회사를 제대로 운영해 보지도 못하고 파는 건 반대야."

겨우 적자를 벗어난 정도라 아직 수익을 창출해 내지는 못하는 회사지만 잠재력은 충분한 회사였다. 우리는 힘들더라도 회사를 지키기로 결정했다. 지금 당장은 시간적으로 여유를 얻게 될 것이고 경제적으로도 목돈이 생겨 도움이 될 수 있겠지만 미래를 생각하면 최선이 아니라고 판단했다. 바비의 치료가 얼마나 오래 지속되어야 할 지 알 수 없었고 또 언제 어떤 치료를 받게 될 지도 알 수 없었다. 그러니 앞으로 얼마나 치료비용이 들 지 예측하기가 어려웠고 이러한 미래를 대비해서 뭔가 대책이 필요하다고 생각했다. 후에 회사를 팔지 않기로 결정한 것은 아주 잘한 결정임을 알았다. 회사는 나중에 나에게 아니, 우리 가족에게 큰 힘이 되어주었다.

나는 바비의 사고 전까지 신의 사랑을, 신의 보호를 과분하게 받고 있다는 생각을 늘 했었다. 그렇다고 내가 누리던 것들이 거저 공짜로 얻어졌다는 것은 아니다. 나는 젊어서는 남들이 편안하게 늦잠을 즐길 때 그들보다 먼저 깨어나 책을 보고 공부를 하고 일을 했으며 남들 데이트하고 영화 보며 젊음을 즐길 때 나는 낯선 나라 영국에서 학위 논문을 썼다.

결혼 후에는 다른 결혼한 여자들이 집안 살림을 돌보며 쇼핑하고 차 마시러 다닐 때 나는 어린 아이들을 키우며 회사를 설립하고 그 회사를 키워내기 위해 사투를 벌이며 남보다 몇 십 배 더 일해야 했다. 남보다 뒤지는 것을 싫어하는 내 성격 때문에 엄마로서 아내로서 또 회사의 경영주로서 또 사회의 한 일원으로서의 내 책임을 다하기 위해 얼마나 힘들게 일했는지 모른다.

그러나 보다 고통스러웠던 것은 그러한 힘든 흔적을 남들에게 보여주지 않기 위해 혼자서 속병을 앓았어야 했다는 것이다. 모든 것을 나는 혼자 다 해내려 했다. 내가 모든 짐을 다 지고 싶었기에…… 그러나 그 결과는 너무 힘겨웠다. 무수한 날들을 외로움, 스트레스, 초조함에 시달려야 했고, 남모르는, 심지어 나의 남편 존도 모르는, 눈물로 지새야 했다.

　그러나 나는 내가 얻고자 하는 것을 얻었다고 생각했고 그로 인해 신의 사랑을 받고 있다고 믿었다. 죽도록 애쓰고 노력하며 사는 사람이 이 세상에 무수히 많고 죽도록 노력해도 결국 원하는 것을 얻지 못하는 사람들이 가득한 현실을 감안할 때 나는 감사해야 한다고 생각했다. 그런 사람들에 비하면 나는 내 노력한 만큼 보상을 받았고 내 노력은 헛되지 않았기에 그것도 행운이라 믿었다. 존도 바비도 피터도 모두 나에게는 신의 사랑을 확인하게 하는 행운의 징표와도 같은 존재들이었다. 기적은 내가 알지 못하는 사이에 늘 내 곁에서 일어나고 있다고 믿었으며 나는 그것을 천주님의 사랑이라 생각했다.

　그런데 갑자기 나에게 아들의 엄청난 사고가 찾아왔다. 경제적으로 어렵고 힘든 것은 앞으로 회사가 제대로 서기만 하면 해결될 것이라 자신하며 죽자고 일했는데 경제적인 고통보다 더 큰 고통을 내게 주신 것이다. 나는 깊은 우울증에 빠져 들어갔다. 모든 것이 불확실해지고 모든 것이 두려웠고 모든 것에 확신을 잃어가고 있었다. 회사가 언제 제대로 수익을 남기며 제자리를 잡을지도 불안했고, 바비가 얼마만큼 회복될 수 있는 지도 알 수 없었고, 내 체력이 얼마나 잘 견뎌내 줄지도 자신이 없었다. 걱정, 근심, 스트레스의 나날이 지속되었고 이미 극심해진 불면증이 더 깊어지고 있었다. 이제 수면제도 효과가 없을 정도로……. 나를 사랑하시는 천주님의 사랑에 대해 의심을 품고 원망어린 마음으로 변해가기 시작했다.

Perfect love

희망은 희망을 낳고

Perfect Love

우리 가족이 사는 웨스트 레이크(West Lake)는 오스틴 주택가 중에서
도 최고급 주택가였다. 이 지역으로 이사를 한 것은 아이들 교육을 위해
서였다. 이곳에 있는 학교들이 이 지역에서 최고의 좋은 학교들이어서
처음에는 월세로 살다가 한참 후에 은행융자를 받아서 집을 샀다. 그 집
에서 바비가 고등학교를 졸업했고 대학에 합격했다.

그러나 바비가 깨어난 이후 나는 내 회사로 쓰고 있는 우리 소유의
건물을 개조하여 살림집으로 만들자고 존에게 제안했다.

"바비에게 더 많은 시간을 할애하기 위해서는 회사와 집을 오가는 시
간을 줄여야 할 것 같고 휠체어를 타는 바비를 위해서도 문턱 없는 집이
필요하잖아요."

바비가 병원에서 퇴원을 하더라도 웨스트 레이크의 집은 휠체어를
마음대로 밀고 다닐 수 있는 구조가 아니었다. 나는 회사 건물 아래층은
그대로 회사로 사용하고 위층을 살림집으로 쓰되 휠체어로 온 집안을
돌아다닐 수 있도록 만들자고 제안했다. 존은 기꺼이 내 뜻에 동의했고

곧바로 내 회사가 있는 건물을 개조하는 작업에 들어갔고 그 집이 완공되자 우리는 웨스트 레이크 집을 팔았다. 우리 삶이 예전과 달라졌다. 우리는 우리의 모든 생활을 바비 위주로 바꾸어 나갔다. 나는 엄마로써 그것은 당연한 일이라 생각했고 존은 그런 내 뜻에 고마워하며 따라주었다.

바비는 한 달 동안 먹고 앉고 자고 눕는 기초적인 삶을 영위하는 데 필요한 기능들을 연습했다. 빨대로 물을 마시는 법, 스푼으로 밥 먹는 법부터 시작했다. 칫솔질도 배웠다. 그러나 대소변을 가리지 못해서 기저귀를 차고 생활해야 했다. 아기는 뇌손상이 없으니 가르치면 배우고 따라 할 능력이 있었지만 바비는 뇌 손상 때문에 금방 배운 것도 금방 잊어버렸다. 같은 훈련을 반복하고 반복하여 무의식적인 습관처럼 만드는 방법 밖에 도리가 없었다. 말을 한마디도 하지 못하니 어떤 생각을 하고 있는지 알 수가 없었다.

재활실에서 엄마, 아빠, 이모 애나, 그리고 이제 겨우 앉을 수 있게 된 바비와 함께. 우리는 재활병원에서 바비의 생일을 축하해주었다.

"바비야, 왜 그래? 금방 배웠잖아. 배운 대로 해야지."

나는 애가 타들어갔다. 이대로 바비가 바보가 되는 것은 아닌지 불안했다.

"그나마 우리들 말을 알아듣는 것만도 천만다행이지요. 이 상태에서 말까지 못 알아듣는다고 생각해 보세요. 얼마나 끔찍한 일입니까? 감사하게 생각할 일입니다."

옆에서 속 태우는 나를 보며 치료사들이 위로의 한마디를 던졌다. '그래. 바비가 깨어났을 때 만약 말도 못 알아듣는 상태였다면 우리가 어떻게 치료를 시작할 엄두를 냈겠어.' 그 생각을 하니 그저 말을 알아듣는 것만도 감사해야 할 것 같았고 듣는 대로 행동하려고 애쓰는 바비도 갑자기 고맙게 느껴졌다.

오스틴 남부 재활병원은 바비에게는 최적의 병원이었다. 뇌 손상 환자들을 위한 특별한 병실들이 있는데 각 병실마다 각종 치료를 위한 설비들이 갖추어져 있었다. 4층에는 물리치료센터, 공동 프로그램 연습실, 언어 지도실 등이 있고 3층에는 물속에서 물리치료를 하도록 특별한 기구들을 갖춘 수영장이 있었다.

바비를 위해 30분 단위로 치료 스케줄이 짜졌다. 물리치료, 언어치료, 인지치료 중에서 가장 기본적인 단계의 치료들이 시작되었다.

언어치료사는 매일 주변에 있는 사물을 가리키며 '워터(water)', 캣츠(cats)', '도그(dog)', '맘(mom)' 등을 말해주고 그 말을 따라 하라고 가르쳤지만 바비는 입술만 들썩거릴 뿐 소리를 만들어내지 못했다. 어떻게 해야 소리를 내는지 알지 못하는 것 같았다. 한 달이 지나고 겨우 '우, 우'나 '워, 워' 정도의 동물적인 소리를 냈다.

"소리 내는 방법을 알았으니 이제 진전이 있을 것 같아요."

나는 단어가 아닌 의미 없는 괴성이라며 실망했지만 언어지도사는 소리를 냈다는 자체만으로도 희망적이라고 했다. 치료사도 존도 돌아가는 저녁시간은 나와 바비의 시간이었다. 나는 바비가 이해를 하든 못하든 많은 이야기를 들려주고 내 나름으로의 훈련과 교육을 시켰다.

"바비야, 오늘 하루는 뭘 배웠어? 맛있는 것도 많이 먹었어? 뭐가 제일 맛있었어? 또 맛있는 간식을 먹어 볼까?"

껍질 벗긴 잘 익은 멜론과 사과주스와 크림스프를 눈앞에 가져다 놓고 어느 것을 먹겠느냐고 물었다. 식사 한 끼, 간식 한 개도 그냥 먹도록 허락하지 않았다. 모두 바비가 좋아하는 음식들이었다. 좋아하는 음식을 맛보기 위해서는 무엇인가 대가를 치러야 한다는 것을 인식시키기 위한 훈련이었다. 배가 고픈 탓인지 바비의 눈이 크림스프에 가서 머무는 것을 보았지만 나는 모른 체했다.

"네가 골라. 손으로 집어도 좋고 말로 선택해도 좋아. 엄마는 네가 뭘 원하는지 몰라서 줄 수가 없어. 네가 고르는 걸 줄 거야."

아이는 나를 쳐다보며 내 말뜻을 이해하려고 애썼다. 눈을 껌벅이며 나를 쳐다보는 바비의 눈과 마주치자 가슴이 찡해 오고 마음이 약해지는 것을 느꼈다. 저 천진난만하고 선량한 아이에게 너무 지독하게 이러는 건 아닌가 하는 생각도 들었다.

그러나 마음이 약해지려는 순간마다 나는 재깍거리는 초침소리를 내며 남은 시간이 얼마 남지 않음을 알리는 초시계를 기억하려 애썼다. '일 년' 중 많은 시간이 이미 흘러갔다는 사실을 나에게 상기시켰다. 그리고 황급히 마음을 다잡았다. 일 년 안에 가르치지 못하면 가르칠 수 없어, 빨리 필요한 모든 것을 가르쳐야 해. 말도, 행동도, 글도, 살아가는 법도 일 년이 채 지나가기 전에 가르쳐야만 해……. 내가 평생 바비 곁에 살아있을 수도 없지 않은가? 물고기를 요리해서 입에 넣어주는 것보다 물고기 잡는 법을 가르쳐야 한다는 것을 나는 알고 있었다.

"아무 것도 원하지 않아? 그럼 다 가져다 치울까?"

나는 음식들을 그의 눈앞에서 치우려는 몸짓을 취했다. 바비는 있는 힘을 다해 손을 무겁게 치켜들고 스프를 가리켰다. 너무나 천천히 너무나 먼 거리에서 분명치 않은 손가락을 꼼지락거렸지만 스프를 선택했다.

"크림스프? 이걸 먹고 싶어?"

내가 크림스프를 들어 올렸다. 바비가 느리게 겨우 고개를 끄덕였다.

"그래. 알았어. 이건 스푼으로 먹는 거 알지?"

나는 바비의 턱 밑에 헝겊을 받쳐주고 손에 스푼을 쥐어주었다. 한두 번 스푼을 떨어뜨렸지만 스프를 먹겠다는 바비의 의지는 의외로 강했다. 스푼을 쥔 손이 부들부들 떨리는 것을 보면서도 나는 도와주지 않았다. 어차피 바비가 치러내야 할 과제였다. 대신 스프 그릇이 간이 식탁에서 떨어지지 않도록, 바비의 스푼이 그릇을 잘 겨냥할 수 있도록 붙들어 주는 일을 거들었다.

스프 한 숟갈을 떠서 입으로 가져가는 일이 그렇게 어렵고 힘든 일인지 건강한 사람들은 알 수가 없다. 성질 급한 내가 배고픈 바비보다 더 마음이 급하고 답답해서 '어서, 어서. 그렇지. 이제 스푼으로 떴으니 입에 가져가야지. 흘리지 말고.' 하며 중계방송을 하는 아나운서처럼 떠들어댔다. 결국 반은 흘리고 반만 입으로 가져가 삼켰다. 스프 맛을 본 바비의 기분이 좋아보였다. 스프 한 그릇을 비우는 데 걸린 시간이 30분은 족히 넘었다.

끝까지 바비가 혼자 하도록 내버려두는 나를 지켜본 병실 간호사들은 '의지가 대단한 엄마'라고 좋게 말하기도 했지만 또 '지독한 여자'라고 나쁘게 말하기도 했다. 나는 그들이 뒤에서 수군거리는 말에 대해서 신경을 쓰지 않았다. 남들이 뭐라거나 말거나 나는 내 아이를 위해서 묵묵히 내 방식대로 밀어붙일 작정이었다.

바비를 깨워낼 때도 사람들이 모두 나를 정신 나간 사람 취급했다는 것을 나는 알고 있다. 그렇지만 나는 남의 시선을 개의치 않았고 내 믿음대로 촉각과 후각을 자극하는 방법을 쉼 없이 계속했고 결국 바비를 혼수상태에서 깨어나게 했다. 의사도 나의 방법을 인정했다. 그런 나에게 다른 사람들이 흥밋거리로 주고받는 말 따위에는 관심이 없었다. 지독하다거나 야멸차다거나 해도 상관없었다.

나는 만약 러벅에서부터 편안하게 간병인을 구해 바비의 병상을 지키도록 했다면 바비가 깨어나는 기적은 결코 일어나지 않았을 것을 안다. 마찬가지로 바비가 깨어난 지금도 간병인에게 아이를 맡긴다면 음식을 먹여주고 필요한 것을 가져다주고 간병인이 대신 다 해주면서 바비를 편안하게 해 줄 것이다. 그렇게 되면 바비는 영영 사람 구실 할 기회를 얻지 못할 수도 있다. 나처럼 지독하게 바비를 훈련시킬 간병인은 아무도 없었다.

바비를 누구보다 사랑하는 존도 아마 나처럼 강하게 훈련시킬 수 없다는 것을 나는 잘 안다. 그래서 나는 고달프지만 모질고 독하다는 소리를 들으면서도 간병인을 쓰지 않는다. 우리 바비를 빨리 회복시킬 수만 있다면 그보다 더한 소리를 들어도 나는 상관없다.

바비를 휠체어에 태워 언어치료센터에 데려가면 그곳에서 여러 가지 교육을 받는다. 신체구조 도표를 보며 인간의 신체에 대해서도 공부를 했다. 눈, 코, 입, 손발, 가슴, 다리 등등 가르치는 사람의 얼굴이나 신체 부위를 손으로 만지게 하면서 명칭을 배우는 일이었다. 낮 동안에 치료 센터에서 바비가 배운 것을 밤에는 내가 복습시켰다.

"눈은 어디지?"

나는 내 얼굴을 바비에게 가까이 가져가면 바비가 간신히 내 눈을 만진다.

"그렇지. 잘했어. 어느 과자를 먹고 싶어?"

나는 바비가 좋아하는 과자 두 가지를 그의 앞에 내민다. 둘 중 하나를 고르려면 팔을 뻗어야만 할 거리에서 바비가 선택하기를 기다린다. 그것조차도 교육이 되는 일이었다. 바비가 낮에 배운 것을 잘 해내면 그가 좋아하는 과자를 하나 주면서 칭찬을 해준다. 바비가 빨리 학습할 수 있도록 달콤한 유혹을 하는 셈이었다. 식사 한 끼를 먹이더라도 역시 내가 낸 문제에 대해 정답을 맞혀야만 나는 바비에게 밥을 주었다.

"코가 어디 있지? 엄마의 얼굴에서 코를 만져 봐."

내 얼굴을 바비 앞으로 가져가 코를 만지라고 한다. 오랜 침묵 끝에 바비가 겨우 팔을 들어 내 코에 손을 가져다 댄다. 먹고픈 것을 먹겠다는 욕구가 강한 바비에게 가장 효과적인 방법은 음식을 이용하는 일이었다.

"정답을 맞혀야 저녁밥을 먹는 거 알지? 잘 맞히면 맛있는 스프를 먹게 되는 거야."

치사하고 자존심 상하는 방법이었지만 어쩔 수 없었다. 이성도 감성도 가지지 못한 백치 상태의 바비에게는 동물적인 본능을 이용하지 않으면 학습 효과를 거둘 수가 없었다. 단 한 가지도 혼자 자발적으로 해내는 기적은 더 이상 일어나지 않았다. 하얀 백지 위에 하나하나 새로운 그림을 그려주고 그것을 암기하도록 몇 십 번, 몇 백 번씩 주입시켜야만 겨우 한 개의 물체가 그의 머릿속에 자리를 잡는 것이었다.

그렇게 힘겹게 두 달이 되어가던 날 아침이었다.

언어치료사도 오지 않고 내가 회사도 가지 않은 채 아침 일찍 병원에 들른 것으로 보아 아마도 일요일이었던 것 같다.

"바비, 어제도 많이 배웠어? 어제 배운 거 나랑 공부해 볼까? 언어 연습이야."

물잔을 들어 그에게 보여주며 물었다.

"이게 뭐지?"

대답이 없었다.

"나는 누구야?"

나는 내 얼굴을 손으로 두드렸다. 역시 대답이 없었다. 물잔을 탁자에 내려놓기 위해 돌아섰을 때 '맘(mom)' 하는 바비의 목소리가 들려왔다.

"바비, 지금 뭐라고 했어? 한 번 더 말해 봐. 내가 누구라고?"

바비의 손을 끌어다 내 얼굴에 가져다 댔다. 한참 만에 아이가 어렵게 입을 벌려 다시 '맘'이라고 대답했다.

"오, 바비야…… 그래…… 내가 맘이야…… 엄마라고."

나는 바비를 끌어안았다. 자동차를 주차하고 뒤늦게 병실로 들어서던 존이 놀라서 무슨 일이냐고 물었다.

"바비가 맘이라고 말을 했어요. 우리 애가 처음으로 말을 했다고요. 바비, 아빠한테도 보여 줘. 내가 누구지?"

"마암."

한 번 터진 '맘' 소리는 점점 더 쉽게 쏟아져 나왔다. 존의 얼굴에도 환한 웃음이 피어났다.

"그래. 그래야지. 네 엄마가 얼마나 애를 썼는지 너도 아는 모양이구나. 엄마 소리를 제일 먼저 하는 걸 보니."

가슴이 터질 것처럼 벅차올랐다. 그동안 애 태우고 고생한 것이 한순간에 눈 녹듯 사라지는 기분이었다. 이렇듯 보람을 느꼈던 적이 내 일생에 몇 번이나 있었는지 잘 기억나지 않았다. 말문이 터지자 가르치는 대로 말을 따라 하려 애쓰고 옆에서 우리끼리 하는 말도 귀담아 듣고 있다가 흉내를 내곤 했다. 말도 안 되는 이상한 단어를 읊어 사람을 웃기기도 했다. 바비가 의욕적으로 변해가자 병원 의료진들은 바비가 친하게 지내던 친구들을 만나는 것이 치료에 도움이 될 것이라며 면회를 허락했다. 마이크 부부와 내 친구들에게 병원의 뜻을 전했다.

바비와 외부인들의 첫 면회가 허락되던 날, 시간은 오후 한 시에서 두 시까지로 정해졌다. 바비의 친구뿐 아니라 고맙게도 친구 부모님들까지 찾아와 주었다. 병원 측은 그들이 바비를 만나기 전에 잠시 사전 설명회를 갖기로 했다. 그들이 바비의 현 상태를 알지 못하고 준비 없이 바비를 만난다는 것은 양쪽 모두에게 바람직한 일이 아니었다. 어린 아기처럼 변해 버린 바비를 보면서 외부 사람들은 놀라고 실망할 것이며 여러 사람들이 두서없이 떠들어 댄다면 바비는 혼란에 빠질 수도 있기 때문이었다.

병문안 하려는 사람들이 모여들기 시작했다. 병원 앞 식당에 모이도록 했는데 너무 많은 인원이 모여들어서 더 큰 식당으로 옮겨야만 했다. 처음 모이기로 약속했던 식당 홀에는 180명이 한꺼번에 모여 앉을 수가 없기 때문이었다. 의사가 그들 앞에서 바비에 대해 설명하기 시작했다.

"여러분, 친구 바비를 만나러 와 주셔서 감사합니다. 바비를 만나기 위해서는 사전에 몇 가지 알아야 할 것이 있어서 이런 자리를 마련하게 되었습니다. 여러분도 알고 계시겠지만 바비는 삼 개월 동안 혼수상태에 빠져 있었습니다. 혼수상태에서 의식을 찾은 지 두 달도 채 되지 않아서 바비의 뇌는 아직 어린 아기와도 같습니다. 아기들이 갓 태어나면 어떻지요? 아무 것도 모르지요? 엄마, 아빠도 모르고 사물에 대해서도 모릅니다. 시간이 가면서 하나 둘 낯을 익히고 사물에 대한 이름도 배우게 되는 것이지요. 바비도 지금은 그런 아기와 똑같은 상태입니다. 여러분과 친했었다 하더라도 사고를 당하여 뇌 손상을 입고 코마에 빠지는 순간 그 기억들이 다 지워졌습니다. 그래서 여러분의 얼굴도 이름도 기억하지 못합니다. 그러니 놀라지 말고, 실망하지 말고 자연스럽게 친절하게 바비를 대해야만 합니다. 이런 내용을 알고 여러분이 적극적으로 도와준다면 바비는 빠르게 기억을 회복하고 하루 빨리 아프기 전의 모습으로 돌아올 수 있을 것입니다. 바비가 지금 아프다는 것을 잊지 마세요. 할 수 있습니까?"

의사가 설명을 마치고 아이들에게 외쳤다.

"예, 할 수 있습니다."

아이들이 우렁차게 의사의 물음에 호응을 해왔다. 개중에는 바비 상태에 대해 질문을 던지는 아이도 있었다.

"우리가 바비의 치료를 도우려면 어떻게 해야 하는지 구체적으로 알고 싶습니다."

"한꺼번에 바비를 만날 수는 없으니 한 번에 두 명씩 십오 분 정도만 만나도록 하고 만나기 바로 직전에 구체적인 대화 방법을 알려 드리도록 하지요."

러벅 병원이 멀어서 병문안을 오지 못했다고 말하는 사람들이 많았다. 우리의 가장 친한 친구인 네 쌍의 부부 디와 마이크, 셜리와 밥, 패티와 토드, 줄리와 에드가 바비와의 면회 스케줄을 잡아주는 일을 맡기로 했다. 180여 명이라는 숫자는 우리가 사는 동네에서 우리를 아는 사람들은 다 찾아와 준 것이나 다름없었다. 그들을 다 만나는 데만도 일주일 이상이 걸렸다. 바비가 풋볼 선수 주장이어서 그쪽 친구들만 면회를 신청할 줄 알았는데 선수의 부모들과 동네 이웃 사람들까지 우리를 격려해 주기 위해 찾아와 준 사실이 너무나도 의외였다. 온 동네가 다 바비 치료에 힘을 합쳐주는 것 같아 감동스러웠고 힘이 솟았다.

두 명씩 조를 짜고 15분씩 바비를 만나게 되는데 만나기 직전 간단한 주의사항을 알려주었다. 대개 '너무 큰소리로 말하지 마라.', '한 사람씩 말해라.', '조금 천천히 또박또박 말해라.', '나 누구인데 우리 이러이러하게 친하게 지냈지라고 자연스럽게 기억을 되살려주는 말을 해라.', '우리 악수하자는 등의 제안으로 바비를 움직이게 해라.', '바비가 하는 일을 아무 것도 도와주지 말고 스스로 하게 내버려두고 기다려 줘라.' 등의 내용이었다. 면회 첫 팀에는 가장 친하게 지냈던 그래서 우정의 반지까지 만들어 끼었던 친구 찰스가 있었다. 찰스 팀은 교육받은 것보다 훨씬 더 자연스럽고 훌륭하게 바비와 면회를 해냈다.

"하이 바비! 나 찰스야. 우리 허그 한 번 할까? 너무 오랜만이잖아."

바비는 찰스의 제안대로 휠체어를 오랜 시간 끝에 간신히 밀고 다가와 찰스와 포옹을 했다. 찰스는 바비가 휠체어를 밀고 가까이 오도록 기다려주었고 바비가 팔을 올려 포옹을 하도록 아주 조금만 거들어 주었다. 기억이 사라졌다 해도 역시 풋볼 이야기를 꺼내면 바비는 큰 관심을 보였다.

"우리가 지고 있던 마지막 순간에 네가 상대 팀을 세게 밀치고 혼자 달려 나가 한 꼴을 획득했잖아. 그러자마자 게임 종료 호각이 울렸어. 그날 그 환호성이 아직도 들리는 것 같아."

"우리 학교가 풋볼 센 거 알지? 네가 없었으면 그렇게 센 팀이 될 수 없었을 거야. 네가 풋볼 선수였던 거 생각나?"

바비는 천천히 고개를 저었다.

"넌 최고였어."

찰스가 엄지를 세워 바비 앞에 내밀었다. 바비도 찰스가 하는 대로 따라해 보려고 엄지를 애써 꼼지락거렸다. 친구들은 바비가 엄지 세우는 일을 당장 도와주고 싶었지만 주의사항을 들은 대로 그가 스스로 하도록 기다려주었다. 오른쪽, 왼쪽도 가르쳐야 하고 다리 옮기고 팔 들어 올리는 일도 연습을 해야 하는 바비의 모습을 보고 친구들은 가슴이 많이 아픈 모양이었다. 그렇게도 씩씩하고 활발하게 시합을 뛰던 선수로써의 바비 모습은 간 곳 없고 덩치 큰 아기가 휠체어에 앉아 스프를 받아먹으며 '에이, 비, 씨, 디'를 배우고 있다는 게 눈으로 보면서도 믿기지 않는 눈치였다. 이렇듯 바비와 가슴 아픈 면회를 해 본 몇몇 친구들은 자기들끼리 일주일에 한 번씩 만나 또다시 바비를 면회할 것에 대해 미리 스토리를 준비하기도 했다. 바비가 면회하면서 친구들을 만났을 때 그들이 시키는 일은 엄마인 나나 치료사가 가르칠 때보다 훨씬 의욕적으로 빠르게 실행한다는 사실을 나는 알아냈다. 표정이 전혀 없던 바비의 얼굴에 표정이 나타나기 시작했고 자기를 가르쳤던 하늘같은 풋볼 코치가 병실을 찾아오던 날은 처음으로 미소를 지었다.

"바비, 내가 누군지 알아?"

바비가 고개를 저었다.

"내가 널 풋볼 선수로 만든 코치야."

그때 바비가 미소를 지었다. 얼굴에 미소를 짓는 일이 처음 있는 일이었고 코치가 뭘 하는 사람인지 알지 못하면서도 그를 대하는 내내 바비는 미소를 잃지 않았다. 나는 그 광경을 지켜보며 뇌는 기억하지는 못하지만 감각으로, 느낌으로 그를 알고 있는 것은 아닐까 하는 생각이 들었다.

"난 너와 악수 한 번 하고 싶은데 할 수 있겠니?"

코치가 바비에게 손을 내밀었다. 그는 여유롭게 바비를 기다렸다.

"바비, 네가 깨어난 걸 축하하는 의미로 코치님이 악수를 하자고 하잖아."

어쩔 줄 몰라 하는 바비를 내가 재촉했다. 간호사들과 의사들이 바비를 볼 때마다 '하이! 바비 악수' 하고 손을 내밀었기 때문에 악수에 대해서는 잘 알고 있는 바비였다. 바비가 휠체어 팔걸이에 얹힌 자신의 손을 간신히 들어 올려 코치 앞으로 내밀었다. 코치는 그 손을 가만히 오래도록 잡아주었다.

"사고 나기 전에 너는 우리 팀 리더로 팀을 잘 이끌어 나갔었지. 어서 완쾌되어 예전 너의 멋진 모습 볼 수 있기를 희망한다."

아이가 코치의 손을 잡은 채 다시금 미소를 지었다. 코치는 바비가 풋볼 선수 시절에는 풋볼 훈련과 체력 단련을 담당한 코치였지만 아픈 지금의 바비에게 그는 일어설 용기를 심어주는 인생의 코치인 것만 같았다. 다행히도 바비는 학습과 훈련과 연습을 통해 하루하루 진전을 보였다. 나는 바비가 병실 생활을 갑갑해 하는 것 같아 병실 밖 나들이를 미끼로 이용하여 훈련을 시키기도 했다.

"바비, 네가 침대 옆 램프를 터치해서 전깃불을 끄면 병원 구경을 시켜 줄게."

바비는 램프가 있는 곳으로 휠체어를 옮기기 위해 애썼다. 전자동으로 만들어진 특수 휠체어였지만 바비에게는 제구실을 못하는 휠체어였다. 버튼을 눌러 모터를 돌리고 또 다른 버튼으로 방향을 틀어 휠체어를 작동 시키는 일이 바비에게는 정말 힘겨운 일이었다. 어느 버튼을 눌러야 하는지 몰라 더듬었고 버튼을 누를 손의 힘이 아직 길러지지 않아 자꾸 미끄러지고 헛손질만 되풀이했다. 휠체어를 마음대로 조종하며 이리저리 돌아다니는 환자들이 더할 수 없이 부러웠다. 두 걸음도 되지 않는 가까운 거리의 램프까지 가기 위해서는 휠체어를 움직여야만 하는데 그것조차 불가능해 보였다. 벌써 수십 번 버튼 사용법을 일러주고 아이의 손에 내 손을 얹어 힘을 보태고 휠체어 이동을 시범으로 해보였으나 소용이 없었다.

"병실을 나가고 싶으면 휠체어를 움직여야 해. 터치만 하면 꺼지는 램프야. 램프를 끄고 나면 엄마가 병실 문을 열어줄게. 문을 열고 나가면 다른 세상이 있어."

하루 종일 시간별로 받아야 할 훈련과 치료가 늘 바비를 기다리고 있었다. 다행히 밥 먹기, 말하기, 손짓, 몸짓, 사물 이름 외우기, 신체 도표 익히기 등 수없이 많은 학습을 지도해도 아이는 별로 피곤해 하거나 싫증을 내지 않고 잘 따라주었다. 어쩌면 그러한 감정 표현을 하지 못하는 것이지 실제로 육체적으로 바비는 무척 고단했을지도 몰랐다. 잠자리에 들면 다시 혼수상태에 빠진 것처럼 정신없이 깊은 잠을 잤다.

미음(米飮)을 먹던 바비가 스프를 먹고 스프를 먹다가 밥을 먹기 시작하자 점점 바비에게 손힘과 다리 힘도 생겨났다. 나는 바비와 단어만으로 의사소통을 하다가 이젠 제법 짧은 문장을 만들어 대화를 시도하기를 시작했다.

"맘, 물."

그동안 물을 달라는 말을 이렇듯 단어만으로 의사를 전달했다면 조금 발전한 어느 날부터는 '맘, 물 주세요.' 하는 식이었다. 제법 바비가 단어 외에 문장을 곧잘 만들어 사용하기 시작했다.

"바비가 오늘 맛있는 것 달라며 긴 문장으로 말을 했다고요. 너무 기특해요."

"그전에도 먹는 걸 좋아하더니……. 역시 말도 먹는 것 달라는 말부터 하는군."

존은 씽긋 웃으며 그렇게 말했지만 얼굴에는 기쁨이 가득했다.

바비가 말을 하기 전까지 우리 부부에게 내일이란 별로 의미가 없었다. 하루가 끝나면 그저 오늘 하루가 무사하게 지나간 것에 감사했고 내일 일은 내일 생각하자 하는 맘으로 하루하루를 버텨나가고 있었다.

그러나 바비가 말을 시작하자 새로운 세상이 열리는 것 같았다. 바비의 말이 늘어가고 행동도, 학습능력도 하루가 다르게 발전하자 없던 힘이 생기고 새로운 희망에 가슴 설레고 정말 오랜만에 행복감을 느꼈다. 신나고 흥분되어 아침 운전을 하고 회사로 가는 길이 더없이 즐거웠고 유치한 표현으로 마치 날개를 달고 하늘을 나는 기분이었다.

일 년이라는 시간이 짧다면 짧지만 이대로의 속도로 발전해 나간다면 일 년이 결코 짧은 시간만은 아니라는 자신감도 생겼다. 친구들이 찾아와 자기소개를 하면 한두 번은 이름을 바꿔 부르기도 하지만 몇 번 만나면서는 정확한 이름을 불러주었다. 그들은 만나면 부모 몰래 숨어서 저질렀던 장난들을 추억으로 떠올리며 재미있게 웃고 떠들었다. 바비는 이야기의 진정한 의미를 이해했는지 모르는지 알 수 없었지만 그들이 웃을 때 따라 웃었다.

"너 우리 여행가서 처음으로 여학생들과 야외 파티 했던 거 생각나지?"

"너네 집 술 꺼내 마시고 물에 차(茶)를 타서 채워놓았다가 엄마한테 들켜 혼난 적도 있어."

친구들이 들려주는 지난 이야기들을 기억하지는 못하면서도 바비는 그들과 함께 웃으면서 즐거워하는 감정을 표현하는 법을 배웠다.

"치인구…… 조오아."

그들이 가고나면 기분이 좋아져서 나에게 자랑스럽게 말하기도 했다.

"그럼. 친구들 좋지? 너와 얼마나 친하게 지내던 친구들인데……."

아침에 눈을 뜨면 오늘은 또 바비가 어떤 놀라운 일을 벌일까 하는 기대로 하루가 시작되었다.

"언제쯤 우리 아이가 학교로 돌아갈 수 있을까요?"

바비 치료의 총책임을 맡은 의사와 나란히 커피 한 잔 나누다가 혼잣말처럼 말을 꺼낸 적이 있었다. 그때 의사가 픽 웃으면서 나를 돌아보았다.

"루시아, 당신 농담하는 거죠? 아직 의학계에서는 코마에서 깨어나 학업을 시도한 케이스는 있었지만 성공한 사례는 단 한 건도 없어요. 다 시도만 하다가 포기했지요. 이제 꿈에서 깨어 현실을 직시해요."

그는 내가 너무 큰 희망에 부풀어 있다가 실망하는 모습을 보고 싶지 않다고 충고했다.

"우리 아이가 그 첫 번째 케이스가 될 수도 있잖아요."

"우리 모두 그런 기적을 이루고 싶지요."

그의 말이 나를 실망하고 포기하게 만든 것이 아니라 오히려 오기를 발동하게 만들었다. '바비를 기어이 의학계에 보고하는 첫 사례자로 만들고 말 거야.' 의사 앞에서 그렇게 말하지는 않았지만 마음으로는 혼자 다짐을 했다. 바비가 풋볼 선수였고 젊고 건강하기 때문에 회복력도 놀랄 만큼 빠르다고 칭찬하면서도 의사들은 그 한계를 이미 자기들 나름으로 단정 짓고 있는 것 같아 화가 났다.

존과 직원들은 바비가 퇴원하면 들어갈 우리의 새 집을 구상하고 개조하느라 바빴다. 회사와 집이 한 건물에 있다면 많은 것들이 편리해지리라는 착상은 좋았지만 존은 바비의 문제와 간병으로 심신이 피곤한 상태라 집 개조하는 일에 나서지는 못했다. 그는 개조에 대한 아이디어만 제공하고 실제 개조 작업은 다른 사람들에게 맡겨야 했다. 그는 원래 집짓고 집 구조를 새로 바꾸고 단장하는 일을 즐기는 사람인데 그러기엔 너무나 지쳐 있었다.

Perfect love

희망은 다시 아픔으로

Perfect Love

바비가 자신의 감정 표현을 할 줄 알게 되었다고 마냥 기뻐할 수만 없게 만든 사건이 발생했다. 날로 발전하는 아들의 모습을 보는 엄마의 마음은 더 큰 욕심을 내게 마련이었다. 내가 바비를 맡아 돌보는 저녁 시간은 치료사들보다 더 많이 더 지독하게 학습을 시키는 시간이었다. 혼수상태에 있던 바비에게 찬 얼음수건과 향수, 소나무 껍질 등으로 자극을 주어 바비를 깨어나게 하려고 한없이 괴롭혔던 나는, 또 아이에게 한 개라도 더 가르치고자 유난을 떨었다.

일 년이 지나면 회복 가능성이 희박해진다는 사실이 늘 나를 무겁게 짓눌렀고 그래서 나는 더욱 서둘러야 한다고 생각했기 때문이다. 그러한 내 욕심이 바비에게는 큰 어려움 없이 먹힐 수 있다고 판단도 했다.

바비는 승부욕이 강하여 하겠다고 마음먹으면 집념을 가지고 돌진하는 성격이었다. 만약 사고를 당한 아이가 바비가 아니라 피터였다면 나는 바비에게 하듯 하지 못했을지도 몰랐다. 피터는 한 가지 일을 시작하려면 수 십 가지 고민을 미리하면서 노심초사하는 스타일이고, 상대방이 지독하게 밀어붙이면 오히려 빨리 포기를 해버려 역효과가 나는 성격이었다. 피터는 적극적이지는 않지만 무난한 반면에 바비는 마음만 먹으면 온 힘을 다해 목적을 달성하는 근성을 가지고 있었다. 나는 바비의 그러한 점을 이용하여 더욱 학습과 훈련을 강화시키기로 마음먹었다. 바비는 능히 해낼 수 있을 것이라는 믿음으로.

"엘리베이터의 일층을 눌러. 네가 누르지 않으면 이 안에 그대로 갇혀 있어야 하는 거야."

나는 바비의 휠체어를 승강기에 태우고 기어이 숫자를 누르게 만들었다. 누구도 숫자 누르는 일을 도와주지 못하게 했다. 휠체어를 숫자판 가까이 당겨가 원하는 층의 숫자를 누르기까지 15분, 20분이 걸릴 때도 있었다. 나는 팔짱을 끼고 바비가 승강기 숫자를 누를 때까지 기다렸다.

물론 일반인들이 사용하는 승강기가 아닌 특수 환자용 승강기를 이용했기 때문에 다른 사람들에게 불편을 끼치는 일은 없었다. 바비는 답답한 승강기에서 벗어나기 위해서는 숫자 버튼을 누르지 않을 수 없다. 어렵게 어렵게 겨우 버튼을 누르면 승강기가 움직이고 그제야 나는 바비가 원하는 곳으로 데려가 준다. 병원 아래층에 있는 병원 식당을 좋아해서 나는 아이를 그곳으로 데려가 맛있는 간식을 사준다. 바비에게 자신이 힘들게 엘리베이터 숫자를 눌렀기 때문에 이러한 보상을 받게 되었다는 것을 알게 해주는 것이다.

"쟁반, 포크, 스푼."

쟁반에 담아온 아이스크림과 부드러운 케이크를 먹기 위해서는 포크와 스푼이 필요하다는 것을 배울 시간이다. 포크와 스푼을 손에 쥐어주고 그것들을 수 십 번씩 말해주면서 외우게 했다. 포크를 떨어뜨리고 스푼을 놓치고 그것을 다시 집는 동안 아이스크림이 반도 넘게 녹을 때도 허다했다.

"포크를 잡아."

바비가 스푼을 잡는다.

"아니야. 포크. 스푼으로는 케이크를 먹을 수 없어."

스푼을 내려놓고 다시 포크를 잡는 시간이 한없이 길어도 나는 한없이 기다려준다. 우리의 실랑이 아닌 실랑이는 한 시간씩 계속될 때도 있었다. 내가 먼저 초조해하고 답답해하면 바비를 이길 수가 없다. 느긋하게 마냥 기다려줄 마음의 여유가 필요했다. 나같이 성질 급하고 시간 아까워하며 사는 사람이 어디서 그런 인내심과 느긋함이 나왔는지 나도 알 수 없었다. 내 아들을 회복시키고야 말겠다는 집념이 내 성격마저도 변모시킨 것 같았다. 피터는 주말을 이용해 가끔 바비를 보러 왔지만 나의 이런 애쓰는 모습이 안타까운지 편안치 않은 표정을 짓다가 돌아갈 때는 내 걱정을 했다.

"맘, 엄마 건강 보살피지 않으면 다 소용없는 일이 될 거예요. 제발 다른 가족들 생각도 해 주세요. 아버지랑 나도 엄마의 가족이에요."

"피터, 지금은 바비가 제일 중요해. 시간이 많지 않아. 그리고 난 괜찮아."

바비가 15살이 되기까지 피터와 바비는 떼려야 뗄 수 없는 둘도 없는 형제였다. 피터는 바비의 리더였고 바비는 형 뒤에 숨어서 형의 지시에만 따르던 수줍고 소극적인 아이였다. 한 살 반 터울 같지 않게 항상 친구처럼 붙어 다니는 모습이 보기 좋았는데 15살이 되면서 바비는 피터로부터 독립을 했다. 풋볼 팀도 따로, 친구도 따로 만들면서 그들의 리

더가 되더니 피터와는 거리가 멀어져 갔다. 그러던 중 피터한테도 여자 친구가 생기고 두 사람은 각자의 삶을 갖게 되었다. 형제가 예전처럼 무엇이든 함께 하지 않는 것이 나로서는 속상했고 바비를 끌어안지 못하는 피티에게 서운한 마음이 들었다.

재활센터에서 받는 바비의 치료와 교육 프로그램은 다양했다. 이제 말을 하며 감정표현을 할 수 있게 되자 다음으로 바비는 글을 쓰는 훈련에 돌입했다. 손에 펜을 쥐어주고 여러 글씨를 가르치기 시작했다. 그러나 바비는 이제 겨우 손가락 사이에 펜을 끼울 수 있는 정도로 아직 백지에 선 하나도 제대로 긋지 못했다. 아직 뇌에서 글 쓰는 훈련이 되어 있지 않아서였다.

"여기 이 글씨를 보고 똑같이 그리기라도 해 봐."

펜은 옆으로 쓰러지고 백지에는 하얀 점 하나가 찍혔다. 갈 길이 멀었다. 손가락에 힘이 생기는 일이고 아이의 머릿속에 단어를 가르치는 일이라 잠시도 게을리 할 수 없었다.

"바비, 넌 피터 형을 좋아하지? 우리 '피터' 라고 써서 형한테 보내줄까? 그러면 피터가 아주 좋아할 거야."

바비가 고개를 끄덕였다. 펜을 잡고 부들부들 떨며 온갖 노력을 했지만 바비는 'Peter' 라는 다섯 알파벳 중 첫 글자 'P' 를 그려내는 일에 결국 실패했다.

"아직 손에 힘이 안 생겼는데 펜으로 글씨 쓰는 일은 빠르지 않나?"

존은 펜을 자꾸 떨어뜨리고 선 한 줄도 제대로 긋지 못하는 바비를 보다가 내가 실망할 것이 염려되었는지 천천히 하라며 안타까운 표정을 지었다. 말을 할 줄 아니 그 다음은 글을 써야 한다고 나는 무조건 고

집을 피웠다. '시간이 얼마 없잖아요' 라고 소리치고 싶었지만 그 말이 입 밖으로 나오지 않았다.

"연습하지 않으면 저절로 되는 일은 없어요."

나는 바비에게 다시, 다시, 또 다시 펜을 쥐어주었다.

"그건 루시아 말이 맞아요. 시도하지 않으면 어떤 결과도 얻을 수 없는 법이지요."

치료사도 내 의견에 동의하고 글씨 쓰는 방법을 가르쳤다. 선 한 개 긋기, 동그라미 한 개 그리기부터 시작했다. 열흘이 되면서 삐뚤삐뚤하지만 일직선을 긋고 보름이 다 되어서야 찌그러진 동그라미 하나를 그려냈다. 백지에 검은 그림이 그려지자 바비도 그것이 신기한 지 같은 모양을 그리고 또 그렸다. 글씨 시작한 지 한 달쯤 된 어느 날 저녁, 바비가 나와 둘이 있을 때 종이를 내밀었다.

"이게 뭐야?"

백지 위에는 초등학생보다 더 미숙한 글씨로 'mom' 이라 적혀 있었다. 나는 놀라 바비를 보았다.

"이거 정말 네가 쓴 거야?"

바비가 스스로도 대견한 듯 고개를 끄덕였다. 처음 입 밖으로 말을 뱉은 것도 '맘' 이었는데 첫 글씨도 'mom' 이었다. 'Peter' 를 쓰도록 그렇게 열심히 가르쳤는데 그 단어는 쓰지 못하고 'mom' 을 먼저 써낸 것이다.

"고마워. 바비. 맘이 보는 앞에서 한 번 더 써줄 수 있어?"

나중에 치료사의 이야기를 들으니 바비가 '맘' 을 쓰고 싶다며 도움을 청했다고 했다. 오전 중에는 치료사의 지도를 받아 'mom' 이라는 단어를 그렸다지만 과연 바비가 혼자서도 그 글씨를 쓸 수 있을지 나는 궁금했다. 아이에게 백지와 펜을 가져다주었다. 바비는 신중하게 펜을 백지 위에 올려놓고 정성을 다해 'm'을 그리는 일에 열중했다. 막대 선 하나 세우는 일은 비교적 쉽게 해내고 다음 'm'의 둥근 부분 굴리기에 많은 시간이 걸렸다. 엠 자 하나 완성하는데 10분은 걸리는 것 같았다. 나는 재촉하지도 서둘지도 않고 기다려주었다. 30분쯤 지나 바비는 완성된 글자를 놓고 '맘'이라 큰 소리로 읽었다.

"맞아. 네가 쓴 글자는 맘이야. 아주 잘 썼어. 우리 바비 이제는 말도 하고 글도 쓰고 뭐든 다 할 수 있게 된 거야."

나는 바비를 안아주었다. 그 며칠 후 우리는 'Peter'를 글로 써서 러벅에 있는 피터에게 보냈다. 비뚤어지고 찌그러지고 옆으로 드러눕다시피 엉성한 글씨였지만 그 글씨가 적힌 우편엽서를 내 편지와 함께 보냈다. 나는 피터가 바비의 치료에 함께 참여하는 마음을 갖게 하고 싶어 그 이후로 사 개월 동안 매일 바비에게 피터의 이름을 우편엽서에 쓰도록 했고 시간이 흐르며 달라지는 바비의 'Peter'를 러벅에 보내 주었다.

피터, 바비가 쓴 너의 이름이야. 제법이지? 바비가 그 이름을 써놓고 얼마나 좋아했는지 모른단다. '피터, 피터'라고 두 번이나 소리 내어 읽었어. 바비가 노력하고 있다는 걸 항상 기억해주렴.

그림에 가까운 글씨였으나 그렇게라도 바비의 고통을 전하여 소원해진 형제애를 되살려 주고 싶은 엄마의 마음이었다. 바비가 아프면서 둘이 대화를 나누지 못해서인지 형제는 점점 멀어져가는 것처럼 보였다.

어눌하지만 말도 하게 되고 글씨도 더듬더듬 쓰게 되고 병실 내에서는 휠체어도 간신히 움직이게 되자 나는 좀 더 욕심을 냈다. 일 년이라는 시간 중에 벌써 반년이 지나갔다는 생각에 마음의 초침은 더 빨리 재깍거렸고 나는 너 바빠졌다. 내 일싱사 모두가 바비를 빼고는 생각해 본 적이 없었다.

하루는 빨간 옷을 입고 나가 '레드'라는 단어와 그 색깔을 종일 바비의 머릿속에 심어주고 다음 날은 파란색 옷을 입고 나가 '블루'라는 단어를 가르쳤다. 내 옷차림조차도 오늘은 바비에게 무엇을 가르칠까 생각하며 찾아 입었다. 치료사의 교육이 끝나고 나면 나는 바비를 휠체어에 태우고 나가 그들이 가르치지 못한 것들을 교육하며 훈련시켰다.

"도와줄 테니 일어나서 휠체어에 앉아봐. 엄마하고 할 일이 있어."

"바비, 넌 나무를 좋아하지? 저기 저 나무를 한번 만져보고 와."

"내려가는 엘리베이터 버튼을 눌러. 주차장에 가서 우리 차가 있는지 보러 가자."

오전 내내 여러 지도사와 치료사들에게 시달려 피곤해진 바비는 쉬고 싶어 했다. 그러나 그 휴식을 허락할 리 없는 내가 병실에 나타나면 바비는 반갑지 않은 얼굴로 나를 맞았다. 자신의 감정 표시를 하게 된 것도 상당한 발전이라며 좋아했던 일이 엊그제인데 그것이 교육에 지장을 주리란 것은 미처 몰랐다. 아무 감정을 느끼지도 표현하지도 못할 때는 무조건 아기처럼 말을 잘 듣던 바비가 이제 거부하고 거절하고 투정을 부리게 된 것이다.

"바비, 일어나자."

내가 일어나는 일을 거들기 위해 그의 등에 팔을 넣어 도와주려 하면 아이가 그 팔을 뿌리치며 일어나기를 거부했다. 바비가 스스로 하겠다는 의지가 없으면 내 힘으로는 절대 그를 움직이게 할 수 없었다. 바비가 아직 힘을 쓸 수 없다 해도 팔꿈치 한 번 휘두르면 나는 저만큼 나가떨어졌다. 160센티미터가 넘는 키에 50킬로그램도 안 되는 내 몸으로는 바비를 감당하지 못했다. 힘으로 그를 이길 수 없으니 말로 설득하는 수밖에 없는 일이었다.

"바비야, 너 피곤한 줄 알아. 종일 회사 일 하고 와서 엄마도 피곤해. 피곤하다고 그냥 그렇게 누워 있으면 넌 평생 그 침대에서 벗어날 수 없어. 저 바깥세상으로 나갈 수 없단 말이야."

아직 환한 창밖을 가리키며 아이를 달랬다.

"어서 나아서 휠체어 버리고 거리 구경을 가고 싶지 않아? 열심히 연습하면 나갈 수 있어."

바비는 유리창을 한 번 힐끗 보고는 마지못해 일어나려는 의사를 표시했다. 팔을 벌리고 나에게 일으켜달라는 몸짓을 한다. 바비는 모질고 독한 아이가 아니었다. 처음에는 고집을 부리다가도 몇 번 설득하면 끝내는 설득을 당해주는 부드러움이 있었다. 더구나 활발하게 몸을 움직여 운동을 하던 아이라 병실도 휠체어도 끔찍하게 싫어한다는 것을 나는 알았다.

신체적으로는 물론이거니와 정신적으로도 좋아지고 있다는 것을 증명하듯 바비가 하나씩 둘씩 지나간 일을 기억해 내기 시작했다. 그런데 그게 문제였다. 과거와 현재 시점을 전혀 분간하지 못한 채 오래 전에 있었던 어느 한 사실만 기억해 내는 것이었다. 바비도 매우 혼란스러웠을 것이다.

어느 날 우리 집 주소를 바비가 중얼거렸다. 나는 깜짝 놀라 '기억이

나니? 우리가 전에 살던 집 주소를 어떻게 기억하니? 라고 아이에게 물었다. 나도 이미 가물가물 잊어버린 주소를 정확하게 외우는 바비가 신기해서 나는 멋모르고 기뻐했다. 그런데 문제가 벌어졌다. 병원으로부터 나를 만나자는 연락이 왔다. 이틀 전 회의를 했는데 무슨 일인가 싶어 병실 책임자를 만났다. 그가 쪽지 하나를 내밀었다.

"혹시 이런 전화번호를 아시나요?"

그것은 우리가 오스틴에 와서 처음 사용했던 오래 전의 전화번호였다.

"이 번호를 어떻게 아세요? 옛날 우리 전화번혼데요."

"현재 이 전화를 사용하고 계시는 분에게서 항의 전화가 걸려왔어요. 바비가 아침마다 이리로 전화를 걸어 엄마를 찾는답니다."

"바비가 이 번호로 전화를 걸었다고요?"

거짓말 같았다. 바비가 아주 어릴 때 사용했던 번호였는데 그걸 기억한다는 것도 믿을 수 없었고 버튼을 눌러 전화를 걸었다는 것도 믿을 수 없는 일이었다.

"이 분들이 보호자와 통화를 원하시니 한 번 전화를 해 보세요."

나는 쪽지를 받아들고 나오며 이 일을 좋아해야 하는 건지 속상해 해야 하는 건지 판단이 서질 않았다. 바비가 전화건 번호를 조회하여 겨우 병원임을 찾아냈다는 그 번호의 주인공에게 전화를 걸었다.

"병원에서 자세한 말씀 들었습니다. 제가 전화를 건 아이의 엄마입니다. 저희 아들이 오랫동안 혼수상태로 있다가 깨어난 지 얼마 되지 않는 환잔데 매일 전화를 걸었다지요? 죄송합니다."

내가 자초지종을 설명하자 그쪽에서도 이해는 하지만 더 이상 참을 수가 없다고 불만을 털어놓았다.

"병원 측에서 자세한 설명은 들었습니다만 저희 입장도 생각해 보세요. 아직 곤하게 자고 있는 이른 새벽에 매번 전화를 걸어서 잠을 깨우고 엄마를 바꿔 달라고 한 것이 하루 이틀이 아닙니다. 제발 아들에게 잘 말해서 더 이상 이런 일이 없도록 해 주세요."

"잘 알았습니다. 우리 아이가 엄마를 바꿔달라는 말밖에 하지 않던가요?"

"무슨 말인지 발음이 정확하지 않아서 다른 말은 못 알아들었어요. 엄마를 찾는다는 건 확실했어요."

"감사합니다. 그런 일이 없도록 주의를 주겠습니다. 혹시 다시 그런 일이 있으면 병원으로 연락하지 마시고 저에게 전화를 주시면 감사하겠습니다."

나는 그들에게 사과하고 내 전화번호를 알려주었다. 그들과 통화를 끝내고 바비에게 우리 집 전화번호가 몇 번이냐고 물었다. 바비의 입에서는 자연스럽게 옛날 전화번호가 흘러나왔다.

"바비, 그건 이제 우리가 사용하는 번호가 아니야. 네가 아주 어린아이일 때 우리는 이사를 했고 그 번호는 이제 다른 사람들이 사용하는 남의 번호야. 그리로 전화하면 안 돼. 우리 번호는 이거야."

나는 현재 사용하는 전화번호를 적어 바비 손에 쥐어주고 그 번호를 외우도록 했다.

"우리 집 전화번호는?"

줄줄 다 외운 것을 확인하고 다시 물으면 방금 외운 우리 새 번호를 버려두고 바비는 또 옛날 번호를 되뇌었다. 나는 그만 인내심을 잃고 바비가 손에 들고 있는 우리 전화번호 적은 쪽지를 마구 흔들었다.

"네 손에 들고 있는 이것이 이제 우리 전화번호란 말이야. 이젠 옛날 번호로 전화를 하면 안 된다고. 알았어?"

내가 소리치자 바비는 겁먹은 얼굴로 고개를 끄덕였다. 아침마다 잠을 설쳐서 더 이상 못 참겠다는 전화번호의 주인더러 참아달랄 수는 없는 일이었다. 아무리 환자라지만 다른 사람에게 피해를 주고 괴롭히는 일을 하는 내 자식을 방관할 수는 없었다. 그건 바비 자신에게도 용납해서는 안 되는 일이었다. 그 뒤로도 몇 차례 그 집에서 내게로 전화가 걸려왔다.

"무슨 방법을 좀 강구해 보세요. 오늘 이후 또 전화가 오면 우리도 경찰에 신고해서 보호를 받는 수밖에 없어요."

나는 또 다시 사과하고 외부로 전화를 걸지 못하도록 병실 전화를 차단해 버렸다. 아침마다 예전 집 번호로 전화를 걸어 엄마를 찾는 이유가 무엇인지 바비에게 물었지만 무슨 말인지 모른다는 표정으로 묵묵부답이었다. 그러던 어느 날부터 친구들과는 어눌하나마 대화를 나누고 재미있게 웃고 떠들면서 그들이 돌아가면 나에게는 짜증을 내기 시작했다.

"바비, 맛있는 저녁을 먹으려면 뭘 해야 하지?"

얼마 전부터 지역과 지명 외우기를 시작했고 며칠 째 내가 가리키는 곳의 지명을 맞힌 후 저녁 식사를 하는 것이 우리의 일과였다.

"여기는 네가 매년 여름방학에 크리스천 캠프를 가던 콜로라도, 여기는 형이 있는 러벅, 여기는 우리가 사는 텍사스 오스틴."

각 지역을 지도에서 찾아 손가락으로 짚어가며 내가 선창한 발음을 따라 '텍사스' 하고 따라하게 만드는 공부였다. 내가 미국 지도를 펼쳐 들고 바비 앞으로 다가갔다. 그때 내가 들고 있던 지도를 바비가 팔로

획 쳐내며 악을 썼다.

"싫어. 안 해. 당신이 뭔데 날 괴롭혀?"

나는 깜짝 놀랐다. 바비가 의식을 회복한 후 내 앞에서 노골적으로 화를 내는 일이 처음이었기 때문이었다. 발음은 정확하지 않았지만 말의 내용은 분명히 전달되었다.

"바비야, 왜 그래? 피곤해서 공부하기 싫어?"

나는 놀란 가슴을 진정하고 바비를 달랬다. 아이의 심경의 변화가 무엇인지 알아내고 싶어서였다. 의사들은 감정을 표현할 줄 알아야 수치심도 승부욕도 일어나 자극을 받고 더 빨리 발전할 수 있다고 말했다. 그들 말이 맞는다면 바람직한 현상이라고 반가워해야 할 일이었지만 나는 눈물이 쏟아지려는 것을 억지로 참았다.

'아픈 자식을 상대로 서운한 마음을 갖는 옹졸한 엄마는 간병할 자격이 없다.'

스스로를 달래며 바비 곁에 떨어진 지도를 주우려고 다가갔다. 순간 바비가 들고 있던 펜을 나에게 던졌다. 눈을 향해 펜이 날아왔다. 내가 머리를 뒤로 젖혀 눈으로 날아오는 펜을 용케 피하자 펜은 뺨에 닿았다가 떨어졌다. 그새 손에도 팔에도 힘이 붙었다는 것을 증명이라도 해 보이는 것 같았다. 놀랍게도 바비가 가르치지도 않은 욕을 내뱉었다. 펜에 맞은 뺨이 아픈 것이 아니라 이런 씨름을 하고 있는 나와 바비의 처지에 가슴이 시리도록 아팠다. 무슨 일인지 모르지만 일단 흥분한 바비를 피하는 것이 좋을 것 같아 병실을 나왔다. 낯익은 간호사들 앞에서 내 나름대로 표정 관리를 하며 인사를 나누었던 것 같은데 주차장까지 어떻게 갔는지 기억에 없었다.

자동차 문을 열고 운전석에 앉는 순간 참았던 울음이 터져 나왔다. 집에 가서 울 수도 없었다. 거기에는 가슴 아파할 존이 있기에. 오로지 나 혼자만 있을 수 있는 공간은 차 안뿐이었다. 그동안 내가 저를 위해 얼마나 애썼는데 그 보상이 이것인가 하는 그런 섭섭함이나 야속함 때문이 결코 아니었다. 그저 바비의 달라진 모습이 갑자기 느껴지며 가슴이 쓰렸기 때문이었다.

사고 이전의 다정했던 바비의 말투와 행동이 조금 전의 난폭한 행동과 교차되었고 갑작스런 설움이 북받쳤다. 이제 우리 바비는 옛날의 그 바비가 아니다. 과거에 연연해서는 안 된다. 코마에서 깨어나 지금 치료를 받고 있는 환자, 이것이 현재 내 아들 바비인 것이다.

나는 어떤 바비도 다 품을 수 있어야 하는 엄마이다. 바비를 바비로서 사랑해야 하는 엄마이다. 바비는 어쩌면 자기가 지금 무슨 말을 하고 있는지 어떤 행동을 하고 있는지 그 말과 행동이 어떤 의미를 갖는지 제대로 알지 못하는 것이다. 온갖 말로 나 스스로를 위로해 보고 진정시켜보려 했으나 좀처럼 설움은 가라앉지 않았다. 바비로 인해 북받쳐 오른 설움이 다른 일들에 대한 설움으로까지 이어져 나는 엉엉 흐느끼며 울었다. 차 운전대에 얼굴을 묻고 울다보니 옛날 기억들이 소록소록 떠올랐다.

바비가 12살 때였다. 바비는 그때 벌써 어린이 풋볼 선수여서 그날도 시합을 보러 갔었다. 풋볼 선수 중 중요한 포지션인 쿼터백(quarterback)과 센터(center) 등은 유니폼을 입고 허리에 수건을 꽂고 게임을 한다. 게임이 시작되고 선수들이 등장하는데 바비의 수건에 글씨가 수놓아져 있는 것이 보였다. 눈을 크게 뜨고 살펴보니 '엄마 사랑해(I love mom)'

라고 써 있었다. 나는 그 글씨를 보는 순간 눈시울이 뜨거웠다. 다른 선수 엄마들이 그것을 보며 수군거렸다. 바비는 엄마를 기쁘게 해주고 싶어서 궁리 끝에 아이디어를 냈던 것이다. 12살밖에 안 된 어린 바비가 어떻게 그런 생각을 했는지 대견하고 가슴이 뭉클했다. 그 때 나는 얼마나 행복했는지 모른다.

중고등학교 선수 시절에도 내가 경기를 보러 가면 바비는 어느 엄마가 제일 예쁜지 눈여겨 살피고는 '우리 엄마가 제일 예뻤어.' 하고 자랑스러워했다. 그곳 엄마들은 부유층 사모님들이었고 나처럼 직장을 다니거나 회사를 운영하는 여자는 없었다.

바비는 내가 회사를 운영하고 있다는 사실을 숨기려 들었고 나는 일부러 회사에 나가고 있다는 사실을 사람들에게 알리려 들어 가끔 갈등을 빚었다. 바비는 나도 다른 엄마들처럼 일하지 않고 살림만 하는 엄마이기를 바랐던 모양이었다.

피터나 바비의 친구들이 우리 집으로 몰려올 때마다 나는 회사에 다니기 때문에 늘 집에 없다는 사실을 분명하게 밝히며 먹성 좋은 아이들에게 배불리 먹을 음식과 음료를 대접했다. 그렇지만 회사 업무가 아무리 바빠도 집에서 살림만 하는 엄마들보다 더 열심히 더 자주 아들들의 시합을 보러 갔다. 회사 일 때문에 아이들을 소홀히 한다는 말을 듣고 싶지 않아서라도 다른 엄마들보다 두 배, 세 배 더 열심히 참여했다. 내 양심에 비추어 단 한 번도 회사를 핑계로 우리 아이들에게 소홀히 한 적은 없었다. 나는 아이들의 성공을 내 인생 성공의 척도라 생각할 정도로 두 아들을 소중하게 키웠다.

두 아들의 엄마가 된 것은 제 1반항기에 접어든 피터가 9살, 바비가 8

살일 때였다. 아이들과 나는 결혼 전에 이미 한국인 모임에서 낯을 익혔고 서서히 가까워졌다. 외로웠던 아이들은 나를 곧잘 따랐다. 결혼 후 존은 아이들의 가정교육에 대해 일체 관여하지 않았고 모두 엄마인 나에게 일임해 주었다.

나는 내가 우리 아버지에게서 교육 받았듯이 아이들을 검소하고 강인하게 키우기로 원칙을 세웠다. 아이들의 용돈도 대가없이 주지 않았고 전기 절약하는 법, 용돈 절약하는 법을 생활에서 보고 느끼며 스스로 익히게 만들었다. 월말 공과금 고지서는 가족이 함께 앉아 검토하고 무슨 공과금이 얼마나 나왔는지 아이들에게 낱낱이 공개했다. 에어컨을 조금만 줄이면 전기료가 얼마가 절약되는지, 집 안팎 전기를 어떻게 아끼는지 알려주고, 우리 부부는 직접 모범을 보이며 생활했다.

그런 알뜰한 우리 부부를 보며 성장해 온 아이들도 당연히 그렇게 살았다. 몇 십만 원이 넘는 비싼 운동화를 우리와 의논 않고 자기들 마음대로 사지 못하게 했지만 아이들은 별 불만 없이 잘 따라주었다. 아이들이나 존에게서 수잔에 대한 흔적을 찾아볼 수 없었다. 수잔은 과거 저편에서 오래 전에 잊힌 것 같았다. 그들이 너무 수잔을 잊은 듯하여 내가 오히려 기억을 떠올려 주곤 했다.

"피터, 바비. 너희는 수잔이 보고 싶지 않니?"

아이들은 생각할 겨를도 갖지 않고 고개를 흔들었다. 그들은 얼굴도 잘 생각나지 않는다고 솔직하게 대답했다. 허기야 수잔이 사고를 당했을 때 피터는 네 살, 바비는 세 살의 어린 나이였고 수잔은 그 후 삼 년을 식물인간으로 휠체어에서 생활하다 세상을 떠났으니 아이들이 엄마에 대한 좋은 기억을 갖는다는 것이 어려울 듯도 했다. 엄마의 정을 느끼고 그리워할 만한 추억을 만들 시간이 채 없이 수잔은 그들을 떠난 것이었다.

존도 수잔이 고생만 하다가 살만해지자 사고를 당하고 삼 년을 휠체어에 앉아 불행한 삶을 살다 간 사람이라 마음은 아프지만 그리움은 남아있지 않다고 말했다. 나는 그래도 수잔이 있었기에 아이들도 있고 오늘이 있다고 가끔 수잔의 이야기를 자연스럽게 꺼내곤 했다. 아이들은 나를 새엄마라고 생각해본 적이 없었고, 나도 두 아들을 내 친자식이 아니라고 생각해 본 적 없이 살았다.

둘은 아버지 존을 무서워했고, 잔소리는 많아도 내겐 무슨 말이든 털어놓고 의논했다. 특히 바비는 피터보다 어린 나이에 나를 만나서인지 엄마인 나에 대한 사랑이 각별했다. 그렇게도 다정다감했던 바비가 사고를 당한 것이었고 나는 그 아이를 혼수상태에서 깨워내고자 혼신의 힘을 다 쏟았던 것이다. 이러한 우리 사이를 세상의 어느 누가 감히 친엄마와 친자식이 아니라고 할 수 있겠는가.

흐뭇한 기억들을 떠올리니 마음이 조금 진정되는 것 같았다. 자동차라는 이러한 공간이 있다는 것이 새삼 고맙게 느껴졌다. 내가 마음 편히 혼자가 될 수 있는 유일한 공간이었다. 집에 가면 존이 있고, 회사에 가면 직원들이 있고, 병원에 가면 바비와 낯익은 의사, 간호사들이 있었다. 어느 곳에서도 내가 내 감정을 마음대로 표현할 곳이 없었다.

가끔 혼자 운전을 하고 회사일로 전시회나 박람회 출장을 갈 때 나는 어떤 자유로움을 느꼈다. 음악을 들으며 혼자 생각에 잠기기도 하고 울기도 하면서 스트레스를 풀었다. 존 앞에서도 아이들 앞에서도 울지 않기로 결심한 후 그들 앞에서는 절대 울지 않았다.

오늘 바비가 악쓰고 펜을 던지고 지도를 뿌리치며 나에게 반항한 일도 나는 혼자 감당해야 한다. 한창 바비 때문에 애태우던 어느 날, 혼자 울고 있는데 존이 들어왔다. 나는 울음이 얼른 수습이 안 돼 옷장 안으로 뛰어들었다. 눈물은 쉽게 그쳐지지 않았고 존에게는 우는 모습을 보여주기 싫어 황급히 찾아낸 것이 옷장 안으로 숨는 것이었다.

"루시아, 여보. 어디 있어?"

차고에 내 자동차도 있고 들어오는 출입구에 내 신발도 놓여 있으며 집 안으로 들어오는 문도 열려 있는데 내가 보이지 않자 그는 안방으로 들어서며 나를 찾았다. 나는 콧물을 조용조용 들여 마셔가며 숨을 죽였다. 그러나 나를 찾으며 들어서는 존의 목소리를 듣는 순간 참으려던 눈물이 더욱 쏟아졌다. 훌쩍거리는 소리를 들었는지 존이 가만히 옷장 문을 열었다.

"이 컴컴한 데서 뭘 해?"

눈물로 얼룩진 내 얼굴을 보며 그가 내 손을 잡아 옷장에서 나오게 했다.

"울고 싶으면 그냥 여기에서 울지, 왜 이 답답한 옷장 안에서 울어?"

그가 나를 가슴에 끌어안았다. 존은 옷장 안에 쪼그리고 앉아 우는 내 모습도 가슴 아프지만 우는 모습을 자기에게 보여주지 않기 위해 애쓰는 내 마음에 더 가슴 아파했다. 이렇게 살아온 우리 부부. 오늘 바비가 나에게 소리치고 펜을 던진 사실을 존이 알면, 그래서 내가 울었다는 사실을 알면 그는 바비에게 화를 내고 나 때문에 또 가슴 아파할 것이다. 우린 여전히 서로 아끼고 사랑하지만 서로를 배려하는 마음 때문에 서로의 마음을 숨기며 살고 있다는 생각이 들었다.

Perfect love

나의 삶, 나의 운명

Perfect Love

집으로 돌아오는 길에 갑자기 엄마에 대한 그리움이 솟았다. 엄마가 종종 하던 말도 다시 생각났다.

"성격이 팔자를 만든다는 말이 있는데 널 보고 하는 말이야. 너의 그 괴팍한 성격이 네 팔자를 점점 힘들게 만드는 거야."

난 엄마가 그 말을 할 때 냉소를 지었었다. 고분고분 엄마의 말을 들어주지 않는 내가 괘씸해서 하는 말이라고 무시했다. 그런 엄마의 말이 먼저 세상을 살아본 인생 선배의 말이라는 생각이 문득 들었다. 엄마가 갑자기 너무 보고 싶었다.

나는 엄마를 별로 좋아하지 않았다. 아버지는 남의 나라에 와서 잘 살아보겠다고 새벽부터 밤늦게까지 힘들게 일하는데 엄마는 예쁘게 몸단장하며 자신을 가꾸는데 치중하며 많은 돈을 썼다. 사치를 좋아하는 한국 여자들과 어울려 스파(spa)를 다니고 네일숍(nail shop)과 피부관리실을 드나들며 시간을 보냈다. 또 조금만 집안일을 하면 몸살이 났네, 허리가 아프네 하며 자리에 드러누웠다.

어쩌다 병원에 가거나 어느 중요한 곳에 외출을 할 때 엄마는 영어가 서툴러서 언제나 나를 통역관으로 대동했다. 부인네들과 수다 떨고 몸단장하러 다닐 시간에 영어 회화라도 배우러 다니기를 권했지만 엄마는 '지금 영어 배운다고 머리에 들어가기나 하겠느냐?'며 항상 통역으로 나를 써먹었다.

아버지는 자기 일도 너무 바빠서 다른 가족까지 보살필 시간이 없었고 엄마는 미국 땅에서 아무 것도 할 줄 아는 것이 없으며 오빠는 엄마가 너무 오냐오냐 하면서 끼고 살아서 자기 자신밖에 알지 못했다. 결국 집안에서 일어나는 모든 문제 해결은 장녀인 내 몫이었다.

아버지는 대한민국 심장외과의 선구자라 말해도 과언이 아닌 심장전문의로 우리나라는 물론 아시아 최초로 심장절개수술(Open Heart Surgery)을 성공시킨 최영수 박사이다. 1962년 당시 소령이었던 아버지는 수도육군병원에서 심장판막 확장수술을 집도하여 아시아 최초로 심장 절개 수술을 성공시켰는데 당시 나이 34세였다.

그런 아버지가 의사로서의 명예를 과감히 포기하고 군부정권 하에서는 한국에 희망이 없다는 생각으로 자식들의 교육과 장래를 생각해 한국을 떠날 결심을 했다. 그 무렵 마침 말레이시아 정부에서 아버지의 의술을 자기 나라에도 전수해 달라는 요청이 있었다. 아버지는 말레이시아가 한때 영국령이어서 영어를 사용하고 있기 때문에 말레이시아에서 아이들에게 영어 연수를 시켜서 미국으로 들어가겠다는 계산으로 그 요청을 받아들였다. 한국에서 곧바로 미국으로 들어가 봐야 돈도 없고 영어 실력도 부족해 가족 모두 고생할 것이라 판단했던 것이다. 아버지는 우리 4남매와 아내를 데리고 말레이시아로 갔다. 내가 일곱 살 때였다.

나는 가톨릭 재단에서 세운 영국인 수녀님들이 가르치는 학교에 입학했고 오빠는 영국인 신부님들이 가르치는 학교에 입학하여 엄격한 교육을 받았다. 그곳에서 우리들은 영어로 친구들과 대화를 나누고 하루 백 개씩 영어단어를 외워 아버지께 검사를 받으며 영어 공부에 힘을 쏟았다.

말레이시아에서는 정부의 특별대우를 받으며 상류층 생활을 했다. 돈도 벌고 영어도 익히면서 5년을 말레이시아에서 편안하게 살았다. 그 덕에 미국으로 이민 갔을 때 우리 형제들은 언어소통에 별 문제가 없었다. 엄마는 말레이시아에서도 두세 명의 가정부를 두고 가정부에게 집 안일을 맡기고 상류층 부인들과 어울려 다니며 쇼핑하고 마사지로 시간을 보냈다. 자연, 우리들은 가정부 손에 맡겨져 많은 시간을 가정부와 보내야 했다. 나는 그 어린 나이에도 엄마가 자식들에게 별로 애정을 가지고 있지 않다고 생각했다.

장마가 계속되던 어느 날, 폭우가 쏟아지더니 심하게 비바람이 불고 천둥 벼락이 치면서 날씨가 점점 험악해져 갔다. 나는 그날도 오로지 성당에 가야 한다는 생각으로 비바람을 헤치고 성당으로 갔다. 어찌나 비바람이 쏟아졌던지 성당에는 아무도 없었다. 수녀님만이 성당에서 신자들을 기다리고 있다가 비에 흠뻑 젖은 나를 보자 '어떻게 이 빗속을 헤치고 어린 네가 왔느냐?' 하며 안아주셨다.

그때 엄마가 퍼붓는 빗속을 뚫고 온 택시에서 내렸다. 내가 걱정되어 데리러 온 것이었고, 나를 보자 얼싸안고 울음을 터뜨렸다. 나도 엄마에게 안겨 같이 울고 우리를 지켜보던 수녀님도 함께 울었다. 나는 그날 처음으로 엄마가 나를 사랑한다는 것을 알았다. 9살 어린 나이 때 일인데 그날 엄마의 옷차림, 놀란 표정, 안도하는 모습이 아직도 눈에 생생하다.

돌이켜보면 나에게는 천진난만하고 철없는 어린 시절이 없었던 것 같다. 몸만 어린이였지 일찍 철이 들어버렸다. 어려서부터 동생들의 엄마 역할까지 하고 살아온 탓인지도 몰랐다. 말레이시아에서도 미국에서도 아버지는 병원일로 바쁘고 엄마는 의사소통을 제대로 못하고 사회에 대해 잘 모르니 내가 나서서 해답을 찾고 문제를 해결하는 수밖에 없었다.

매일 막내 여동생 애나(Anna)를 업고 살았기 때문에 친구들과 어울려 놀아 본 적도 없다. 한 번은 내가 친구들이 즐겨하는 숨바꼭질이 하도 하고 싶어서 나도 끼워 달라고 했다. 어느 컴컴한 구석에 친구들과 함께 몸을 숨겼는데, 업고 있던 애나가 답답함을 못 참고 울음을 터뜨리는 통에 술래에게 들켜버렸다. 함께 있던 친구들이 화가 나서 날더러 집에 가라고 했다.

말레이시아에 가자 애나는 사람들 얼굴도, 말도 낯설어서 그런지 더욱 나에게서 안 떨어지려고 해서 나를 힘들게 했다. 애나는 엄마를 닮아서인지 아기 때부터 예쁜 옷을 정말 좋아했다. 나는 귀찮은 애나를 떼어버리려고 '그 예쁜 옷을 벗어버리면 너하고 놀아주겠다'고 억지를 부렸다. 그러자 어린 애나가 잠시 생각하더니 울면서 입고 있던 예쁜 바지를 벗고 나에게 오기 위해 손을 뻗었다. 예쁜 바지에 대한 미련을 버리지 못해 울면서도 나한테 오려던 애나를 나는 잊지 못한다.

오빠를 제외한 동생들에게도 엄마보다는 내 손길이 더 많이 닿았고 미국에서의 집안 살림은 내가 도맡아 살았다. 아버지는 엄마의 아리따운 미모에 손상이 가지 않기를 바랐고 여린 몸이 병들지 않기만을 바랐다. 아버지는 예쁘고 여성다운 엄마를 좋아하고 아꼈다. 여자 중에 여자였던 고운 엄마는 선머슴 같은 나와는 정말 달랐고 그래서 우리는 잘 맞지 않았다. 대신 나는 자신에게 성실하고 가정에 충실하며 의사로서의 본분을 다하는 아버지를 너무나 존경하고 사랑했다. 그 고된 아버지가 엄마의 따뜻한 보살핌을 받지 못하는 것이 가엾고 불쌍해서 나는 더욱 엄마를 미워했다.

"너는 여자가 맨날 옷차림이 그게 뭐냐? 여자는 예쁘게 가꾸고 온실 속 화초처럼 곱게 살아야 남자한테도 그런 대접을 받는 거야."

엄마는 나에게 스파를 같이 가자고 조르고, 쇼핑한 물건을 교환하러 가는데 통역이 필요하다는 핑계로 쇼핑에 끌고 가서 시간을 빼앗고, 화장하라고 성화를 냈다.

"나는 엄마와 딸이 나란히 쇼핑도 다니고 친구처럼 자매처럼 지내는 게 제일 부러워. 그 간단한 소원 하나 못 들어주니?"

나는 엄마의 그러한 하소연을 늘 못 들은 척 하고 무시해 버렸다. 참 들어주기 쉬운 소원이었는데 나는 그 쉬운 소원을 한 번도 들어준 적이 없는 매정한 딸이었다. 그러다가 혼자 지치면 엄마는 집에 틀어박혀 아무 데도 외출하지 않았다. 미국 생활에 적응하지 못해 우울해 하는 엄마를 아버지는 안쓰러워하며 일 년에 한 번씩 한국에 내보내 주곤 했다. 아버지는 20년이나 어린 후배들과 함께 인턴을 하면서 미국 의사 면허를 취득하고 가족들을 위해 병원 세 군데를 뛰며 뼈 빠지게 일하는데 엄마는 돈을 쓰러 다니면서도 여기저기 아프다고 드러누웠다. 그런 엄마를 보면서 나는 점점 더 강해지고 절대 엄마처럼 살지 않겠다고 마음을 먹었다. 당연히 엄마와 나는 사이가 좋지 않았다. 엄마를 구박하고 눈치주고 엄마를 멀리했다.

그러나 반면 낯선 미국 땅에서 우리 온 가족의 생계를 위해 무거운 짐을 혼자 다 메고 고군분투하는 아버지를 생각하면 늘 가슴 아팠고 존경스러웠다. 학교에서 어느 수업 시간에 자신이 원하는 스토리를 만드는 과제를 주었는데 나는 아버지를 소재로 '이민 이야기'를 만들어 1등을 받을 정도로 아버지를 마음에 깊이 담고 살았다. 상 타는 날 부모님을 모시고 오라고 했지만 두 분 다 오실 형편이 안 되는 것 같아서 오시라는 말도 입 밖에 꺼내지 않았다.

내 책상 앞에는 항상 아버지 사진이 놓여 있었고 공부를 하다가 피곤해지고 게으름이 피워지면 나는 아버지 사진을 들여다보면서 나 자신을 채찍질했다. 난방기를 켜놓으면 공부하다 졸리기 때문에 난방기기 없이 추위에 떨어가며 공부를 했다. 나는 아버지를 닮고 싶었고 아버지의 근성을 닮았다고 생각한다. 말보다도 몸소 행동으로 모범을 보여준 아버지였다. 주중도 주말도 없이, 밤도 낮도 없이 열심히 일만 했고 휴가란 말을 그의 입에서 들어본 적이 없다.

주중에는 본 직장인 병원에서 일하고 주말에는 응급실 당직의사로, 재향군인병원 의사로 아르바이트를 했다. 미국 의사면허를 취득한 후에는 켄터키 주 렉싱턴 병원에서 일했다. 미국으로 이민 갔던 첫 해에는 필라델피아에서 살았지만 아버지는 오로지 자식들 교육이 먼저였기 때문에 공부하는 분위기에서 아이들을 키울 수 있는 곳을 찾았다.

월급도 많고 아이들 교육하기도 좋은 곳으로 찾아낸 곳이 바로 렉싱턴 유니버시티 타운이었다. 그곳에서 우리 형제자매 모두가 대학까지 들어가고 나서야 떠났으니 우리들은 그곳을 고향으로 여긴다. 집 떠나 다른 대학에 갈 꿈은 꾸지도 못하고 모두 다 그곳 대학에 다녔다. 자식 넷 중 석사 셋, 박사 하나를 배출했으니 아버지의 꿈은 이루신 듯하다.

다시 엄마의 이야기로 돌아와 나는 엄마에 대해 미안한 마음이 너무 많다. 엄마가 정신적으로 병날까봐 아버지는 일 년에 한 번씩 엄마를 한국에 내보내 주었는데 엄마는 한국행 비행기 표를 손에 들면 너무 행복한 모습으로 바뀌었다. 처음엔 한 달 정도 지내다 돌아오더니 그 다음에는 두 달, 석 달, 나중에는 일 년씩 한국에 머물다 돌아오곤 했다. 우리집 가정주부는 엄마가 아니라 나 루시아였다.

1976년 어느 날 아버지가 날 불러 앉히더니 상상을 초월하는 요구를 했다.

"너 미스 코리아 선발대회에 나가도록 해라."

"예? 내가 무슨 미스 코리아 선발대회엘 나가요? 거긴 예쁜 사람들이 나가는 거죠?"

"네 엄마 소원이라고 하니 엄마가 하자는 대로 한 번 해 줘."

나는 엄마에게 따지고 들었지만 아버지의 명령을 어길 수는 없었다. 엄마는 자기가 말하면 내가 절대로 들어주지 않을 것을 알고 아버지를 통해 나를 미스 코리아 대회에 나가도록 만들었다. 나는 그때 미스 코리아는 공부도 못하고 머리는 나쁜데 얼굴만 예쁜 여자들이나 하는 거라 생각하고 있었는데 그걸 날더러 하라니 기가 막혔다. 또 스스로 미스 코리아가 될 만큼 예쁘다고 생각해 본 적도 없었다.

부모님 부탁에 못 이겨 마지못해 미국 선발대회에 참여했는데 거기에서 미스 뉴욕으로 선발이 되었다. 지역 선발대회에서 선발된 사람들은 한국에서 열리는 미스 코리아 본선 대회에 출전하게 되는 것이었다. 갓 스물, 미국 나이로는 열아홉 살 꽃다운 나이에 미스 뉴욕이 되었다는 사실은 분명 축하받을 일이었지만 나는 사람들의 따가운 시선이 창피할 뿐이었고 엄마는 하늘을 날 듯 기뻐 어쩔 줄을 몰랐다. 어쩌면 엄마는 내가 미스 코리아 본선대회에 나가게 되었다는 그 사실보다는 미스 뉴욕이 된 딸을 데리고 한국에 나가게 된 사실이 더 신나고 기뻤는지도 모른다. 어찌되었거나 아버지와 엄마 그리고 가족들이 그리도 기뻐해 주니 나도 기분이 나쁘진 않았다.

엄마와 나는 처음으로 함께 한국으로 갔다. 엄마는 그때 앙드레 김과 아주 친한 사이여서 내가 출전할 때 입는 모든 옷은 앙드레 김이 만들어 주기로 했다. 그러나 한국 도착 시점과 출전할 날짜와 시간이 맞지 않아 내가 그의 옷을 못 입게 되면서 엄마와 앙드레 김은 서로 불편한 관계가 되었다. 엄마는 엄마대로 섭섭하다 하고 앙드레 김은 앙드레 김대로 섭섭하다 하면서 자기주장을 펼치다보니 싸움이 되고 말았다. 그런데 미스 코리아 본선대회 무대에 서서 보니 앙드레 김이 심사위원석에 떡하니 앉아 있는 것이 아닌가. 나는 그를 보는 순간 이제 다 틀렸구나 하는 마음부터 들었다. 엄마도 아마 그런 생각을 했을 것이다. 그래도 결과는 괜찮은 편이었다. '미스 엘레강스'라 하여 6등에 속하는 자리를 차지했다. 엄마는 6등이라도 한 것이 다행이라 여기면서도 '앙드레 김이랑 안 싸웠으면 미(美, 3등)는 할 수 있었을 텐데…….' 하며 아쉬워했다.

제4회 미스 뉴욕 선발대회에서 사회자에게 인터뷰를 받고 있는 루시아

　'미스 엘레강스'의 영예를 안고 미국으로 돌아오자 여기저기서 축하 인사가 쏟아졌다. 아버지의 지인들, 엄마의 지인들, 그리고 내 친구들까지 전화로 축하하거나 심지어 찾아와서 축하 인사를 전했다.

　내가 미스 코리아가 됐다는 것을 한국에서보다 오히려 미국에 돌아와서 더 실감하게 되었다. 나는 솔직히 예쁘지도 않은데 미스 코리아가 된 것 같아서 창피하고 부끄러웠다. 엄마에게 제일 잘난 오빠, 아버지에게 잘난 동생들을 젖히고 처음으로 스포트라이트를 받는 것이 어색하고 겸연쩍어 나는 그러한 축하가 부담스러웠다.

　나의 그런 마음과는 달리 엄마는 오히려 동네방네 우리 딸이 미스 코리아가 됐다고 소문을 내고 어깨가 으쓱하여 나를 앞장세우고 다녔다. 엄마는 자기가 미스 코리아가 된 것처럼 행복해해서 그것을 바라보는 나의 마음도 싫지 않았다. 그때 그 일이 내가 처음으로 엄마를 기쁘게 해준 일이었다. 얼마 후 나는 우여곡절 끝에 존과 결혼하여 엄마 곁을 떠나갔다.

어느 날 엄마가 많이 아프다고 했다. 나는 엄마에게 달려왔다. 간암 판정이 나고 간이식수술밖에 방법이 없는 순간이 왔을 때 엄마는 너무나도 많이 울었다.

"내가 이대로 죽어야 하는 겁니까? 아직은 좀 더 살아야만 해요. 애들도 아직 다 결혼 못 시켰는데……. 단 일 년 만이라도 더 살게 해주세요."

어찌나 울던지 그것을 보는 내 가슴도 먹먹해졌지만 그런 엄마를 한번 따뜻하게 안아주고 다독거려 주지도 못했다. 미인박명(美人薄命)이라더니 그 말이 맞는 것 같았다. 의사인 아버지는 엄마를 수술시키기 위해 백방으로 간이식수술을 해줄 병원과 의사와 이식할 간을 알아보았다. 그때만 해도 간이식수술이 흔치 않던 시절이었다.

아버지는 피츠버그와 오마하, 두 군데 병원을 찾아냈다. 두 병원 중 오마하가 수술 후에 치료를 더 잘한다는 평이 나 있어 아버지는 오마하 병원에서 엄마의 간이식수술을 받기로 결정했다. 하루 빨리 간이식수술을 받지 않으면 위험한 상태였지만 이식할 간이 나타나야만 수술이 가능했기에 그저 기다릴 수밖에 없었다.

검사를 마치고 수술 절차를 마치자 나는 엄마와 함께 오마하 병원 앞에 있는 호텔에서 간이식수술 차례를 기다리며 지냈다. 이식할 간이 들어왔다 하면 곧바로 달려가야 하므로 병원 가까이에 숙소를 잡고 대기했던 것이었다.

함께 자고 있는데 병원에서 준 삐삐에 호출이 오면 아프다며 기운 없어 하던 엄마가 벌떡 일어나 병원으로 달려가는 것을 보고 나는 얼마나 놀랐는지 모른다. 살고 싶어 하는 의지가 그렇게 강렬할 수가 없었다.

첫 번째 수술에 이식된 간은 엄마와 잘 맞는 간은 아니었다. 너무나 엄마의 상황이 급했기 때문에 우선 응급처치나 다름없는 심정으로 수술을 받았다. 의사 부인이기 때문에 그런 편의가 주어졌을 거라 짐작되었다. 역시 맞지 않는 간이식수술은 엄마의 병을 낫게 하지 못했다. 한 달 후, 두 번째 이식 수술을 했지만 또 실패였다. 일주일 후 엄마와 모든 조건이 딱 맞는 젊고 건강한 사람의 간이 나타나 다시 수술을 받았다.

세 번째 수술을 받고 난 후 엄마는 빨리 회복되어 갔다. 집으로 온 엄마는 매일 아침 길게 찢어진 배를 감싸고 있던 붕대를 풀고 수술 상처를 소독하고 피 묻은 것을 버리고 새 거즈와 새 반창고를 붙인 다음 붕대를 감았다. 피를 보지 못하는 나는 얼굴을 찡그리며 상처를 소독하는 자리를 피했다. 평소에 곱기만 하던 엄마가 그렇게 강인한 사람인 줄 새삼 알게 되고 그런 엄마가 대단해 보였다. 수술 2주 후 죽어가던 간이 살아나고 있다는 증거가 엄마의 얼굴에서도 느껴지기 시작했다.

"루시아, 네 오빠가 보고 싶구나. 연락 좀 해 봐."

엄마는 몸이 어느 정도 회복되자 아버지가 출근한 후에 가만히 나를 불러 그렇게 말했다. 오빠는 아버지와 결혼 문제로 의견 충돌이 일자 부모님과 연락을 끊어버렸다. 그 당시 부모님과 소식을 끊은 지 이미 7년째였다. 우리 사남매 중 오빠와 가장 가깝게 지내온 엄마로써는 너무나

보고픈 아들이었다. 나는 알아보겠다고 대답은 했지만 어떻게 알아봐야 할지 궁리하며 차일피일 늑장을 부리고 있었다.

그러던 어느 날 아침이었다. 아버지는 출근 준비를 서두르고 있었고 엄마는 수술 후 몸조리를 하느라 안방에 앉아 문을 열어 놓고 출근 준비를 하는 아버지를 지켜보고 있었다. 아이들은 아무도 집에 없었다. 출근 준비를 마친 아버지가 주방에서 커피를 마시고 있는데 아버지가 있는 주방으로 가려던 엄마가 갑자기 쓰러졌다. 갑자기 온몸에 힘이 빠지고 아버지를 부르려 했지만 소리가 나오지 않았다.

커피를 다 마신 아버지는 돌아서서 출근을 했고, 엄마는 뻔히 아버지를 보면서도 소리를 내어 그를 불러 세울 수 없어 혼자 버둥거리다 겨우 몸을 끌고 기어가 긴 걸레 막대를 잡아 벽에 걸린 전화기에 0번을 눌렀다. 다행히 교환원이 긴급 상황을 알아채고 911 구급차를 불러주어 엄마는 병원으로 옮겨졌다.

뇌출혈이었다. 당장 수술을 하려던 의사들은 엄마가 간이식수술 받은 지 두 달밖에 되지 않았음을 알고 적어도 삼사일 만이라도 더 있다가 수술하자고 제안했다. 나는 영어를 못 알아듣고 말을 못하게 된 엄마를 위해 의사와의 통역을 담당했다. 의사가 '내 말 들리면 눈을 감았다 떠보세요.' 라고 영어로 이야기하면 나는 한국말로 엄마에게 그렇게 말하고 엄마는 눈을 감았다 떴다.

엄마와 내가 둘이 남았을 때 엄마는 말을 못하면서도 자꾸 누군가를 찾았다. 아버지에게 꾸지람을 듣고 집을 나가 연락이 끊긴 오빠를 찾는다는 것을 알았다. 첫 번째 간이식수술을 했을 때도 두 번째 수술에 실패했을 때도 엄마는 오빠가 보고 싶다고 했었다.

엄마가 너무 간절해하는 눈빛을 보이니 남편 존은 온갖 방법을 동원해 오빠를 찾았다. 의사인 새언니(오빠 부인) 친정아버지에게 연락하여 엄마가 위독함을 알렸다. 그날 밤 오빠가 아들을 데리고 엄마를 찾아왔다. 엄마는 말은 못하지만 오빠와 손자를 보자 눈에 눈물이 가득 고이더니 주르륵 눈물을 흘렸다. '사랑하는 아들아, 너무 보고 싶었어. 이제 널 봤으니 됐다.' 하는 표정이었다. 다음 날 아침 엄마는 눈을 감았다. 1989년 6월 15일, 엄마는 그렇게 52세의 나이로 세상을 떠났다.

나는 엄마의 죽음이 믿어지지 않았고 내가 잘 해주지 못한 회한만이 떠올라 울음을 멈출 수가 없었다. 내가 이 세상에 태어나서 가장 많이, 가장 슬피 울었던 날이었다. 말 한마디라도 따뜻하게 해줄 걸. 사우나나 쇼핑이라도 한 번 같이 가줄 걸. 엄마는 친구 같은 딸을 원했는데 단한 번도 그렇게 해 준 적이 없었다. 엄마가 바라는 것은 대단히 큰일도 아니었는데 그중 단 한 가지도 들어줄 마음이 내키지 않았다. 왜 그렇게 엄마에게 못되게 굴었는지 후회막급이었다. 너무나도 많은 죄책감이 나를 더욱 괴롭게 했다.

나는 슬픔을 참지 못해 장례 준비를 마치고 곱게 화장한 모습으로 관에 누워 있는 엄마의 손을 잡았다. 얼음처럼 싸늘한 그 손의 찬 느낌이 내 몸으로 전해져 왔다. 그 차디찬 엄마 손의 냉기가 내 가슴 속에 깊이 와 박혔다. 미국에서는 시신의 몸단장과 얼굴 화장을 마친 후에는 사람들로 하여금 시신을 만지지 못하게 하는 관습 같은 것이 있는데 그 이유를 그제야 알 것 같았다. 엄마의 차가운 손은 지우지 못할 상처로 평생 내 가슴속에 남았다. 그 서늘한 느낌이 아직도 내 손에서 생생하게 느껴지고 그럴 때마다 내가 못된 딸이었음을 뼈저리게 느끼곤 한다.

엄마의 장례를 치르고 나의 일상으로 돌아왔지만 날이 갈수록 내가 믿는 천주님께 점점 더 화가 났다. 그 어려운 이식 수술을 세 번씩 견뎌낸 엄마를 왜 뇌출혈로 돌아가시게 했는지 그분의 뜻을 알 수가 없었다. 아무 정신없이 집수리하고 음식 만들고 설거지 하면서 나는 나 자신에게 화를 내고 있었다. 몸도 움직이고 손도 움직이며 열심히 일을 하고 있지만 실제로는 내가 무슨 일을 하고 있는지 거의 의식하지 못한 상태였다.

그러다 나에게도 천주님에게도 너무 화가 나면 설거지 하던 그릇이나 만지고 있던 물건을 마구 깨부수듯 내치면서 울었다. 엄마의 차가운 주검을 손으로 만졌는데도 어디선가 엄마가 나타날 것만 같았다. 미움의 대상이었던 엄마의 죽음이 그렇게 나에게 큰 충격일 줄은 미처 생각지 못했다.

몇 년이 지난 어느 날, 운전을 하고 어딘가를 가는데 갑자기 정말 엄마가 이 세상에 없다는 실감이 처음으로 났다. 눈물이 쏟아지고 울음이 북받쳐 길 한 옆에 차를 세우고 한없이 울었다. 그날 이후에야 엄마가 죽었다는 사실을 받아들였다.

나보다 엄마의 죽음에 더 큰 충격을 받은 사람은 막내 여동생 애나였다. 큰딸인 내가 엄마의 의지의 대상이었다면 막내인 애나는 엄마의 인형과도 같았다. 고분고분 말도 잘 듣고 취향도 비슷한 애나에게 엄마가 쏟은 정성은 이루 말할 수 없을 정도였다. 마산에서 고전무용을 전공했던 엄마는 예술적인 감성이 뛰어났고 자식 중 누군가가 예술의 길을 가길 희망해서 애나는 음악가로 키우겠다고 아버지에게 늘 말했었다.

엄마는 애나에게 피아노, 바이올린 레슨을 받게 하였으며 좋은 레슨 선생님을 찾아서 동분서주했다. 그러던 중 어느 해 여름음악캠프에서 콘서트 솔로이스트(concert soloist)인 애론 로잰드(Aaron Rosand)를 만나게 되었는데 애나의 재능을 알아본 그는 애나에게 그 때 당시 가장 명성이 나 있던 아이반 갈라미안(Ivan Galamian)을 뉴욕으로 찾아가서 만나보라고 권유했다.

아이반은 애나의 연주를 듣고 뉴욕으로 와서 줄리아드 예비반(pre-Juilliard)에 들어갈 것을 권유했는데 그 때 애나의 나이 12살이었다. 12살의 어린 애나를 혼자 뉴욕으로 보낼 수가 없어 엄마는 대신 우리가 사는 렉싱턴에서 가까운 신시내티에 있는 다른 훌륭한 음악가를 찾아내어 애나로 하여금 그 선생님에게 레슨 받도록 하였다. 신시내티는 자동차로 두 시간이나 걸렸지만 이는 애나에 대한 엄마의 열정과 야심에 아무 문제가 되지 않았다.

엄마는 애나의 미래를 위해 돈을 아끼지 않고 본인이 할 수 있는 최선을 다해 도왔고, 애나는 후에 줄리아드에 들어가서 5년 안에 학사와 석사를 모두 따내는 이변을 일으키며 유럽에서 손꼽히는 음악가가 되었다. 그녀는 파마 이태리(Parma, Italy)에서 처음으로 여성 콘서트마스터(concert master)가 되어 사람들을 놀라게 했고 연주, 지휘, 지도, 강연 등 음악에 관한 한 어느 것 하나도 빠지지 않는 음악가가 되었다. 늘 바쁜 생활에 쫓겨서인지 아님 너무 눈이 높아 맘에 맞는 상대를 찾을 수 없어서였는지 결혼은 생각도 않는 듯 보였다.

유럽에서도 엄마와 수시로 통화하며 엄마의 자랑스런 딸로 엄마한테 따뜻한 딸로 엄마와 늘 가까웠던 애나는 갑작스런 엄마의 죽음을 맞자 거의 혼이 나가 버렸다. 이제 혼자라는 느낌이 드는지 외로워하고 우울증에 빠져 드는 것 같았다.

나는 애나를 오스틴으로 불러들였다. 애나도 스트레스에 시달리던 유럽에서 잠시 벗어나자는 마음으로 내가 사는 오스틴으로 와서 음대 교수로 자리를 잡았다. 그러나 2년 만에 교수가 적성에 맞지 않는다며 그만두고 음악에 재능 있는 어린아이들을 가르치는 학교를 설립했다. 애나는 겨우 40분 정도 떨어진 거리에서 사는 데 생각과 달리 나는 애나와 많은 시간을 보내주지 못해왔다. 난 그것이 늘 미안하다.

"언니는 엄마한테도 그렇게 냉정하더니 나한테도 똑같아."

그런 투정이 쏟아져 나에게로 향하면 나는 내 회사 제품을 소개하는 컨벤션에 같이 애나를 동행시켜 못 다한 이야기를 함께 나누곤 했다. 우리 자매가 만나면 엄마 이야기를 가장 많이 하게 되는데 애나가 엄마를 그리워하는 마음이 고스란히 나에게 전해졌다.

"언니에 대해서 엄마가 했던 말은 다 맞는 것 같아."

"무슨 말?"

"언니가 사서 고생하는 거. 쉬운 길을 놔두고 자꾸 어려운 길만 택하는 거. 언니 아집이 언니 자신을 힘들게 하는 거."

"엄마가 너한테 그런 말을 했어?"

"내가 너무 어리다고 생각했는지 내내 그런 말 않다가 언니가 의대를 포기하고 몇 년 쉬었다가 다시 물리학을 택했을 때 엄마가 답답했는지 처음으로 나에게 하소연을 했어. '저 인물에, 저 머리에, 미용이나 뷰티, 패션을 전공하면 쉽게 성공할 텐데 또 어려운 공부를 택해서 자기를 힘들게 하고 있어. 네가 좀 말려 봐.' 하고 말이야. 난 '언니가 말린다고 듣겠어? 그냥 하고픈 대로 하게 내버려 둬.' 했더니 '힘들게 뻔하니까 그러지.' 하며 한숨을 쉬었어."

대학에서 물리학을 전공하고 세계에서 석유과학 분야에서 가장 명성이 나있는 영국의 런던대학으로 석사를 하러 갔을 때 나는 엄마의 말대로 정말 죽기 살기로 공부했다. 여성의 불모지와 다름없던 이 분야에서 남자들을 젖히고 처음으로 여자가 석사를 따내자 남학생들이 나를 곱지 않은 시선으로 보았다. 나는 그 학교에서 석유과학 분야 물리학 석사를 받은 최초의 여성이 되었다. 나는 당시 전체 대학원에서 졸업한 유일한 여학생이기도 했다.

내가 물리학을 택한 첫 번째 이유는 아버지를 기쁘게 해주기 위해서였다. 의대를 포기한 것이 미안하고 죄송해서 의대보다 더 어렵고 힘든 전공을 택함으로 해서 내 능력을 보여주고 싶었다. 그 값을 치르느라 내가 얼마나 이를 악물고 열심히 공부했는지 아마 아버지도 알고 계셨을 것이다. 그래도 한 마디 칭찬이 없었다. 힘들다는 말을 한 번도 가족들에게 하지 않았는데 엄마가 알고 있었다니 놀라웠다. 얼굴 예쁜 여자들이 대체로 멍청하다는 생각을 늘 했었는데 우리 엄마도 예외로 치진 않았었다. 그런데 돌이켜보니 엄마는 현명하고 지혜로웠던 것 같다. 살면서 점점 더 그런 생각을 하게 되었고 그럴 때마다 엄마가 그리웠다.

실컷 울고 마음이 가라앉자 주차장에서 차를 몰고 밖으로 나왔다. 이제 집에 가서 울지 않을 자신이 생겼다. 존 앞에서 슬픈 내색을 하지 않을 자신 말이다. 그의 가슴이 아프면 내 가슴이 따라 아프고 그가 괴로워하면 내가 더 괴로워진다. 오늘 바비의 분노는 나를 향한 것이 아니라고 되새기며 집으로 향했다.

Perfect love

또 다른 내일

바비는 날로 좋아졌다. 말도 제법 상대가 알아들을 정도로 분명해졌고 글씨도 삐뚤빼뚤하지만 그런대로 읽을 수 있을 정도로 발전했다. 몸에도 힘이 붙어 휠체어도 혼자 밀 수 있게 되어갔다. 나날이 발전하는 모습을 보이자 병원에서도 더 많은 기대를 걸었고 더 많이 학습시키려는 욕심을 가졌다. 나는 말할 것도 없이 한 개라도 더 가르치고 학습시키기 위해 혼신의 힘을 다했다.

'내가 최선을 다하는 것은 내가 더 훌륭해지기 위한 것이니 후회가 없다' 는 것이 내 삶의 지침이다. 공부를 할 때도, 사업을 할 때도 또 어떤 일을 할 때도 항상 그것이 나태해지는 나를 일으켜 세웠고 대충 마무리 지으려는 나에게 최선을 다하도록 만들었다.

바비에게도 마찬가지다. 훌륭한 엄마가 훌륭한 자식을 만든다고 나는 늘 믿었다. 이제 혼수상태에서 깨어난 바비가 독립적인 사람으로 자신을 스스로 돌보며 살 수 있는가 없는가는 나에게 달렸다는 생각으로 나는 하루를 시작한다. 내 얼굴 만지고 내 머리 가꿀 시간에 나는 바비를 위해 무엇을 할 것인가 한 번 더 생각한다.

바비의 사고 전에는 남들 못지않은 멋쟁이라는 말을 듣곤 했는데 지금의 내 몰골은 초췌하기 그지없음을 난 안다. 그러나 나는 그런 따위에 신경 쓸 겨를이 없다. 빨리 바비를 더 많이 회복시키지 않으면 주어진 그 짧은 시간이 끝날 것이고 그러면 더 이상 노력해도 발전은 없을 수 있다는 생각이 내 생각과 삶을 지배한다. 이러한 생각은 수시로 나에게 알람시계처럼 경각심을 일으켜준다. 한 시간, 일 분, 일 초가 중요하다. 그러나 이러한 심경이 또 불화를 초래하고 말았다.

바비가 나에게 볼펜을 던진 일은 시작에 불과했다.

"하이! 바비. 오늘 기분은 좀 어때?"

그날도 퇴근 후 병원으로 갔을 때 바비는 존과 함께 물리치료실에서 치료를 받고 지쳐 있는 상태였다. 존이 바비 몰래 나를 보며 고개를 약간 옆으로 저었다. 바비의 기분이 좋지 않다는 뜻이었다. 바비가 물리치료실에 가게 되었다는 것은 그만큼 좋아져 이제 더 힘든 훈련을 받을 준비가 되었다는 걸 의미했다. 그전에는 혼자서 병실에서 받아야 했던 치료들과 훈련들을 이제는 공개된 치료실에서 다른 환자들과 함께 받게 된 것이다.

"바비, 하이!"

바비의 물리치료는 치료사들이 휠체어에서 바비를 내려 평상처럼 넓은 곳에 앉히는 일부터 시작한다. 혼자 앉지 못하기 때문에 뒤에 보조치료사가 다리 사이에 끼듯 바비를 받치고 앉고 앞에 한 사람이 바비의 눈높이로 의자에 마주 앉는다. 한 사람은 바비가 옆으로 기울거나 쓰러지지 않도록 붙잡아주는 일을 한다.

워낙 덩치가 큰 환자여서 치료보조사들도 덩치가 있는 사람들로 배정되었지만 그들 세 사람으로도 바비를 감당하기 어려워 진땀을 뺀다. 앞에 앉은 보조사가 '하이!' 하고 손을 들면 바비가 그 손을 마주치며 하이파이브를 해야 하는데 손을 들려고 하면 중심을 잃어 옆으로 기울어지고 그러다 쿵 하고 쓰러지곤 한다. 이런 과정을 되풀이하면서 앉는 연습과 손들어 올리는 연습을 하는 것이다. 한 과정이 30분씩인데 그 과정이 끝나면 옆으로 옮겨 휠체어에 앉아 다리 들어 올리는 과정과 휠체어를 작동하는 법을 지도받는다.

넓은 물리치료실 안에는 다섯 가지 정도의 치료 시스템이 구비되어 있어 증상 정도에 따라 다른 치료를 받게 되어 있는데 그 병원에서 치료받고 있는 환자들 중 바비의 증상이 가장 심했다. 바비가 코마에서 3개월 만에 깨어난 환자라는 것은 병원 의사와 직원들은 물론 입원해 있는 환자들까지도 모두 다 아는 사실이었다.

물리치료실에 가면 다른 환자들도 만나고 그들의 치료받는 과정도 보게 되는 바비는 자기가 그들보다 더 잘하고 싶은데 몸이 따라주지 않으니 화를 냈다. 의욕만 앞서서 욕심을 내다보면 넘어지고 쓰러지고 실수만 거듭하곤 했다. 나는 오히려 다른 환자들에게서 자극을 받아 더 열심히 노력할 수 있어서 잘 된 일이라 생각했지만 바비에게는 스트레스 요인이 되었던 모양이었다.

"치료실 안 가. 혼자 연습할래."

가끔 물리치료실에 가지 않고 병실에서 혼자 치료받겠다고 고집을 피우기도 했다.

"너는 훌륭한 풋볼 선수였어. 치료받으며 노력하면 얼마든지 다른 환자들보다 잘 할 수 있어. 그렇지만 치료받지 않고 노력하지 않으면 평생 그 침대에서 일어날 수 없어. 침대에 누워 저 밖에 나가지도 못하는 바보가 되고 싶으면 치료실 가지 않아도 좋아. 네가 결정해."

그렇게 반 협박하듯 몰아세우면 마지못해 다시 치료실에 가곤 했다. 오후 3시까지 존은 바비를 데리고 재활센터 스케줄에 따라 치료를 받는 과정을 지켜보았다. 그 과정을 다 끝내고 나면 당사자는 물론 지켜보는 사람조차도 지쳐 버렸다. 더구나 허리를 고정시키는 굵고 넓은 벨트를 차고 쇠갈고리 같은 것들로 몸을 지탱시킨 채 걸음을 떼어 놓는 러닝머신 훈련은 진땀을 쏟게 하는 치료법이었다. 육중한 몸을 벨트와 갈고리가 잡아주지만 역시 중심을 잡지 못해 건들거렸고 기계들에 의존하고 있는 자기 자신에게 화가 치밀었다.

양손을 짚고 일어설 수 있는 길이 4미터 정도, 높이 1미터 정도의 낮은 철봉대 같은 바가 있는데 그것은 혼자 설 수 없는 사람, 혼자 걸을 수 없는 사람들이 걷는 연습을 하는 데 필요한 도구이다. 바비는 아직 그 도구를 이용할 상태에도 미치지 못했다. 바를 잡고 힘겹게 걷고 있는 사람들이 나는 부러웠다.

수영장 물속에 특수의자를 내려 그 속에서 부력을 이용해 다리를 들어 올리는 연습을 하는 정도였다. 나는 존과 교대하고 나면 육체적 훈련보다 머리를 쓰는 훈련에 집중했다. 단어 익히기, 쓰기, 사물 이름 외우기, 지명 외우기 등 기본적인 학습이 끝나면 본격적으로 문장 만들기, 간단한 편지 쓰기, 집 주소 외우기, 친구와 선생님 이름 외우기 등 실생활에 필요한 것들을 끊임없이 가르쳤다.

"오늘 여기 적힌 이 단어들을 다 외워야만 저녁을 먹을 수 있어. 아직

다 외우지 못했기 때문에 아직 저녁 먹을 수 없어."

내가 병원에서 나온 식사 쟁반을 저만큼 밀쳐두고 손에 들고 있는 종이를 흔들었다. 그때 바비가 눈을 똑바로 뜨고 바로 앞에 있는 내 손을 비틀었다.

"제기랄, 우리 엄마도 아니면서 왜 날 이렇게 못살게 하는 거야? 그만 좀 하라고!"

고함치며 그 말을 했을 때 나는 내 귀를 의심했다. 이제 말 좀 할 줄 안다고 기뻐했더니 겨우 내뱉는 말이 나에 대한 원망과 욕설이라니. 점점 반항심과 반발심이 커져가는 바비는 상대방에게 상처 주는 말을 서슴지 않고 쏟아냈다. 비록 이전만큼 힘이 붙지 않은 바비였지만 내 손목을 비틀 힘은 충분했던 모양이었다.

"날 바보 취급하지 마!"

"바비야, 널 바보 취급하는 거 아니야. 엄마한테 왜 이래? 널 빨리 걷고 말하고 움직이게 하려고 이러는 거잖아."

"할 수 있어! 할 수 있다고!"

나를 밀어내고 내 뒤 탁자에 놓인 저녁 식사 쟁반을 향해 황급히 휠체어를 밀고 가서 팔을 뻗다가 체중이 갑자기 앞으로 쏠리는 통에 고꾸라지고 말았다. 그와 동시에 저녁 식사 쟁반이 얹혀 있던 탁자도 옆으로 넘어갔다. 바비는 휠체어와 함께 앞으로 고꾸라져 바둥거리고 한 옆에는 저녁 식사가 쏟아져 난장판이었다. 우선 바비부터 일으켜야겠는데 휠체어와 함께 바비를 일으키는 일은 혼자 해낼 수가 없었다. 복도로 뛰어나가 간호사의 도움을 요청했다. 몇몇 간호사들이 달려와 함께 바비가 앉은 휠체어를 겨우 일으켜 세웠다.

병실을 치우고 다시 저녁 식사를 받아다가 바비에게 내밀어주고 나는 잠시 병실을 비웠다. 북받치는 설움을 달래기 위해서였다. 새엄마라 생각해 본 적이 없다던 피터와 바비. 아이들 키우느라 결혼해서 부부간에 오붓한 시간도 제대로 갖지 못했던 결혼 초, 나는 임신을 했다. 좋아해야 할지 염려해야 할지 복잡한 심정으로 두 아이들에게 '너희들은 동생 갖고 싶지 않아?' 하고 물었더니 피터는 단호하게 동생은 싫다고 대답했고, 바비는 제대로 아는지 모르는지 덩달아 싫다고 했다. 나는 가톨릭에서 낙태를 금하고 있기 때문에 한동안 고민한 끝에 천주님께 용서를 빌었다.

　"두 아이를 잘 키우기 위해서이니 용서해 주실 거지요?"

　내 아기의 엄마 되는 일을 포기했을 때 마음이 쓸쓸하고 허전하고 외로웠다. 그런 고비를 다 넘기고 오로지 두 아들에게 정성을 쏟으며 살아왔는데 '우리 엄마도 아니면서……' 라는 말을 들으니 지나온 세월이 갑자기 허망하고 서러웠다. 치료를 받는 과정이 너무 힘들어서 제일 만만한 나에게 화풀이를 한다고 가볍게 생각해 넘기려고 마음을 달래고 또 달랬다.

　다음날 의사에게 바비가 가끔 거친 행동과 거친 말을 사용함을 알리고 그 이유를 물었다.

　"그러한 행동조차도 일종의 회복 과정이라 보시면 됩니다. 뇌가 스스로 생각할 줄 모르던 상황에서 벗어나고 있는 증거이기도 합니다. 아마도 어머니께 화를 내는 것이 아니라 자기 자신에게 화를 내고 있을 겁니다. 내가 풋볼도 잘하고 친구도 많고 무엇이든 잘 했는데 지금 이 꼴이 도대체 뭔가 하는 자괴감 같은 것이지요. 그렇다고 무서운 아버지한테 그 화풀이를 할 수도 없고 자기를 가르치는 병원 의사나 치료사한테 화를 낼 수도 없으니 제일 편안하고 만만한 어머니한테 분통을 터뜨리는 것 같습니다. 목숨을 겨우 구하고 장애자가 된 사람들도 한동안 그러한 증후군을 겪거든요. 괴로우시겠지만 달래도 보시고 야단도 치면서 이 과도기를 넘기는 방법밖에 다른 방법이 없습니다."

신체 일부를 잘라내고 목숨을 구한 환자들도 평생을 불구로 살아야 한다는 괴로움 때문에 죽여 달라고 악을 쓰거나 왜 병신으로 살게 만들었느냐고 주변 가족들을 원망하며 못살게 구는 경우가 대부분이라고 한다. 스스로 불구임을 인정하고 그것을 견딜 마음의 준비가 될 때까지 정신적 장애자가 되는 거라고 했다. 마치 자신이 장애자가 된 것이 다른 사람 탓인 양 폭언을 퍼붓고 자신을 괴롭힌다고 한다. 바비도 일종의 그런 과정을 겪는 것이라고.

나는 존에게 내가 당한 그 사실을 말하지 않았다. 한참 동안 오른쪽 팔목을 쓰지 못하고 불편하게 지내는 것을 보고 존이 물었다.

"손목을 다쳤어?"

"회사에서 뭘 좀 들다가 삐끗했어요."

"병원 가봐야 되는 거 아니야? 힘도 없는 사람이 뭘 들다가 그랬어? 직원들 시키지."

손목이 너무 아파 검사를 받아보니 손목에 금이 가 있었고 그래서 한동안 깁스를 하고 지내야 했다. 2주 이상 손목을 쓰지 못한 채 지내면서도 바비에게 이런 일로 질 수 없다고 생각했다. 나는 변함없이 아니 손목을 비트는 일이 있기 이전보다 더 열심히 훈련과 연습을 반복시켰다. '네가 아무리 겁을 줘도 엄마는 너를 포기하지 않아.' 라는 마음으로 바비를 대했다.

어느 날 친구들이 찾아와 한참을 떠들고 웃으며 재미있게 시간을 보내고 있을 때였다.

"맘, 나 친구들 집에 갈 때 휠체어 타고 주차장까지 배웅해도 돼?"

그 말은 날더러 주차장까지 데려다 달라는 말이었다. 바비는 친구들이 집으로 돌아가는 모습을 보며 손을 흔들어주고 싶은 모양이었다.

"너 혼자 휠체어 작동시켜서 갈 수 있으면 그렇게 해. 네가 어제 해야 할 숙제도 하지 않았고 오늘 해야 할 공부도 하지 않았기 때문에 난 도와줄 수 없어."

나는 단호하게 거절했다. 친구들에게도 절대로 도와주지 말라는 부탁은 이미 오래전에 교육을 시킨 터였다. 친구들이 간다고 자리에서 일어섰다. 바비의 마음이 바빠졌다. 나는 속으로 '맘, 어제 못 다한 숙제도 하고 오늘 공부도 할 테니까 친구들 배웅하게 해 주세요.' 라고 부탁하기를 바랐다. 휠체어를 조금 움직이던 바비가 갑자기 나를 가리키며 소리쳤다.

"이 여자는 날 낳은 엄마도 아니야. 우리 진짜 엄마도 아닌데 날 괴롭히고 못 살게 굴어."

일어서던 친구들과 나는 바비의 갑작스런 말에 멍하니 아무 소리 못하고 바비를 쳐다보았다. 친구들은 괜히 나에게 미안했는지 나를 어색하게 바라보며 쩔쩔매기 시작했고 나는 가슴이 아팠지만 침착하게 아이들을 대했다.

"괜찮아. 바비가 자기 마음대로 안 되면 한 번씩 저런 말로 나를 속상하게 만들어. 그래도 안 되는 건 안 되는 거야. 와 줘서 고마워. 또 바비

보러 올 거지? 잘 가."

친구들이 어색한 웃음을 지으며 병실을 나갔다. 바비는 옆에 있던 화분을 내 쪽으로 던졌다.

"바비, 너 안 되겠어. 이제부터 나는 널 돌볼 수 없다고 아버지께 말하고 아버지가 네 병실을 지키도록 할 거야. 네가 한 짓을 아버지한테 다 말하겠다고."

나는 바비가 더 이상 폭력을 쓰는 것을 방치할 수 없었다. 아버지를 무서워하는 바비에게 1차 경고를 하자 바비가 겁먹은 얼굴로 조용해졌다. 어제 못한 지명 외우기를 마치고 오늘의 공부를 시작했다. 오늘은 내가 불러주는 단어를 넣어 간단한 문장 만드는 연습을 하는 날이었다. 바비는 사고 나기 전에 가끔 자작시를 노트에 긁적거려 놓기도 했었다. 나는 문장 연습이 원활해지면 다시 시를 쓰게 할 생각이었다. 한바탕 심통을 부린 것이 미안해서인지 아버지에게 이른다는 것이 두려워서인지 그날은 조용히 내가 하라는 공부를 말없이 다 해냈다.

"바비, 넌 휠체어가 좋아?"

"휠체어 싫어."

바비가 휠체어를 때리듯 탕탕 두들겼다. 바비는 휠체어를 증오할 정도로 싫어했다. 그것을 잘 알고 있어서 바비를 자극해 보려는 것이었다.

"그렇게 싫어하는 휠체어에서 평생을 보낼 수 있겠어?"

바비는 고개를 흔들었다.

"어서 빨리 휠체어를 네 몸에서 떼어내려면 열심히 치료 받고 운동해야만 해. 우선 휠체어를 잘 조정해서 네 몸처럼 만들어 어디든 가고 싶은 치료실에 가서 일어서는 연습도 하고 걷는 연습도 해야만 휠체어를 버릴 수 있는 거야."

"넌 풋볼을 아주 잘했어. 최고였다고. 사고를 당해서 지금 잠시 네 몸이 말을 안 듣지만 넌 조금만 더 노력하면 누구보다 건강하고 씩씩하게 이 병원 밖으로 달려 나갈 수 있어. 그걸 알기 때문에 내가 더 너를 노와주려고 애쓰는 거야. 그런 엄마를 왜 자꾸 미워해?"

나는 잠들기 전 차분하게 아이를 달래보았다. 바비는 천성적으로 감정의 변화가 심하고 사람을 만나면 상대를 잘 이용하는 처세술에 능했다. 그러한 면이 사고를 당한 후 치료를 받는 과정에서 더 두드러져 나타났다. 치료보조사나 간호사를 대할 때도 나는 바비의 그런 점을 확실하게 볼 수 있었다. 그 사람들에게 호감을 사는 방법을 알고 있는 것 같았다. 듣기 좋은 말을 잘 해주고 그들과 금방 친해져 그들로부터 많은 도움을 받았다. 모두들 바비를 좋아하는 것처럼 친근감을 보였지만 젊은 간호사나 치료보조사들은 바비의 농담이나 친절을 불편해하기도 했다.

"엄마가 그렇게 미워?"

바비가 고개를 저었다.

"네가 교통사고를 당하고 코마 상태에서 깨어났다는 것은 알지? 네가 깨어난 것도 기적이고 이렇게 재활 치료를 받고 있는 것도 기적이야. 엄마가 얼마나 천주님한테 기도했는지 몰라. 너만 깨어나게 해준다면 나는 앞으로 더 많은 봉사를 하면서 살겠다고 맹세했어. 난 약속을 지킬 거야. 그러니까 바비야, 엄마를 미워하지 마. 알았지?"

바비가 고개를 끄덕였다. 휠체어에서 침대로 옮겨 앉고 잘 준비를 하는 동안 바비는 스스로 움직이려는 노력을 보였다. 혼자 설움을 삭이고 가슴 아픈 것을 누르며 나는 내 자식이 병들어서 그런 것이지 본심은 아니라고 나 자신을 달래면서 바비를 대했다.

나는 단 한 번도 내가 낳지 않은 전처 자식이라고 생각해 본 적이 없는데 왜 바비는 하고 많은 말 중에 '우리 엄마가 아니야.' 라는 말로 나에게 상처 주는 걸까? 평소 그 아이의 마음속에 깊이 새겨져 있던 말이 화가 나서 튀어나온 것은 아닐까? 그렇다면 피터도 그런 생각을 하고 있는 걸까? 바비 말의 원천을 캐기 시작하면서 내 생각이 꼬리에 꼬리를 물고 더 나쁜 쪽으로 비약 되어가는 것을 걷잡을 수 없어서 아예 그 말 자체를 잊어버리려고 노력했다. 그 말만 생각하면 가슴을 칼로 도려내는 것처럼 아팠다. 울지 않아야 한다고 생각하는데도 눈에 눈물부터 고였다.

존이 알면 바비를 혼낼 것이고 그러면 또 한바탕 분란이 일 것이다. 그냥 나 혼자 삭이는 게 가정의 평화를 지키는 일이다. 어느 날은 바비가 잠든 밤에 병원을 나와 집으로 오는 내내 운전하며 울고 가지만 어느 날은 생각지도 않은 놀라운 발전을 보여 기쁨과 희망을 안고 집으로 갈 때도 있다. 그런 날은 바비가 곧 정상에 가까운 생활을 할 날이 멀지 않았다는 꿈에 부풀어 날듯이 집으로 차를 몰았고 다음 날 아침에 눈을 뜨면 오늘은 바비가 또 어떤 걸로 나를 놀라게 해줄까 기대하며 하루를 시작했다. 바비에게 아픈 소리를 듣고 너무 견디기 어려운 날은 그 일을 잊으려고 집으로 가지 않고 회사로 가서 연구 개발하는 일에 몰두하며 밤을 새우기도 했다.

내 회사는 바비의 병원을 드나들면서도 게을리 하지 않은 탓에 점점 안정을 찾아갔다. 내 회사 이름이 많은 나라에 알려졌고 믿을 수 있는 회사라는 인식이 자리 잡기 시작했다.

처음 5년 동안 직원 한 명 없이 혼자 운영하며 제품 한 개로 시작했던 회사가 다양한 제품으로 가지 수가 늘어나고 외국에서도 인정받는 회사로 자리를 잡은 것이다. 작은 거래처나 큰 거래처나 차별 없이 똑같은 친절로 똑같은 가격을 고집해 온 덕이었다.

새로운 제품을 개발할 때는 밤늦게 바비의 병원에서 나와 다시 회사 개발실로 가서 밤을 샜다. 제품을 연구하고 실험하고 개발하는 일은 나만이 할 수 있는 일이라 어느 누구에게 맡길 수 없었다. 우리 회사의 브랜드인 새 제품 개발도 중요했지만 우리 회사 주 수입은 다른 곳에서 왔다. 우리 회사의 제품을 사가는 회사들에게 그들이 요구하는 맞춤형 제품을 만들어주어 그들 회사 브랜드가 되게 해 주는 것이었다. 농도가 낮으면서 싼 제품을 원하는 회사에는 그런 제품을 만들어 납품해주고 농도가 높고 비싼 제품을 원하면 그렇게 만들어 주었다. 그들은 내가 납품한 제품에 내 브랜드가 아닌 그들 회사의 브랜드를 붙여 판매하는 것이다.

내 브랜드가 붙은 제품을 한 개 한 개 판매하는 일도 보람 있었지만 오히려 일정량의 제품을 만들어 이런 식으로 납품하는 일도 즐거움이 있었다. 납품한 회사가 판매를 잘해 점점 더 커져가고 그들이 고마워할 때 내 기쁨은 그들과 함께 두 배가 되었다.

화학제조업계에서 실력 있는 여성 경영자라는 뿌듯한 호칭이 나는 자랑스러웠다. 클리너(cleaner), 탈지제(degreaser), 탈취유(deodorized oil), 탈취제(deodorizer), 오수정화제(septic cleaner), 산업용 향수, 악취제거제, 방향제, 변기 세제, 세면기 세제 등 농도가 짙은 화약 약품을 사용한 산업용 화학제품을 취급하기 때문에 여성이 쉽게 덤비려 하지 않아 업계에는 여자가 없었다.

설상가상이라는 한국 사람들이 쓰는 표현은 미국에서 'When it rains, it pours(비가 올 때 그냥 오지 않고 폭우가 되어 쏟아진다)' 라는 표현과 비슷한데 난 언제부터인지 이 말을 믿게 되었다. 지금과 상황이 판이하게 달랐던 회사 시작 초기, 예상치 못하게 여성 사업자에 대한 업계에서의 배척감, 질시, 경계가 극심하여 힘들고 외로웠던 때, 재정적으로 가장 쪼들렸을 때, 바비의 사고를 겪게 되었으니 어찌 이 표현들이 남의 이야기처럼 들리겠는가.

나는 회사를 시작한 후 몇 년 동안은 토요일, 일요일도 없이 정말 열심히 일했다. 회사가 어느 정도 자리를 잡은 후에도 마찬가지였다. 어떤 사람이 '그만큼 성공했으면 됐지 왜 그렇게 놀지도 쉬지도 않고 일을 하느냐?' 고 물었다. 나는 '성공이 뭔가요?' 하고 오히려 반문했다. '내가 생각하는 성공은 스스로 만족하고 그것에 행복을 느끼는 게 바로 성공이라 생각하는데요.' 라고 답변했다.

말은 그렇게 했지만 사실 나는 행복이 무엇인지 잘 모르겠다. 신나고 즐거운 것이 행복인지, 돈이 많아서 원하는 것은 다 살 수 있는 것이 행복인지, 사람들로부터 인정받고 또 존경받는 것이 행복인지 잘 모른다. 그냥 일해야 했기에 일했고, 돈이 필요해서 돈을 벌어야 했고, 살아야 하니까 열심히 살았다. 성공하기 위해 열심히 일한 것이 아니라 열심히 부지런히 일하다보니 성공했다는 말을 듣게 되었을 뿐이다.

아, 어쩌면 처음 존을 만나 새로운 세상을 만난 것처럼 가슴 설레던 것이 행복이 아니었을까? 그를 보면 가슴이 따뜻해지고, 그를 보면 안심이 되고, 그를 보면 눈물이 날 것처럼 가슴이 아프고, 그를 만나러 갈 때는 거울을 보고, 예쁜 구두를 찾아 신고, 예쁜 옷을 찾아 입고. 그런 것이 행복인 모양이다. 아, 그것이 행복이었구나. 정말 그때 나는 행복했던 것 같다.

시간은 어느덧 일 년이 다 되어가고 있었다. 그 사이 바비의 휠체어가 여러 번 바뀌었다. 속도가 아주 느린 것에서 속도가 있는 휠체어로, 머리 받침이 있는 것에서 없는 것으로, 무거운 것에서 가벼운 것으로. 바비의 증상이 호전되는 만큼씩 그에 맞는 휠체어로 바뀌어갔다. 남들에게는 그저 아무 것도 아닌 일이었겠지만 가족에게는 휠체어 바뀌는 것은 기쁘고 눈물 나는 일이었다.

"이제 내일부터는 기계가 붙잡아주는 워킹머신 대신 바를 붙잡고 걷는 연습을 할 거예요."

물리치료실에서 기계에 온몸을 고정시켜 걷는 연습을 하는 워킹머신을 끝냈을 때 치료사가 그 말을 했다. 바비는 웃었고 존은 바비의 등을 쓰다듬었다. 난 그 말을 전해 들었을 때 울컥 울음이 터지려 했다.

"바비, 축하해. 이제 네가 싫어하는 갈고리 워킹머신 안 타도 되잖아."

"진작 그걸 해야 하는 건데……. 날 무시했다니까."

어디서 나온 자신감인지 그깟 것 정도는 얼마든지 잘 할 수 있다고 큰소리를 쳤다. 못할 것 같다고 지레 겁을 먹는 것보다는 낫다 싶은 마음에 용기를 북돋아 주었다.

"그래. 넌 잘 할 수 있어. 얼마나 튼튼한 다리를 가졌는데. 풋볼 선수였잖아."

그 말에 바비도 기분 좋은 표정을 지었다.

다음 날 아침, 존과 함께 양쪽에 철봉대 같이 나란히 놓여 있는 걷기 연습대로 갔다. 휠체어에서 준비된 의자에 내려앉고 그 다음은 양손으로 바를 잡고 힘주어 일어서야 한다. 치료사들이 바비에게 설명한 다음 바비의 힘으로 어디까지 할 수 있는지 조심스럽게 지켜본다. 휠체어에서 바 앞 의자에 내려앉는 일부터 바비 혼자의 힘으로는 쉽지 않았다. 보다 못해 치료 보조사들이 의자에 앉는 일을 조금 거들었다. 나는 그 자리에 없었지만 존은 애타는 모습으로 아들을 지켜보았을 것이다.

"바비, 이제 이 바를 잡고 의자에서 일어서는 거야."

바비의 두 손이 더디게 바에 걸쳐졌다. 팔과 손의 힘은 나에게 폭력을 휘두를 정도로 제법 힘이 붙어 있었는데 바비는 바를 잡은 채 바들바들 떨기만 할 뿐 일어서지 못했다.

"바비, 팔과 손에 힘을 주고 그 힘을 이용해서 의자에서 일어나. 너 힘 좋잖아."

존이 바비에게 용기를 불어 넣었다. 바비는 다시 팔에 힘을 주며 몸을 일으키기 위해서 용을 썼다. 이마와 콧잔등에 땀방울이 맺혔다. 팔과 손의 힘만으로는 그 육중한 몸을 일으킬 수 없음을 존도 그때 처음 알았다고 했다. 복근의 힘과 허리의 힘이 모두 합쳐져야 몸을 일으킬 수 있다는 것이었다. 몇 번의 실패가 거듭되자 의자에서 일어나는 데까지만 보조사들이 도와주었다. 양팔로 바를 잡고 선 채로 바비는 발을 앞으로 내딛지 못했다. 양팔의 힘으로 서있는 자세를 유지하는 것조차도 힘겨운 일이었다.

"발을 한 번 움직여 봐."

바비가 다리를 좌우로 흔들어 보였다.

"그 발을 앞으로 밀 듯 내딛는 거야."

치료 보조사들이 방법을 알려주었다. 높이 일 미터 정도의 바를 잡고 선 채로 바비는 앞으로 나아가려고 애썼다. 팔이 바들바들 떨렸다. 한 발을 떼어 겨우 앞으로 질질 끌 듯 내딛다가 바비는 도로 의자에 주저앉고 말았다. 온몸이 땀으로 흥건히 젖어 있었다.

"잘 했어. 오늘 한 발을 뗐으니 내일 두 발 떼고 모레 세 발 떼고 그렇게 점점 나가는 거야."

휠체어에서 의자에 내려앉고 의자에서 일어나 한 발을 떼는데 30분이 걸렸다. 존은 바비와 함께 병실로 돌아오며 아들의 얼굴을 살폈다. 매우 실망한 표정이었다. 어제의 그 자신감은 오간데 없고 자기 자신이 그렇게까지 무능력한가 하는 무력감에 빠진 듯 했다. 존은 뭐라고 위로를 해줄지 할 말을 찾지 못한 채 병실로 들어섰다. 그 이야기를 전해들은 나는 오후 늦게 바비를 바 앞으로 데리고 갔다.

"아침에 여기서 한 발을 떼었다지? 엄마한테도 한 번 보여줘. 우리 아들이 일어서서 발을 떼는 모습을 보고 싶어."

바비는 아침의 치욕이 되살아나는지 휠체어를 돌려 병실로 향했다. 그것을 말렸다가는 또 무슨 봉변을 당할지 몰라 그날은 더 이상 강요하지 않았다. 철봉대와 같은 바에 설 수 있다는 것은 그나마 두 팔과 손에 바를 잡을 힘이 생겼다는 뜻이기 때문에 그것만으로도 만족해야 할 일이었지만 인간의 욕심은 한이 없는 것 같았다. 바에서 일어서기와 걷기는 그렇게 시작되었다. 주저앉고 넘어지고 중단하고 포기하면서 걷기는 계속되었다.

바의 이쪽 끝에서 저쪽 끝까지 걸어가는데 바비는 6개월이 걸렸다. 4 미터 정도의 길이 끝까지 걸어가던 날 나는 바비에게 박수를 쳐주었다.

"바비, 잘 했어. 이제 곧 혼자 걸을 수 있을 거야!"

처음 끝까지 가던 날은 1시간도 넘게 걸렸지만 하루하루 속도가 붙기 시작해서 열흘이 지났을 때는 30분으로 단축이 될 정도로 나날이 좋아졌다. 퇴원 무렵에는 15분도 채 걸리지 않았다. 바를 잡고 걷는 일이 수월해지자 혼자 걸어보기 위해 바에서 손을 떼었다가 넘어지기도 하고 쿵 하고 나둥그러지기도 했지만, 걷는 일은 스스로 포기하지 않았다. 운동하던 때의 기억이 나는지는 몰라도 자신이 풋볼 선수였다는 자부심이 그렇게 만드는 것 같았다. 더구나 재활센터 복도에는 벽마다 모두 바를 부착해 두어 혼자 걷기 불편한 환자들이 그 바를 붙잡고 병실이나 치료실로 갈 수 있도록 만들어 놓았다.

나는 저녁 식사가 끝나면 소화도 시킬 겸 휠체어에 탄 바비를 데리고 복도로 나가 그 바를 붙들고 가능한 만큼 걸어갔다가 다시 휠체어까지 돌아오는 연습을 시켰다. 그것을 잘 끝내면 바비와 함께 주차장으로 내려갔다.

바비는 코마에서 깨어난 초창기에도 승강기를 타고 아래로 내려가는 것을 좋아했다. 아래로 내려가면 주차장으로 가고 주차장에 가면 집으로 가는 줄 알았다. 주차장에 가서 우리 집 것과 같은 종류의 밴을 보면 그 차를 타자고 억지를 부렸다.

"저 차는 우리 차가 아니고 아직 너는 병원에서 치료를 받아야 하니까 집으로 돌아갈 수 없어. 집에 가고 싶으면 더 많이 훈련하고 연습해서 너 혼자 움직일 수 있어야 해."

그만 병실로 올라가자고 하면 휠체어를 꼭 잡고 그 자리에서 움직이려 들지 않았었다. 그 이후로도 연습을 잘 해냈을 때, 한 가지 기구를 마스터했을 때마다 포상처럼 바비는 주차장으로 가기를 원했다. 이제 예전처럼 마구 집에 가겠다고 떼를 쓰지 않고 멍하니 차들이 들어왔다 나가는 모습을 지켜보았다. 얼마나 집에 가고 싶으면, 얼마나 병원 밖 세상이 그리우면 저렇게 자유롭게 나가는 차를 부러워할까 싶어서 가슴이 아팠다.

"바비, 너도 저렇게 차를 몰고 병원 주차장 밖으로 나가고 싶니?"

바비가 고개를 끄덕이며 나를 올려다보는 그 눈빛이 왜 그리 슬픈지 뭉클하게 명치끝이 저려왔다. 일 년을 병원이라는 울타리 안에 갇혀 있었으니 왜 그런 마음이 안 들겠는가? 가여워서 눈물이 나려 했다. 덩치는 산만 해도 지적 수준은 초등학생에도 못 미치는 아들이 집에 가고 싶다는데 어느 엄마의 가슴인들 아프지 않겠는가? 어쩌다 그리도 건강하고 씩씩하던 내 자식이 이 모양 이 꼴이 되었는지……. 사고 이전으로 되돌아갈 수만 있다면 무엇이든 다 내놓을 수 있을 것 같았다. 그날 내가 운전을 해서 데려다 주었더라면 이런 일이 없었을까? 나는 피터를 만나고 싶다는 핑계로 그렇게 할 수 있었겠지만 그것을 허락할 바비도 아니었다.

피할 수 없는 운명이라 해도 열아홉 살밖에 안된 젊은 청년에게 이건 너무 가혹하다. 이 애가 무슨 그리 큰 죄를 지었다고 이렇게까지 시련을 겪게 하시는지 신이 원망스러웠다. 인간은 간사해서 사고 초기 목숨만이라도 살려주셔서 감사하다고 기도할 때의 마음과는 달리 아이가 겪는 고통을 보며 가끔씩 그 감사함을 잊을 때도 있었다. 당연히 아이를 위로할 말은 이미 정해져 있다.

"바비야, 집에 가려면 더 열심히 걷고 말하고 쓰고 온몸을 잘 움직이도록 만들어야 해. 그러면 의사선생님이 '이제 바비 집에 가도 좋아.' 하고 말할 거야. 어서 가서 연습하자."

아이는 그제야 꼭 잡았던 휠체어를 돌려서 승강기로 다가갔고 위층으로 올라가 병실로 돌아오곤 했다. 바의 4미터를 끝까지 걷던 날도 바비는 나와 함께 주차장으로 내려가 한참이나 드나드는 자동차들을 구경하다가 돌아왔다. 집으로 가고 싶다고 떼를 써봐야 소용없는 일인 줄 아는지 더 이상 집 이야기를 꺼내지도 않았다. 물끄러미 자동차가 주차장 밖으로 빠져나가는 모습을 지켜볼 뿐이었다. 아이의 그 간절한 소망이 언제쯤 현실화될 수 있을지 확답을 해주지 못하는 어미 가슴은 답답하기만 하였다.

무서운 아버지에게는 그런 일(주차장에 내려가는 일, 집에 가자는 일)을 요청해 본 적이 없기 때문에 존은 아들이 그토록 집에 가고 싶어 하는 줄은 알지 못했다. 내가 어쩌다 '바비가 집에 오고 싶은가 봐.' 하고 내 짐작인 양 말하면 그는 무슨 생각을 하는지 그저 묵묵부답으로 흘러 넘겼다. 그 사람도 물론 마음이 아팠으리라 짐작할 뿐이다.

교육의 수준도 차츰 초등학생 수준에 달하고 초등학교에서 배우는 기초 과정을 다 마칠 때쯤 병원에서는 퇴원을 하는 게 어떻겠느냐고 우리 부부에게 물어왔다.

"이제 병원에 입원해 있을 필요는 없습니다. 입원을 요하는 치료는 없으니까요. 집에서 통원 치료를 해도 가능한 일입니다. 오히려 집에 가면 심신의 안정을 찾을 수 있어서 더 빠른 회복을 하는 경우도 허다합니다."

"조금 시간을 주세요. 의논해 보겠습니다."

존은 그 자리에서 결정하지 못하고 일어섰다. 나 역시 당장 집으로 데려가겠다는 말이 입 밖으로 나오지 않았다. 우리 부부는 바비가 집으로 돌아온다는 기쁨보다는 걱정이 앞섰다. 과연 우리가 병원 치료사들처럼 하루 일과 스케줄에 따라 바비를 지도할 수 있을지 걱정이 앞섰다.

더구나 회사를 운영하고 있는 내가 존과 둘이서 하루 종일 지켜보며 바비의 안전을 책임질 수 있을지 두려웠다. 혹 바빠서 다른 일에 눈을 돌린 사이 바비가 휠체어와 함께 굴러 넘어지지나 않을지, 중심을 잡지 못하는 아이가 뜨거운 주방 기구라도 잘못 건드려 사고나 일어나지 않을지 모든 것이 병원 같지 않음을 우리는 너무 잘 알고 있었다.

바비가 퇴원할 것에 대비해 회사 2층을 살림집으로 개조하여 집수리는 이미 끝낸 상태였다. 집안 전체에 턱을 없애고 최소한의 골격 기둥만 남기고 필요 없는 장애물을 모두 없애어 휠체어가 온 집 안을 돌아다닐 수 있도록 개조를 했다. 바비가 휠체어 없이 혼자 걷고 혼자 연습할 수 있는 바도 바비의 방 가까운 벽면에 부착해 두었다. 바비를 맞을 집은 준비가 되었지만 우리 부부의 마음은 아직 준비가 되어 있지 않음을 알았다.

퇴원을 하면 지금 입원해 있는 오스틴 남부 재활병원이 아닌 세인트 데이비드 재활병원(St. David Outpatient Rehab)에 가서 재활치료를 받아야 한다는데 병원으로 매일 오가는 일이 쉬운 일이 아니었다. 집에서 놀고 있는 사람들도 아니고 할 일이 많은 사람들이 매일 30분이 넘는 거리의 병원에 데리고 가서 바비에게 네 시간씩 재활치료와 사회적응 교육을 받게 한 후 다시 집으로 데려와야 하는 것이었다. 그렇다고 편하게 치료받기 위해 무한정 병원에 입원해 있을 수도 없었다. 다른 다급한 환자들을 위해 재활 입원실도 비워주는 것이 옳은 일이었다.

"퇴원하도록 합시다. 아무리 힘들어도 코마 상태이던 때를 생각하면 뭘 못하겠소? 내가 오전에 병원 데리고 오가는 일을 맡을 테니 당신은 입원 때 하던 것처럼 퇴근하고 와서 바비를 보살피면 되잖아."

"그렇게 해요."

나나 존이나 닥친 현실 앞에서는 언제나 빨리 받아들이고 빨리 적응하는 성격이었다. 그 덕에 수용도 포기도 빨랐고 고민하는 시간도 줄일 수 있었다. 일단 받아들인 일은 후회하지 않았고 벌어진 일은 긍정적으로 수습하는 성질이었다. 우리에게 또 다른 내일이 시작된다는 일에 언제나 설렘으로 받아들였다.

Perfect love

끝은 시작이었다

Perfect Love

아들이 병원 생활을 끝낸 것은 자그마치 1년 5개월만이었다. 바비는 집으로 돌아간다는 말에 즐거워 얼굴 한 가득 웃음을 담고 오랫동안 정 들었던 의사, 간호사, 치료사들과 병원 직원들과 인사를 나누느라 바빴다. 이들도 바비에게 또 우리 부부에게도 축하의 인사를 건넸다.

"루시아, 축하해요. 바비가 이만큼 회복된 건 병원의 치료보다 부모님의 노력이 더 컸다고 생각해요. 모두들 기적이라고, 인간 승리라고들 말하고 있어요."

의료진은 제일 먼저 나에게 따뜻한 인사를 보냈다. 그들의 인사 속에 '이제부터 당신 노력이 더욱더 필요해요.' 라는 걱정과 격려가 숨겨져 있음을 느꼈다. 그들은 짐도 다 챙기기 전에 옷을 챙겨 입고 휠체어를 빙빙 돌리며 집으로 간다고 들떠 있는 바비에게 한 마디씩 던졌다.

"바비, 머지않아 걸어서 병원에 오는 모습 보여줄 거지?"

"바비! 축하해. 이제 정말 주차장에 가서 너의 집 차를 타고 주차장 밖으로 나가는 거야. 네 소원이었잖니."

"가서도 학습과 연습을 게을리 하면 안 돼. 병원에 오면 다 체크할 거니까."

장기 입원 환자였던 바비를 모르는 병원 식구는 없었다. 모두들 한마디씩 축하 인사를 보내왔지만 우리 부부의 마음은 무겁기만 했다. 병원 생활의 끝은 곧 가정생활의 시작이었고 가정에서 일어나는 바비의 모든 일은 이제부터 전적으로 우리의 책임임을 우리는 너무도 잘 알았다. 단체행동하기, 옷 입기, 바르게 식사하기 등을 유치원생처럼 가르치고 또 가르친 치료사, 보조치료사들까지 바비와 작별인사를 나누었다. 갓난아기 수준에서 어린이집 수준으로 거기에서 유치원 수준으로 이제는 초등학교 저학년 수준으로 만들어 내보내는 바비가 자식 같은 마음이 들기도 하는 모양이었다. 직원들은 마냥 섭섭해 하는데 바비는 이 사람 저 사람과 하이파이브를 하며 싱글벙글거렸다.

"매일 병원에서 만날 건데 뭘 그래요?"

아쉬워하고 서운해하는 직원들에게 마음의 정을 담은 조그마한 선물을 준비하여 바비가 직접 전해 주도록 했다. 일 년 반 동안이나 한 가족 같은 마음으로 바비를 대해준 그들이 너무나 고마웠다. 존은 먼저 인사를 끝내고 짐을 챙겨 주차장으로 내려갔다. 차를 현관 앞에 대기시키기 위해서였다. 마지막으로 빠뜨린 것이 없는지 병실을 돌아보다가 나는 콧잔등이 시큰해졌다. 지나간 시간들이 악몽처럼 눈앞을 스치고 지나갔다. 여기에 어쩌면 아직도 혼수상태로 누워 있을 지도 모르는 바비를 상상하면 온몸이 부르르 떨렸다. 그 생각에 미치자 나는 얼른 병실을 나섰다. 감사하고 또 감사할 일임을 새삼 깨닫고 서둘러 바비와 함께 엘리베이터에 올랐다.

"바비, 좋아?"

"좋아. 좋아. 좋아."

콧노래를 부르듯 계속 좋다는 말을 되풀이했다.

"그래, 네가 좋다니 나도 좋다."

아이는 좋다는데 나는 왜 자꾸 눈물이 나려 하는지 알 수 없었다. 앞으로 아이 지도가 부담스러워서도 아니었고 어떻게 가르쳐야 할지 걱정스러워서도 아니었다. 죽은 아이 살려서 데려가는 것 같은 감동, 지난 고통의 시간들을 견뎌낸 감회, 작년 집 떠날 때의 바비와 지금 집으로 돌아가는 바비의 달라진 모습, 달라진 존과 내 인생……. 한마디로 설명할 수 없는 수많은 생각들이 교차되면서 착잡한 마음이었다.

집에는 우리와 친하게 지내는 커플 친구들, 내 친구들, 그리고 바비의 대부, 대모들이 바비를 반기기 위해 기다리고 있었다. 자동차가 집앞에 멈추고 바비의 휠체어가 밴에서 내려지자 그들이 달려 나와 박수를 치며 바비의 귀가를 환영했다. 바비는 새로운 집이 낯선지 잠시 어리둥절한 표정이었다.

"바비야, 그전에 네가 살던 집은 휠체어가 마음대로 돌아다닐 수 없어서 새로운 집을 만들었어. 여기 어딘지 알지? 엄마 회사잖아. 회사 이층에 우리 집을 꾸민 거야."

그제야 바비가 고개를 끄덕이며 주변을 둘러보았다. 바비에게 자신의 방을 알려주고 휠체어를 조작해 혼자 방으로 가는 방법을 일러주었다.

"네 방에 한번 들어가 봐."

여전히 기억력이 온전치 못하여 쉽게 잊어버리기 때문에 똑같은 말을 두 번, 세 번 반복해야 됨은 물론 복습에 복습을 거듭해야만 겨우 머릿속에 인식되었다. 병원에서 끝낸 교과과정은 초등학교 4학년 수준이었지만 바비의 실제 정신적 사고는 초등학교 2학년 수준 정도라고 봐야 했다. 짧은 문장은 별 어려움 없이 읽을 수 있으나 조금만 문장이 길어져도 읽는 것이 더디고 한참 생각을 해야 읽을 수 있었다. 쓰는 것보다 말하는 것이 빨랐다.

집에서 우리의 전쟁은 시작되었다. 사고 이후 지금까지도 그래왔지만 이제 집에서 달랑 우리 셋이 생활하게 되니 우리 셋의 밀착된 삶이 끊으려야 끊을 수 없는 어떤 운명처럼 더 강하게 다가왔다. 그 한 가운데 바비가 있었다. 존과 나는 바비를 빼고는 일상이 없었다.

존이 바비를 데리고 병원에 갔다가 돌아와 점심 식사를 하고 조금 휴식을 취할 때쯤 내가 회사에서 집으로 돌아와 바비를 맡았다. 나에게 아들을 인계하고 존은 자기 사업에 관련된 일을 보러 나갔다. 병원에서 배운 것들을 복습하고 새로운 교과 과정을 학습시키는 것이 내가 맡은 임무였다. 학습 능력은 날로 좋아져서 일주일이면 한 단계씩 올라갈 정도로 속도가 붙었다. 초등학교 5학년 과정부터 시작했는데 2주 만에 중학생 과정으로 발전해 나갔다. 학습 능력은 병원에서보다 훨씬 좋아졌지만 점점 성격이 과격해졌다. 주변 사람들에게 상처가 되는 말을 서슴없이 쏟아내는가 하면 하지 않아야 될 말과 해야 될 말을 분간하지 못하고 아무 자리에서나 거침없이 말하는 버릇이 생겼다. 친구들이 하나 둘 바비 곁을 떠나갔다.

언어치료는 퇴원해서도 계속되었다. 다니던 병원에서는 언어기초과정이 끝났기 때문에 더 이상 치료를 받을 수가 없었다. 언어치료를 계속하려면 그 병원이 아닌 다른 언어지도사를 찾아 개인지도를 받아야만 했다. 나는 좋은 언어지도사를 찾기 위해 여기저기 부탁하고 수소문해서 치료사를 찾았는데 바비는 그 치료를 거부해서 한바탕 충돌이 일었다.

"내일부터는 새로운 선생님한테 언어치료를 받을 거야. 좋은 선생님을 찾았어. 아빠랑 병원 갔다 오다가 중간에 만나서 같이 점심 먹고 엄마랑 같이 가면 돼."

"왜 자꾸 날 바보 취급하는 거야? 나도 이제 말할 줄 아니까 언어치료 따위는 필요 없다고."

바비가 소파에 앉은 채 나에게 고함을 쳤다.

"네가 하는 말은 아직 초등학교 어린이 수준에 불과해. 제대로 어른다운 말을 하려면 지도를 받아야 한단 말이야. 아무 소리 말고 가서 바른 말과 바른 발음을 배워."

내가 기어이 언어치료사에게 가야 한다고 강요하자 바비는 화가 난 나머지 앞에 서 있는 나를 확 떠밀어 버렸다. 나는 그 힘에 밀려 탁자에 엉덩이를 부딪치고 거실 바닥에 나동그라졌다. 마침 실내로 들어서던 존이 그것을 보고 쏜살같이 달려와 바비의 뺨을 갈겼다. 순식간에 벌어진 일이었다.

"이놈의 자식, 이게 무슨 짓이야? 네 엄마가 너한테 어떻게 해줬는데 어디서 행패야!"

화가 머리끝까지 난 존이 다시 거실 의자에 앉아 있는 바비의 멱살을 움켜잡았다. 넘어지면서 소파 다리에 머리를 부딪쳐 얼떨떨한 상태였지만 나는 무릎으로 엉금엉금 기어가 존의 다리를 붙잡고 소리쳤다.

"존, 그만둬요. 제발 폭력 쓰지 말아요."

존은 씨근덕거리며 붙잡았던 멱살을 확 떠밀며 바비를 놓아주었다. 그 바람에 거실 소파에 앉았던 바비가 중심을 잡지 못하고 소파 아래로 굴러 떨어졌다. 아직 혼자서 제대로 균형을 잡지 못하는 아이를 밀쳤으니 옆으로 넘어지는 것은 당연한 일이었다.

"당신, 다 그만 둬. 저놈을 위해서 아무 것도 하지 말라고. 바보가 되든지 병신이 되든지 그냥 내버려 두라고."

존은 나에게 소리 지르고 분을 참지 못한 채 집을 뛰쳐나갔다. 바비는 거실 양탄자를 짚고 버둥거리며 일어나 앉아 겁에 질려 있었고 나는 저만큼 날아가 버린 한쪽 슬리퍼를 찾아 신으며 정신을 가다듬었다.

"어디 다친 데는 없는 거야?"

소파에 기대앉은 바비가 다친 데는 없는지 다가가 살폈다. 집에 와서부터 병원 음식이 아닌 본인이 원하는 음식 위주로 양의 제한 없이 마음껏 먹게 되고 운동량은 병원에 있을 때보다 줄어들다 보니 살이 찌기 시작했는데 그래서인지 바비가 더욱 거대해 보였다. 존이 그렇게 무섭게 화를 내고 주먹을 휘두른 적이 없었기 때문에 바비도 나도 혼비백산한 상태였다. 바비는 차마 내 손을 뿌리치지도 못하고 멍하니 넋을 놓고 앉아 가쁜 숨을 몰아쉬었다.

"휠체어에 앉을래?"

바비가 고개를 끄덕이며 휠체어를 자기 앞으로 끌어당겼다. 소파를 짚고 일어나 내가 붙잡아주는 휠체어에 옮겨 앉았다. 그 일도 누구의 도움 없이 스스로 하게 해야 하는 일이지만 충격에 빠져 얼굴이 하얗게 질린 아이를 위해 나는 기꺼이 거들어 주었다. 아이가 휠체어를 밀고 자기

방으로 들어가 문을 닫았다.

나는 주방으로 들어가 잔에 얼음을 채우고 물을 따라 마셨다. 얼음물을 마시는 목구멍에 뭔가가 걸린 것처럼 물이 삼켜지지 않아 턱 밑으로 질질 물을 흘리며 겨우 반 잔을 마셨다. 갈증은 나는 데 물이 넘어가지 않아 더욱 속이 탔다. 물잔을 입에서 떼는 순간 '으으' 하는 소리가 목구멍에서 터져 나왔다. 물을 삼킬 수 없도록 막고 있던 것은 목구멍까지 치받고 있던 울음이었다.

나는 아무도 없는 집 안에서 처음으로 소리 내어 울었다. 바비의 방에서는 커다란 음악소리가 들려왔다. 그렇게 또 요란스러운 하루가 흘러갔다. 술도 못하는 존은 어디 가서 뭘 하는지 밤이 늦도록 집에 들어오지 않았다. 알코올 알레르기가 있어 와인 한 잔도 마시지 못하는 그가 이런 날에는 너무 딱하게 여겨졌다.

병원 생활을 끝낸다고 좋아했던 일이 바로 엊그제 같은데 벌써 한 달이 넘어가고 그 사이에 크고 작은 소동이 두 번쯤 벌어졌다. 피터가 동생이 집에 돌아왔다는 소식을 듣고 러벅에서 다니러 왔던 날도 바비가 별 것도 아닌 일로 고집을 부려 저녁 식사 자리가 난장판이 되었다. 그날 이후 피터는 이 핑계 저 핑계를 대면서 주말에도 집에 오려고 하지 않았다.

"엄마가 너무 바비의 어리광을 받아주는 것 같아요. 그러니까 점점 더 자기 핸디캡을 내세워 막무가내로 변해 가는 거라고요. 바비 말대로 아기 취급하지 말고 자기가 알아서 하도록 내버려 두세요."

피터가 러벅으로 돌아가며 했던 말이 자주 생각났다. 내가 뭔가 잘못하고 있는 것인가, 내 방식이 바비에게 최선이 아닌가 하는 성찰도 해보았다. 정말 피터나 존의 말처럼 바비를 정상적인 성인이라 생각하고 그 애가 하겠다는 대로 내버려두고 지켜보는 것이 옳단 말인가?

그러나 아무리 생각해도 그것이 옳은 것 같지 않았다. 바비를 휠체어에 앉아 평생 살게 할 수 없고 아직 발음도 이눌하고 말도 너무 느리게 하니 언어치료도 중단할 수 없을 것 같았다. 바비를 조금이라도 더 나은 사람다운 사람, 그러한 대접을 받는 사람으로 만들고자 하는 것이 당연한 것 아닌가 싶었다.

안타깝게도 나의 힘겨운 노력은 바비한테는 참견과 잔소리로만 들리고 바비의 짜증을 유발했다. 밥을 천천히 점잖게 먹어라, 살찌는 음식을 줄여라, 스푼과 포크를 제대로 사용하라, 의사를 똑똑히 전달하라, 발음을 정확하게 하려고 애써라……. 난 단 한 가지라도 더 가르치고 싶은데 바비는 자기를 바보로 취급한다고 성을 냈다.

나는 바비와 끝없이 싸우더라도 그냥 포기할 수는 없다고 생각했다. 내가 포기하면 바비는 현재 상태에서 더 이상 좋아질 수 없으며 평생 신체불구에 정신적 불구로 살아야 하는 것이다. 오늘보다 더 나은 내일을 살기 위해서는 바비는 더 배워야 하며 더 연습해야 하고 더 훈련되어야 하는 것이다. 한참 후에 집으로 돌아온 존은 아직도 화가 풀리지 않은 듯했다. 나는 존을 설득했다.

"존, 당신이 결혼 초에 아이들 교육을 나에게 일임했듯이 앞으로의 바비 치료도 나에게 맡겨줘요. 바비가 뭐라고 하든지 아이의 치료를 여기에서 그만둘 수는 없어요. 난 절대로 우리 바비를 장애자로 만들지 않을 거예요."

"당신 마음을 몰라주는 그놈이 괘씸해서 그러지. 이러다가는 이제 당신이 환자가 될 판국이잖아. 내 입장에서는 자식도 중요하지만 내 아내도 중요하다고. 당신은 지치지도 않아? 난 이렇게 애쓰는 당신이 안쓰러워서 차마 더 두고 볼 수가 없단 말이야."

마음을 잘 표현하지 않는 존이 오랜만에 속내를 털어놓았다. 깡마른 몸으로 불면증으로 시달리며 하루도 제대로 쉬지 않고 일에 치여 사는데 아직도 계속 포기 않고 싸울 힘이 어디에 있느냐고 물었다. 나도 알 수 없는 일이었다. 체력이 고갈될 법도 한데 나는 여전히 매일같이 많은 일을 해냈다. 아침에 일어나 우편물과 서류를 대충 훑어보고 간단한 식사를 만들어 먹고 회사에 가서 업무를 보고 집으로 달려와 바비의 교과 과정을 가르치거나 바비를 데리고 언어치료와 균형감각을 익히는 치료를 받으러 갔다. 덩치 큰 바비도 지쳐서 쉬고 싶어 할 때 나는 또 바비에게 병원에서나 치료사에게서 받은 교육을 반복하게 만들었다.

"싫어. 텔레비전 보고 쉴 거야."

꼼짝 않고 내 말을 무시한 채 움직일 기미가 보이지 않으면 나는 또 독한 말을 해댄다.

"이건 다 너 자신을 위해서 공부하고 연습하는 거야. 네가 평생 휠체어에 앉아 살고 싶다면 아무 것도 안 해도 돼. 대신 넌 이 집을 나가야 해. 네 마음대로 하려면 나가서 네 멋대로 살아. 난 아무 것도 도와주지 않을 테니까."

그런 말을 하면 바비의 눈빛이 흔들리는 것이 보였다.

"난 아빠한테 네가 아무 노력도 하지 않는다고 말할 거고 그러면 아빠도 널 내보내라고 말할 걸."

아버지에게 이른다고 말하면 바비는 마지못해 몸을 일으키고 내 말을 따랐다.

그날 모든 과제를 다 마치고 바비와 굿 나이트 인사를 나누었다. 거실에서 탁자를 정리하고 있는데 바비 방에서 갑자기 '쿵' 하는 소리가 들렸다. 둔덕한 물건이 넘어지는 커다란 소리였다. 나는 아이의 방으로 달려갔다.

문을 여는 순간, 나는 할 말을 잃었다. 바비가 혼자 걷는 연습을 하다가 넘어지면서 침대 옆 탁자를 쓰러뜨린 것이었다. 바비가 바닥에 넘어진 채 방문 열고 서있는 나를 올려다보았다. 나는 한 발도 움직이지 않고 그 자리에 얼어붙은 듯 서 있었다. 시키지도 않았는데 아이가 혼자서 걷는 연습을 하고 있다는 사실이 기특하고 대견스러웠지만 그 아이를 일으켜줄 수는 없었다. 병원에서도 그런 내 모습을 보며 사람들은 지독하다고 숙덕거렸었다.

나는 방문을 닫았다. 혼자 일어서고 혼자 넘어진 탁자를 일으켜 세우기를 바랐다. 콧마루가 시큰해지더니 금세 눈물이 고여 들었다. '바비, 그래. 그렇게 이겨내야 해. 난 널 믿어.' 중얼거리며 안방으로 들어갔다. 존이 코를 골며 잠들어 있었다. 존은 화가 나거나 무슨 일이 뜻대로 되지 않거나 마음이 불편한 일이 생기면 모든 걸 다 던져두고 잠을 잤다. 요새 그가 부쩍 잠을 많이 자는 것으로 보아 심기가 편치 않은 모양이었다.

며칠 뒤 어느 아침, 내내 울적했던 우리에게 기쁜 일이 벌어졌다. 아침 식사를 하러 모인 식탁 앞에서였다. 바비가 휠체어에서 식탁 의자로 옮겨 앉기를 기다리는데 바비가 여느 날과 다른 자세를 취하는 것이 좀 이상스러웠다. 식탁 의자 가까이에 바짝 휠체어를 갖다 붙이고 옮겨 앉는 것이 아니라 휠체어를 조금 멀리에 세우는 것이었다. 우리 부부는 아이가 하는 행동을 말없이 지켜보았다. 저 녀석이 또 무슨 엉뚱한 짓을 벌이려고 하나 싶었다. 그러더니 바비가 휠체어에서 아주 조심스럽게 천천히 일어섰다. 바비가 휠체어에서 혼자 일어선 것이다. 우리 부부는 입을 딱 벌린 채 바비를 쳐다보았다. 바비가 씩 웃었다.

"세상에……. 오, 바비. 네가 일어섰구나! 장하다, 장해!"

존도 얼굴에 한가득 웃음을 머금고 흐뭇하게 아들을 바라보았다. 나는 달려가 바비를 안아주고 싶었지만 아이가 식탁의자에 앉기까지 참을성 있게 기다렸다. 바비가 휠체어를 뒤로 하고 식탁 모서리를 잡으며 식탁 의자에 앉는데 성공했다.

"우리 바비, 잘했어. 난 네가 해낼 줄 알았어."

나는 식탁의자에 앉은 바비를 가만히 안아주었다. 풋볼 경기를 할 때도 바비는 승부욕이 강하고 의지력이 대단해서 한 번 마음먹은 일은 온몸을 던져 밀어붙이는 성격이었다. 피터도 풋볼 선수였지만 경기를 할 때 보면 두 아이는 완연히 다른 모습으로 시합을 뛰었다. 피터는 약삭빠르게 몸을 피하며 다시 기회를 노리는 경기를 펼치는가 하면 바비는 상대 선수들을 온몸으로 밀며 뚫고 들어가는 경기를 펼쳤다. 만약 피터가 사고를 당해 바비 같은 상황에 놓였더라면 이처럼 빠른 회복을 기대하기는 어려웠을 것이다.

"여보, 오늘 저녁에 우리 맛있는 레스토랑에서 식사를 해요. 바비가 휠체어에서 일어선 기념으로요."

"바비, 뭘 먹고 싶어? 물으나마나 너는 물론 스테이크겠지?"

존도 흔쾌히 그러자고 대답했다. 나는 회사에 출근하여 오랜만에 친구 부부들을 저녁 식사에 초대하고 레스토랑을 예약했다. 바비를 데리고 좋은 식당에 가서 다른 세상을 보여주고 싶었다. 바비에게 좋은 옷을 입히고 근사한 스테이크 집에서 저녁 식사 자리를 가졌다.

"오늘은 바비가 혼자 힘으로 휠체어에서 일어섰어요. 혼자 낳은 연습을 한 덕이지요. 그래서 바비에게 상을 주는 거예요."

친구 부부들 중에는 바비의 대부와 대모도 참석해주었다.

"바비가 이제 휠체어를 던져버릴 날도 멀지 않았구나. 넌 대단한 풋볼 선수였잖아. 다리 힘이 좋아서 얼마든지 잘 걸을 수 있어."

바비의 대부인 마이크가 바비와 하이파이브를 하며 축하를 해주자 아이도 용기가 솟는 표정이었다. 스테이크가 나오자 바비는 또 허겁지겁 달려들었다. 나는 아이 옆에 앉아 천천히 식사를 하라고 계속해 작은 소리로 주의를 주었다. 바비와 대화를 나눌 생각으로 여러 사람이 질문을 던졌지만 바비는 먹는 일에만 열중했다.

"바비, 식사는 대화를 나누며 천천히 맛을 느끼면서 먹어야 즐거운 거야. 우리가 먹기 위해서 만난 건 아니잖니? 자, 나처럼 이렇게 조용히 나이프로 스테이크를 썰고 포크로 하나씩 집어서 먹어 봐. 천천히."

마이크가 바비에게 자세히 설명하며 자기가 하는 것처럼 똑같이 해보라고 타일렀다. 바비는 자기 대부의 말이라 거역하지 못하고 마지못해 그를 따랐다. 별 소동 없이 저녁 식사가 끝났다. 고급한 분위기도 느끼고 맛있는 음식도 만끽하기를 바랐지만 아직 정신연령이 초등학생 수준인 바비에게는 무리한 요구였던 것 같았다. 친구 부부들은 내가 바비 때문에 제대로 식사도 하지 못하고 애태우는 모습을 지켜보며 '괜찮아. 이 정도면 아주 훌륭한데 뭘 그래. 너무 한꺼번에 욕심내지 마.' 하며 오히려 나를 위로하느라 마음을 썼다.

바비의 학습 능력은 놀라울 정도로 발전했다. 고등학생 과정을 다 마치고 고급 수학에 도전할 정도로 교과과정을 흡수하는 능력이 뛰어났다. 신체적으로도 상상 이상으로 호전되어 병원에서 퇴원한 지 9개월 만에 휠체어에서 완전히 벗어났다. 문제는 나날이 발전하는 신체기능이나 학습능력만큼 정신적 성숙도가 뒤따라주지 않는다는 것이었다. 거기에 가끔 통제할 수 없을 만큼 불같이 화를 내는 습성이 도무지 사그라지지 않았다. 너무나 화가 치밀면 그렇게 무서워하던 아버지 앞에서도 자신의 성질을 참지 못했다.

얼마 전 지팡이를 짚지 않고 친구들을 만나 돌아다니다가 바비가 또 넘어져서 머리를 다칠 뻔한 일이 벌어졌다. 나는 얼마나 놀랐던지 아이를 크게 나무랐다.

"이제 지팡이를 짚지 않으면 아무 데도 내보내주지 않을 거야. 도대체 왜 지팡이를 안 짚겠다는 거야?"

"지팡이를 짚으면 노인 같고 바보 같고 병신 같아서 싫어."

"네가 넘어져서 다시 머리를 다친다면 그땐 영원히 치료를 할 수 없을지도 몰라. 그러니 지팡이를 사용하란 말이야."

"싫어."

"그럼 오늘부터 아무 데도 나가지 마."

주방에서 옥신각신하는 두 사람의 모습을 존은 거실에 앉아 말없이 주시했다. 그때 바비가 주방과 거실 사이에 놓인 커다란 화분을 던져버렸다.

"언제까지 나를 아기 취급할 건데? 씨발, 도대체 당신이 뭔데 나한테

이래라 저래라 하는 거냐고?"

화분이 깨지고 흙이 바닥에 쏟아졌다. 존이 벌떡 일어서서 걸어오더니 바비의 뺨을 연속해서 세 차례나 힘껏 갈겼다.

"어디서 못 된 짓거리를 하는 거야. 엄마한테 당신이 뭐야? 누구 덕에 이만큼 인간이 됐는데 고맙다는 말은 못할망정 엄마 앞에서 욕을 해?"

"아빠는 눈으로 보고도 왜 나만 야단쳐요? 이 여자가 사사건건 바보 취급하고 병신 취급한단 말이에요. 난 내 마음대로 할 수 있는 게 아무것도 없다고요."

바비가 존에게 소리치고 달려들면서 울었다.

"입 다물지 못해? 당장 엄마한테 사과해."

존의 지시에도 바비는 꿈쩍하지 않았다.

"사과하기 싫으면 당장 우리 집에서 나가. 이 집은 아빠와 엄마의 집이야."

존의 굵은 눈썹이 위로 말려 올라가고 있었다. 이는 그가 정말 대단히 화가 났음을 말해 주는 것이었다. 절대로 물러설 기세가 아닌 존의 표정을 보고서야 바비는 나에게 사과를 했다.

"맘, 미안해요. 제가 너무 화가 나서……."

"……."

나도 마음이 몹시 상해 여느 때처럼 좋은 말, 좋은 표정으로 아이의 사과를 받을 수가 없었다. 상스러운 욕을 하고 집기를 부수는 폭력을 쓰는 것은 받아줄 수 없었다.

"지팡이 들고 네 방으로 들어가."

바비가 절룩거리며 지팡이를 짚고 방으로 들어갔다.

"당신, 괜찮아?"

핏기 없이 하얗게 질린 얼굴로 식탁 의자에 주저앉는 나를 부축하며 존이 물었다.

"왜 자꾸 바비가 저렇게 난폭해져 가는 걸까?"

"자기 마음대로 하고 싶은 건 많은데 몸은 말을 안 듣고 오로지 자기 편인 것 같은 당신이 말을 들어주지 않으니까 제 성질에 못 이겨서 그러는 거야."

존이 물 한 잔을 들고 와 마시라고 권했다.

"이제 저 녀석이 나를 겁내지도 않는 것 같아. 당신도 더 이상 저놈한테 신경 쓰지 말고 내버려 둘 수는 없어?"

"자식인데 어떻게 내버려 둬."

존이 깊은 한숨을 쉬며 나를 가슴에 안았다.

"미안해. 당신 고생시켜서 너무 미안해."

나는 울지 않으려 했지만 그가 미안하다는 말을 하는 순간 눈물이 쏟아졌다. 그의 품에 안겨 한참을 울었다. 그는 말없이 그렇게 나를 안고 내 등을 토닥토닥 다독거렸다.

어디까지 가야 이 전쟁이 끝이 나려는지 그 끝은 보이지 않았다. 공부도 훈련도 곧잘 따라줘서 대견하고 사랑스럽다가도 이런 일을 한 번씩 겪으면 나는 좌절하고 참담하여 아무런 의욕도 나지 않았다. 감정이 격해지면 그 성질을 못 이겨 벽을 주먹으로 쳐서 주먹에 상처를 내기도 하고 점점 어려워지는 수학 공부를 하다가 책을 박박 찢어 나에게 던지기도 했다.

감정이 폭발할 때마다 그 자리에 언제나 내가 있었다. 내 잔소리, 내

간섭에 스트레스를 받는 것이 분명했다. 바비 말처럼 한 번 마음대로 해 보라고 내버려 둘까 싶은 마음도 일었다. 한 고비를 넘으면 또 한 고비, 그 고비를 잘 넘어섰다 싶으면 또 한 고비가 기다렸다는 듯이 나에게 고통을 주었다. 다 놓아 비리고 훌훌 어디론가 떠나고 싶었다. 내 고통의 끝은 어디인지 알 길 없어 막막한 심정이었다.

Perfect love

인생의 전환점

Perfect Love

나는 우리 4남매를 키우면서 부모 마음이 어땠었는지 엄마가 살아 계셨다면 물어보고 싶었다. 우리 남매가 사고를 낸 적도 없고 크게 아팠던 적도 없었지만 크고 작은 일로 속을 썩였을 텐데 그럴 때 엄마 심정이 어땠는지 궁금했다.

오빠는 자기밖에 모르는 철없는 개구쟁이로 자랐고, 나는 일찍부터 철이나 어려서 부모 속을 썩인 적은 없지만 마지막에 반대하는 결혼으로 부모 마음을 아프게 했다. 남동생과 여동생은 부모 말씀대로 고분고분 공부 잘하여 자기 계통에서 성공한 학자들이 되었다. 그 중에서도 내가 가장 엄마의 가슴을 아프게 한 자식이라 생각되었다. 전처 아들이 둘이나 달린 존과 결혼하겠다는 말을 차마 꺼내지 못하고 일을 저질러 버린 딸의 인생을 지켜보며 어떤 심정이었을까? 우리 부모에게는 그것이 가장 큰 불효였던 것 같다.

그러나 나는 단 한 번도 존과의 결혼을 후회해 본 적이 없다. '네 팔자는 네가 만들어. 넌 쉬운 길을 놓고 스스로 힘든 길을 걷고 있어.' 라고 엄마는 내가 어느 길을 선택할 때마다 안타까워했지만 나는 다 겪어내고 이겨냈다. '그래, 내가 선택한 길이니까 내가 감당해야 할 몫이야. 후회하면 나만 멍청한 인간이 되는 거야.' 라고 마음먹으면서 살아왔기 때문에 후회라는 단어는 내 인생에서 빠져 있는 단어였다.

존과 연애시절 중 있었던 일을 나는 단 한 가지도 잊지 않고 모두 기억한다. 우리는 주로 뉴욕에서 만나 데이트를 했는데 그때 영화 속의 애절한 연인들처럼 진심으로 이해해주고 아껴주는 커플이었다.

빈손으로 미국에 이민 와서 누구의 도움도 없이 혼자의 힘으로 갖은 역경을 극복해 내고 공부해서 직장도 구하고 자리를 잡은 존. 낮에는 아르바이트로 일하고 밤에는 야간대학을 다니며 한 시간도 허비하지 않고 열심히 살아온 남자. 마침내 외로운 땅에서 따뜻한 가정을 이루었지만 불행히도 아내의 사고로 가정이 다시 깨지는 고통을 겪어야 했던 사람. 그가 겪은 이 모든 일들은 더욱 나의 마음을 존에게 빼앗기게 만들었다. 수잔이 세상을 떠나고 존은 두 아이들은 신시내티 형 집에 맡겼는데 형수가 아이들을 잘 돌보아 주어서 안심하고 일에 전념할 수 있었다.

우리는 주말에 가끔 신시내티 한인 모임에서 형 부부와 존의 아이들을 만나 함께 시간을 보내며 데이트를 했다. 게임이 벌어질 때 아이들에게 이런 저런 규칙을 일러주면 아이들은 눈을 반짝이며 내 말에 귀를 기울였고, 그 규칙을 충분히 이해하여 다른 아이들을 이기고는 기뻐했다. 거부감 없이 아이들은 나를 따랐고 게임을 이기게 해주는 똑똑한 여자가 자기들 편임을 자랑스러워했다. 나는 그때부터도 이미 아이들의 울타리 역할을 하고 있었던 것 같다.

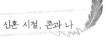
신혼 시절, 존과 나

어느 초겨울의 데이트는 지금 생각해도 영화의 한 장면이다. 토요일이었던 것 같다. 오후 2시에 뉴욕의 중심가에 있는 메이시스(Macy's) 백화점 건너편 도로에서 존이 나를 데리러 오기로 약속이 되어 있었다. 나는 약간 쌀쌀한 날씨였지만 예쁜 스프링코트에 발 앞부분이 뚫린 토 오픈 구두를 신었다. 그에게 예쁘게 보이고 싶었고 우리의 멋진 데이트를 꿈꾸며 한껏 멋을 낸 것이다.

그런데 집을 나설 때는 맑던 날씨가 그를 기다리는 동안 차츰 흐려지더니 바람이 불기 시작했다. 옷 속으로 강바람이 스며들었지만 그런대로 시원하다는 생각으로 그의 자동차가 나타나기를 기다렸다. 워낙 약속을 잘 지키는 사람이어서 늦지 않을 것이라는 굳은 믿음이 있었다. 그런데 무슨 일인지 모르지만 30분이 지나고 한 시간이 지나도 그는 나타나지 않았다.

휴대전화가 없던 시절, 그는 분명 '오늘 두 시 잊지 않았지?' 하고 집으로 전화를 걸어왔었고, 나는 '존이나 잊지 말아요.' 라며 시간에 맞춰 뉴욕으로 출발했었다. 그런 그가 잊었을 리 만무했고 약속에 못 나올 일이 생겼으면 미리 전화를 했을 것이었다.

오는 길에 무슨 변고가 생긴 것은 아닌지, 전화를 못해 줄 정도로 큰 사고를 당한 것인지 염려가 되었다. 점점 시간이 길어질수록 불길한 생각으로 나는 조바심이 났다. 어디 연락해 볼 곳도 없었다.

3시간이 지났을 때 쯤 눈발이 날리기 시작했다. 보송보송한 눈도 아닌 진눈깨비 같은 젖은 눈이었다. 몸에 닿자 금방 녹아버려 빗물처럼 변했다. 그 위로 차디 찬 겨울바람이 불어와 젖은 머리와 옷이 얼어붙는 것처럼 차가웠다. 진눈깨비는 30분쯤 계속되다가 그쳤지만 벌써 날씨가 어둑어둑 저물어갔다.

그냥 돌아간다는 생각은 아예 하지도 못했고 그가 나타나지 않는 이유가 큰 사고가 아닌지만 걱정되었다. 애들 엄마가 교통사고로 세상을 떠난 것이 자꾸 생각나 나는 발을 동동 구르며 그저 그가 무사하게만 해달라고 읊조리며 기도만 쏟아냈다.

5시간이 다 되었을 때 '루시아, 이 사람아.' 하고 그가 한 옆에 자동차를 세우고 차에서 내려 나에게 달려왔다. 나는 멀쩡하게 두 다리로 달려오는 그를 보자 안심이 되고 너무도 반가웠으나 추위에 너무 오래 떨어서인지 입도 얼어붙은 듯 했고 정신이 몽롱해져 아무 말도 하지 못한 채 서있었다. 그가 나를 얼싸안았다.

"아직 여기 이러고 있으면 어떻게 해. 꽁꽁 얼었잖아."

그제야 나는 온몸이 얼어 마비된 것을 알았다. 이미 구두 밖으로 나와 있는 내 발은 감각을 잃은 후였다. 나는 그 자리에서 꼼짝하지 못했다. 존이 목이 메어 '멍청한 사람' 하며 나를 안다시피 부축하고 자동차로 데려갔다. 자동차 안은 따뜻했다. 존이 뒷좌석에 있는 자기의 바바리코트를 집어 내 어깨에 덮어주고 히터의 온도를 좀 더 올린 다음 따뜻한 손으로 내 손과 발을 부비고 주물러 녹였다.

"무슨 일이 있었어요?"

나는 얼었던 입이 녹자 제일 먼저 그것부터 물었다.

"일은 무슨 일? 뉴욕으로 들어오는 길목에 사고가 났는지 자동차가 꽉 밀려서 옴짝달싹도 못하고 갇혀 있었지. 어느 샛길로 빠져 나갈 곳도 없었고 길에서 만나기로 했으니 전화를 할 곳이 있나. 거기서 두 시간 정도 지나서야 막힌 길이 뚫렸는데 뉴욕으로 들어서니까 말도 못할 정도로 밀렸어. 난 당연히 이 정도 시간이 늦었으면 기다리다 갔으려니 했지."

"약속을 했는데 어떻게 가?"

"그래도 한두 시간이지. 자그마치 다섯 시간을 기다리는 멍청한 사람이 어디 있어? 안 오면 밤새 기다릴 작정이었어?"

"안 올 사람이 아니잖아요. 밤새 기다렸을 걸."

그가 나를 껴안고 뜨거운 키스 세례를 퍼부었다. 내 몸이 어느 정도 녹자 그는 서서히 자동차를 출발시켰다. 우리의 서로에 대한 신뢰는 이 일로 더욱 두터워졌고 우리의 사랑도 더욱 굳건해졌다. 우리 두 사람 개성이 강하고 고집이 세서 서로 부딪칠 법도 한데 우리는 아주 잘 통했다. 서로의 의견을 무시하지 않고 인정해주는 지혜로움이 있었던 것 같다.

그 무엇보다 중요한 것은 내가 그를 너무도 사랑한다는 것이었다. 그에 관한 일이라면 무엇이든지 다 알고 싶었다. 존은 지나온 이야기, 자기가 고생했던 이야기는 하고 싶어 하지 않았다. 내가 자꾸 꼬치꼬치 캐물으면 마지못해 한두 마디 들려주는 정도였다.

"과거는 과거일 뿐이야. 그 구질구질한 이야기가 왜 듣고 싶어?"

"당신에 관한 일은 모두 다 알고 싶어서 그러지."

내가 즐겨한 우리의 데이트는 그가 일하던 곳, 그가 살던 집, 그를 아끼고 사랑해 준 사람들을 만나는 일 등을 하는 것이었다. 데이트를 할 때마다 나는 이 중 하나는 꼭 하자고 졸랐다. 24시간 일하던 뉴저지의 식당에 가서 식사를 하며 그를 느껴보고 3년 동안 매 여름방학 때마다 방을 내주고 일하게 하던 프랑스 여자를 만나 감사한 마음을 전하기도 했다. 그런 일들이 어떤 데이트보다 의미 있고 값진 것처럼 여겨졌다. 내가 사랑하는 남자가 그동안 어떻게 살아 이렇게 나를 만나게 되었는지 이해한다는 일은 중요한 일이었다. 그의 삶을 알아야 그를 더 깊이 이해하고 더 깊이 사랑할 수 있다고 믿었다.

세상 남자들을 다 무시하고 살다가 만난 첫 존경의 대상이 존이었고 세상이 달라 보이는 설렘을 가지게 한 남자였다. 존을 만난 이후 나는 외로움을 느끼지 않았다. 혼자 결정하고 혼자 이겨내며 나는 항상 외로웠다. 누가 곁에 다가올 틈을 주지 않아서 내 스스로 자초한 외로움이었을지라도.

우리 가족 누구도 내가 외로움을 느낀다고는 생각지 않았을 것이다. 늘 선머슴처럼 씩씩하고 용감하게 내 일을 해냈기 때문에 나를 도움이 필요하거나 위로가 필요한 여자로 누구도 보지 않았다. 또 내가 처한 상황이나 내가 선택한 길에서 성공하기 위해서는 여자라는 생각을 할 여유가 없이 강해져야만 했다. 그런 나를 여자로, 아름다운 여자로 변신케 한 남자, 존.

나는 그를 진심으로 사랑한다는 것을 알고 더 이상 망설이지 않았다. 부모님께 존과의 결혼을 상의해 봤자 반대할 것임은 물론 오히려 온 집안이 어수선해 질 것이고 결국에는 우리 두 사람이 만나는 일까지도 방해를 받을 수 있다고 나는 판단했다. 부모님이 아무리 반대해도 결혼할 생각이라면 우선 결혼부터 하는 것도 한 방법이라는 결정을 내리고 나는 존에게 나의 뜻을 밝혔다.

"다시 한 번 신중하게 생각해 보는 게 좋지 않을까?"

"존은 내가 경솔한 사람이라고 생각해요?"

"그렇지는 않지만 이건 당신한테 대단히 중요한 일이고 당신의 일생이 달린 문제니까 한 번 더 생각해 보라는 거야."

"충분히 생각해서 내린 결정이에요."

"당신같이 부족함이 없는 엘리트가 왜 나처럼 결함투성이의 사람을 택하는지 세상 어느 누구도 납득하지 못할 거요. 하물며 당신을 애지중지 사랑하는 부모님은 어떻겠어?"

"존, 그런 말하지 말고 당신 의견만 말해요. 날 사랑하는지 사랑하지 않는지 그것만 말하라고요."

존은 한동안 말이 없었다. 우리가 만난 지 일 년이 될 즈음이었다. 그 날 나는 그의 대답을 듣지 않고는 집에 돌아가지 않겠다고 우겼고 우리는 뉴욕의 외곽 어느 작고 아름다운 모텔에 숙소를 정했다. 아무런 결정도 하지 못한 채 잠시 침대에 누웠다가 나는 피곤했는지 깜빡 잠이 들었다. 이른 저녁을 먹으며 나는 와인 두 잔을 마셨는데 그 덕에 단 잠에 떨어진 것 같았다. 깜짝 놀라 잠이 깼을 때 밖은 이미 캄캄했고 방 안에는 은은하게 할로겐램프가 켜져 있었다. 그는 어디에도 보이시 않았다. 얼마나 잔 것일까? 시계를 보려고 팔을 들어 올렸을 때 나는 내 손가락에서 반짝이는 반지를 보았다. 그는 대답대신 내 손가락에 반지를 끼워주었던 것이다.

"오, 존!"

나는 반지에 입맞춤을 했다. 잠든 사이 반지를 내 손에 끼워주고 그는 어디로 갔을까? 존이 어디에 있는지 스웨터를 걸쳐 입고 그를 찾아 객실 밖으로 나섰다. 존처럼 무뚝뚝한 남자가 혼자서 내 손가락에 반지를 끼웠을 생각을 하니 웃음이 절로 나오고 그가 귀여운 마음도 들었다. 입구 쪽 모텔 휴게실에 앉아 커피를 마시는 존을 발견한 나는 살금살금 그에게 다가가 앉아 있는 그의 목을 끌어안았다.

"존, 근사한 반지 고마워요."

"언제 깼어?"

그가 고개를 돌려 내 볼에 입을 맞추었다.

"왜 여기 나와 있어요?"

"고단한 것 같아서 한잠 자라고 자리를 비켜준 거야."

"반지는 언제 준비한 거예요?"

"한참 전에."

"그런데 왜 말하지 않았어요?"

"내 청혼이 과연 당신을 진정으로 위하는 일인지 판단이 안서서 망설이고 있었던 거요. 오늘 당신 말을 듣고 용기가 나서 결정을 내릴 수 있었어."

우리는 그렇게 결혼을 결정했다. 우리는 서로를 사랑할 뿐 아니라 서로 믿고 존경하는 사이였다. 사람과 사람 사이에서 존경이란 사랑만으로 넘어설 수 없는 더 크고 높은 곳까지 다다를 수 있는 큰 힘을 발휘했다. 우리 두 사람 사이에도 존경은 우리를 잘 버티게 해주는 지지대와 같았다.

의대를 입학했다가 끝내 견뎌내지 못하면서 침체되었던 내 인생에 존은 빛이 되고 활력소가 되었다. 내 인생이 그로 인해 바뀌어 간다는 것을 느낄 수 있었다. 그와 삶을 공유한다는 것은 그만한 가치가 있다고 나는 굳게 믿었다. 부모님께는 미안한 일이지만 내 인생은 내가 책임질 것이고 엄마의 염려와 달리 나는 내 인생을 잘 살아낼 것이다.

우리의 결혼생활은 뉴욕에서 시작되었다. 존은 회사를 다니며 기회가 닿을 때마다 부동산에 많은 투자를 했는데 결혼 당시에는 부동산 경기가 최악인 상태였다. 나와 결혼하기 직전에 내 남편은 부자였다. 뉴욕을 포함한 동부 쪽 부동산 경기가 식을 때쯤 남부 쪽 텍사스는 아직 경기가 제법 활발한 편이었다. 그는 텍사스의 주도인 오스틴을 비롯한 남부에 부동산 투자를 많이 해 놓은 상태였다. 그러나 얼마 후 우리가 결혼을 할 때쯤은 미국 전역의 부동산 경기가 바닥으로 치달았고 존은 가지고 있던 돈을 다 잃게 되었다. 오스틴에는 다니고 있던 회사 IBM의 큰 지점이 있었기 때문에 존은 그곳으로 가기를 원했다. 그래서 두 아이들을 데리고 우리는 오스틴으로 삶의 터전을 옮겼다.

"케미컬(화학제조업) 회사가 하나 나왔는데 당신 그거 한번 해볼 테야?"

존이 어느 날 나에게 물었다. 기존 회사 사장이 이혼을 하면서 회사를 팔려고 내놓은 자그마한 케미컬 회사라고 했다. 제품 개발과 연구라면 자신이 있었던 나는 선뜻 욕심이 생겼고 한번 해보겠다고 대답했다. 이미 부동산 경기 침체로 어려움을 겪고 있었기 때문에 우리는 뭔가 새로운 일을 궁리해야 하기도 했다. 당시 미국은 물론 전 세계적으로 케미컬 업계에 여자가 드물던 때라 사업을 인수하면서 마음의 각오를 하고 있었지만 예상보다 훨씬 더 어려움이 많았다. 텍사스 주라 더 심한 것 같았다. 텍사스 사람들은 보수적이고 권위적인 성향도 강하지만 타 지역에서 온 사람들에게 배타적이기도 했다. 이러한 복합적 이유로 사업 시작 후 몇 년 동안 큰 어려움을 겪었다. 더 나를 어렵게 했던 것은 내가 직접 영업을 해야 했다는 것이다. 화학약품을 연구하여 실험하고 개발하는 일은 즐거웠지만 완성된 제조품을 홍보하고 영업한다는 일은 내 성격과 너무나 맞지 않았다. 나 혼자 운영하는 회사니 내가 모든 일을 맡아 해야 했다. 힘을 써야 하는 일은 존이 많이 도와주었고 잔잔하게 잔손이 가는 일은 아이들을 데리고 나가 나를 돕도록 하며 함께 일했다. 그때도 피터와 바비는 나를 돕는 방법이 달랐다. 피터는 마지못해 쉬엄쉬엄 내가 시키는 일을 했지만 바비는 싫으면 끝끝내 고집을 피우면서 일을 하지 않겠다고 심통을 부렸다. 어린 아이들이 답답한 공장에서 일을 하려니 재미가 있을 리 만무했다. 바비의 성격을 누구보다 잘 아는 나는 바비를 구슬리는 법도 알고 있었다.

"그래? 일하기 싫으면 하지 마. 대신 내일 또 회사에 나와서 엄마를 거들어야 할 걸."

"오늘 다 끝내면?"

"오늘 다 끝나면 내일은 회사에 올 필요가 없으니까 놀러갈 수도 있고 쉴 수도 있고 자유로워지는 거지."

그 말이 끝나기가 무섭게 바비는 부지런히 내가 시킨 일을 시작했는데 어찌나 열심히 빠르게 일을 잘하는지 놀라웠다. 직원 한 명도 없이 가족들의 도움을 받으며 운영하던 케미컬 회사가 내 삶의 원천이 될 줄은 그때는 알지 못했다. 쓸쓸히 일을 마치고 아이들과 집으로 돌아가는 발길이 그리 가볍지만은 않았다.

회사를 막 돌아서는 모퉁이의 대각선 방향으로 세메터리(cemetery: 미국식 공동묘지)가 있었는데 늘 계절별로 피는 아름다운 꽃들과 나무들로 단장되어 있었다. 밤늦게까지 혼자 일을 하다가 일이 잘 안 풀린다던지 갑자기 앞날에 대한 두려움으로 마음이 먹먹해지면 나는 세메터리에 가서 앉아 울었다. 배합이 잘못되었는지 비율이 맞지 않았는지 도무지 알 수 없는 이유로 개발 중이던 제품이 실패했을 때, 한 달 넘게 공들인 제품이 내가 원하던 제품이 아님을 알았을 때, 선생도 없고 선배도 없어 물어볼 사람 없는 나는 하늘이 캄캄해졌다.

하루 이틀 실망에 빠졌다가 다시 심기일전하여 새로운 연구와 실험을 통해서 실패의 원인을 찾아내는 길밖에 방법이 없었다. 내가 원하는 향, 성능, 효과에 딱 맞는 제품을 찾아내기까지 몇 번의 시행착오를 겪는 일에 차츰 익숙해져 갔다. 혼자 애를 태운 대신 노력 끝에 내가 원하던 제품을 완벽하게 탄생시켰을 때의 그 기쁨, 성취감도 역시 내 독차지였다.

케미컬 업종의 사업 전시회, 설명회 등이 열리는 컨벤션이 일 년에 네 번 정도 나흘씩 열렸는데 대개는 존이 함께 가 주었다. 아이들 걱정, 집 걱정이 많아 대부, 대모들에게 부탁하고 집을 떠나서도 매일 저녁 전화로 체크하는 일을 잊지 않았다. 그렇게 떠나는 컨벤션 행사가 부부의 유일한 여행이기도 했다. 애들을 키우느라 부부의 단조로운 시간을 갖는 것은 불가능했다. 단 한 시간이라도 아이들 교육에 신경을 써야 했고 그 나머지 시간은 각자의 사업에 몰두해야 하는 우리였다.

집을 떠나 텍사스가 아닌 타 지역으로 떠나는 여행이라고는 하지만 내 전시장을 가지고 컨벤션에 임한 이상 방문객들을 맞아야 하고 바이어와 상담을 해야 하기 때문에 나에게는 휴식이 따르는 여행은 결코 아니었다. 새벽 6시부터 시작해서 밤늦게까지 온종일 여러 구매자들과 쉴새 없이 이야기를 해야 하고 세미나가 열리는 낮 시간에는 세미나 발표를 해야 했기 때문에 하루하루가 정신적으로 육체적으로 피곤하고 고달팠다. 아픈 다리가 끊어질 듯 당기고 발등까지 퉁퉁 부어오르는 중노동이었다.

하루 종일 많은 사람들이 벅적이는 전시장에서 내 신상품을 선보이고 내 제품을 홍보해야 하는 일은 내 회사의 사활이 달린 중요한 비즈니스였다. 구매자나 고객과 상담 중일 때 아이들 전화가 오면 나는 그 전화를 받아야 할지 말아야 할지 갈등을 많이 했다. 아이들이 일하는 엄마에게 전화를 걸었다는 것은 급한 상황이 발생했다는 신호일 수도 있는데 전화를 받을 입장은 못 되었기 때문이었다. 나는 일을 할 때는 일에 집중해야 한다는 생각으로 전화를 무시했다가 방문객과 상담이 끝나면 전화를 걸었다. 알고 보면 별 일도 아니었는데 괜히 혼자 가슴 조인 일이 한두 번이 아니었다.

"낮에 엄마가 일할 때는 급한 일이 아니면 전화를 하지 않도록 해. 엄마는 중요한 손님을 만나 상담을 하고 있을 때가 많아서 전화를 받을 수 없어."

아직 초등학생인 아이들에게 그렇게 주의를 주지만 그 애들이 걱정스러워 일에 몰두할 수 없을 때가 많았다. 사업을 하다보면 거래처와 자연스럽게 술자리를 가지면서 접대할 일이 있는데 존은 술을 못하기 때문에 전혀 도움이 되지 못했다. 내 대신 술을 접대하는 그런 도움을 주지 못하는 남편이지만 존은 아내의 비즈니스에 대해 참견하거나 잔소리하는 법이 없었다. 대개의 한국 남자들은 아내의 비즈니스에 대해 남편이라는 자격으로 앞에 나서서 간섭을 하는 경우가 많은데 존은 어느 자리에서나 말없이 지켜봐주고 아내의 의사를 존중하고 지지해 줬다. 그랬다가 정 그 길이 아니다 싶을 때는 집에 돌아와 단 둘이 있을 때 자기 의견을 제시하고 잘못된 점을 지적해 주었다. 나는 처음부터 존의 신중하고 과묵한 남자다움에 반했었고 언제나 혼자 꿋꿋이 견뎌내는 이성적인 면을 사랑한다. 내가 흥분할 때도 내가 갈피를 잡지 못하고 흔들릴 때도 그는 견고한 바위처럼 떡 버티고 서서 나를 붙잡아준다. 다른 사람들이 간혹 나에게 묻는다.

"루시아, 당신 혼자 남편을 짝사랑하는 건 아니오?"

존이 워낙 사람들 앞에서 애정 표현을 잘 못하는 사람인데다가 간지러운 말도 못하는 사람이라 그들 눈에 그렇게 보일지도 모른다. 그러나 부부간의 문제는 그 부부 당사자만이 아는 것이다. 존이 나에게 베푸는 사랑과 존경은 누구보다 크고 깊다. 그는 말보다는 행동으로 보여주는 사람이고 사소한 일 하나하나 소홀히 하지 않고 나를 위해 배려하는 것을 나는 잘 안다.

컨벤션이 끝나고 드물지만 한갓진 다른 곳으로 숙소를 옮겨 하루쯤 더 머물거나 아니면 머물던 숙소에서 하루 더 머물며 모처럼만에 휴식을 취하기도 했다. 이럴 때가 유일하게 우리 부부 둘만이 오붓한 시간을 갖는 기회였다. 며칠 간 사람들에게 시달린 컨벤션에서 성과가 컸을 때는 큰 만큼, 별 소득이 없었을 때는 없는 만큼 나는 허탈한 기분에 빠지곤 했다. 그럴 때 나는 컨벤션 기간 중에 떠오른 아이디어에 대해 존과 저녁을 먹으며 이야기 나누기를 좋아했다. 존은 열심히 나의 이야기를 들어주었고 좋은 의견도 내주곤 했다. 우리는 무슨 일을 하든 의견이 같을 때가 많았고 통하는 점이 많았다. 우리 부부는 나이 차이가 있지만 나는 그런 나이 차이를 별로 느끼지 못하고 살았다. 우리는 비슷한 사고 방식과 가치관을 가지고 있고 세상을 보는 눈높이가 같아 여태껏 별 의견 충돌 없이 살아왔다.

나는 젊어서 힘들고 어려운 삶을 산 존이 가여워 그가 나를 만난 후부터 편안한 삶을 사는 것을 보고 싶었고 나랑 살면서 다시는 힘들고 어려운 일을 겪지 않기를 바랐다. 그래서 내가 더 열심히 일해서라도 존에게 그러한 삶을 선물하고 싶었다. 그는 그런 보상을 받을 만큼 열심히 살았기 때문에, 그러한 보상을 받을 충분한 자격이 있기에. 그는 나에게 가장 좋은 것, 가장 값진 것, 가장 귀한 것을 선물하기 위해 고심하고 거기에 큰돈을 쓴다. 나는 그의 마음을 알지만 그런 속된 물질적인 것에 우리가 애써 번 돈 쓰는 것을 아까워하여 늘 그의 선물을 반품하는 편이다. 돈은 큰돈일수록 가치 있게 써야 하고 사람은 진심으로 대해야 한다는 것이 살면서 얻은 교훈이다. 내가 아무리 자기의 선물을 반품해도 그는 끄덕하지 않고 다음 번 선물에 또 거금을 투자한다. 늘 나에게 최고의 선물을 해주고 싶은 그의 마음을 알기에 나는 그를 나무라지 않는다. 받아서 반품하면 되니까. 그는 그런 사람이다.

모처럼 갖는 우리 둘만의 하루는 그간의 모든 피로를 잊게 할 정도로 충만한 안식을 주었고 그 하루만은 정말 여행을 위한 여행을 떠나온 것 같이 느껴졌다.

우리 결혼이 완전히 공식화되고 부모님으로부터 부부로 인정받았을 때 엄마는 제일 먼저 우리 아이들을 보고 싶어 했다. 딸이 고생하면서 키워야 할 어린 아이들이 제일 걱정스럽고 궁금했던 눈치였다. 피터와 바비를 만나자 두 아이를 반가운 얼굴로 따뜻하게 대해주었다.

"귀여운 아이들이구나. 어차피 네 자식으로 받아들였으니 마음을 다해 정성껏 키우도록 해라. 쉬운 일은 아니겠지만 그것도 네 공을 쌓는 일이야."

엄마는 아이들에게 선물을 한 아름 사주면서 엄마가 잘 해주느냐고 물었다. 그때 엄마는 아무도 모르게 가는 한숨을 쉬며 가슴 아파했다. 어쩌면 엄마는 어린 그 애들이 성장하는 먼 훗날까지 까마득한 앞날을 미리 내다보며 한숨지었을지도 몰랐다. 네 명의 자식을 길러 본 엄마는 자식을 키운다는 일이 얼마나 어려운 일인지 이미 알고 있었을 것이다. 내 뱃속으로 낳은 내 자식 키우는 일도 쉬운 일이 아닌데 애를 낳아 본 적도 없는 딸이 하루아침에 두 아들의 엄마가 된 것에 한숨이 저절로 지어지는 것은 당연했을 듯 싶다. 더구나 그 중 한 아들이 교통사고를 당해 코마에 빠지는 이런 사태가 발생할 줄을 누구는 꿈엔들 알았을까. 엄마가 돌아가신 뒤에 바비의 일이 벌어진 것만도 다행한 일이라는 생각이 들었다.

"그렇지만 엄마, 난 이 고비를 또 이겨낼 거예요. 지켜봐 줘요."

나는 혼자 소리로 엄마를 찾고 엄마와 대화를 나누며 스스로에게 용기를 주었다. 아이들을 키우는 동안도 말하기 좋아하는 사람들은 내가 아이들 가르치는 교육 방법을 두고 이러쿵저러쿵 말이 많았다.

"못 살지도 않으면서 아이들 용돈에 너무 인색한 여자야. 친엄마가 아니라며?"

"친엄마가 아니래? 그래서 저렇게 지독하게 교육을 시키는구나."

우리가 살았던 웨스트 레이크 동네 부유층 부인들은 아무도 일을 가지고 있지 않았다. 경제적으로 여유가 있으니 아이들 용돈을 묻지도 따지지도 않고 달라는 대로 주는 사람들이었다. 그런 분위기 속에서 내 교육방식은 그들 가십거리가 되었다. 나는 아이들이 자라 용돈을 받는 나이가 되었을 때 피터와 바비에게 거저 용돈을 주는 법이 없었다. 피터는 잔디 깎기를 하면 그 대가로 용돈을 주고 바비는 설거지를 하면 용돈을 주었다. 애들에게 용돈은 거저 부모에게서 받는 것이 아니라 자신들이 일한 대가로 정당하게 받을 때 보다 가치 있다는 것과 노동의 어려움과 소중함도 가르치고자 했던 것이다. 한 달에 한 번씩 가족 결산을 보면서 먼저 우리 부부가 돈을 어떻게 벌었으며 어떻게 쓰고 있는지 아이들 수준에 맞도록 상세히 설명하고 이 달 전기세가 얼마, 학비가 얼마, 생활비가 얼마 지출되었는지 보고했다. 아이들도 자기들이 번 돈을 어디에 어떻게 썼는지 내역을 메모했다가 설명하도록 했다. 가계부를 적으며 알뜰하게 아껴 쓴 아이에게는 상으로 용돈을 올려주고 계획 없이 마구 써버린 아이에게는 용돈을 줄이거나 한 달 용돈을 거르기도 하여 뉘우

치게 만들었다. 부모님이 힘들게 번 돈임을 알아 돈을 귀하게 생각해서 아껴 쓰고 자립심도 길러주고자 하였다. 실상 우리 아이들은 불만 없이 잘 따라 주었는데 아무 상관도 없는 주변 여자들은 이러쿵저러쿵 말이 많았다. 나는 스스로 부끄러울 것이 없었고 당당했기 때문에 주변에서 들리는 소문 따위에 귀 기울이지 않았고 내 뜻을 굽히지도 않았다.

중학생 때는 주말이면 돌아가면서 다른 친구 집에 가서 하룻밤씩 자는 체험 과제가 있었다.

나는 이번 주말에 가는 집이 어느 집인지 어떤 부모님인지 자세히 알아보고야 그 집에서 자도록 허락했다. 어느 주말, 다른 집에 자러 가겠다고 짐을 챙기는 바비에게 '오늘 그 집엔 보낼 수 없어.' 하며 가지 못하게 했다. 알아본 결과 그 집은 아이들이 있거나 말거나 외출해 버리는가 하면 아이들이 무슨 짓을 하든 큰 관심을 보이지 않는 무책임한 부모인 것 같았다. 호기심 많은 사춘기 아이들이 제제를 가할 부모도 없는 집에 모이면 어떤 짓을 할지 몰랐기 때문에 바비를 보낼 수가 없었다. 바비는 그 집에서 친구들과 만나기로 약속했으니 꼭 가야 한다며 고집을 부렸다. 나 역시 '네가 포기해. 그 집엔 못 가.' 하고 강력하게 내 의사를 전달하자 바비는 꾸렸던 가방을 내던지고는 허리에 양손을 얹은 채 나에게 덤벼들었다.

"당신이 뭔데 날 안 보내주는 거야? 다들 가는데 왜 나만 못 가게 하느냐고?"

마구 소리치며 덤비는 것을 처음으로 접한 나는 그 때 바비의 다정다감하고 온순한 면과 전혀 다른 면을 보았다. 바비는 감정이 격해지면 분별력을 잃고 아무 말이나 내뱉을 수 있다는 것도 그때 처음 알게 되었다.

"아버지한테 전화 걸어서 네가 엄마한테 이렇게 소리 지르고 덤빈다고 말해도 되는 거지? 바꿔줄 테니 가고 싶으면 아버지한테 허락을 받아."

아직 중학생인 어린 나이라 그런 식으로 무마하고 잠잠해졌지만 바비는 주말 내내 밥도 안 먹고 투정을 부리며 나에게 시위를 해보였다. 존은 안방에 들어와 '바비가 왜 저래?' 하고 물었고 나는 상황을 설명했다.

"당신도 내가 심했다고 생각이 돼요?"

바비의 저항이 워낙 커서 내심 내가 잘못 판단한 것이 아닐까 염려스러웠다.

"당신 판단이 틀린 적은 없었어. 그런 무책임한 부모가 바른 교육을 할 수 없듯이 당신 같은 바른 엄마 밑에서 우리 아이들이 잘못될 리도 없으니 바비가 사과하겠지."

존은 나에게 자신감을 가지라고 어깨를 두드려주었다. 아이들 교육에 관한 한 존이 무조건 나를 믿어주고 나에게 맡겨주었기 때문에 아이들이 내 말을 거역하지 않는다는 것도 나는 알았다. 부부간의 사랑과 신뢰가 아이들에게도 영향을 미친다는 것을 몸으로 느끼며 살았다. 나는 믿는다. 아이에게 정성을 다한 내 마음이 바비를 바른 길로 인도할 것이라는 것을. 바비는 지금 머리를 다쳐서 머리가 고장 난 환자이며 심신이 아픈 사람이라 아직 바른 판단과 바른 인식을 하지 못할 뿐 부모에게 못된 짓을 할 자식이 아님을 또한 믿었다. 여태까지 바비와 함께 살아온 세월이 얼만데 포기할 줄 모르는 강한 엄마라는 것을 바비가 모를 리 없다. 흔들리지 말고 하던 대로 밀고 나가는 내 모습을 바비에게 보여주어야 한다. 내 생각이 차분히 정리되자 나는 평상심으로 돌아왔다. 희망은 멀리 있지 않다. 내가 포기하지 않는 것이 희망이고 내가 포기하면 그 순간에 모든 희망도 사라지는 것이다.

Perfect love

코마 환자, 대학에 가다

집으로 돌아온 지 9개월 만에 휠체어에서 벗어난 아들은 지팡이를 짚지 않고 걷기를 원했지만 균형을 잡지 못해서 가는 곳마다 사건을 일으켰다. 서점에 가서 한 모퉁이에 쌓여 있는 책들을 밀치며 넘어져 도미노 현상으로 다른 많은 책들을 줄줄이 쓰러뜨리는가 하면 식당에 가서도 유리잔 진열대를 잡으며 넘어지는 바람에 잔 수십 개가 와장창 다 깨어지는 일도 있었다. 뷔페 음식을 떠오다가 울퉁불퉁한 양탄자에 발이 걸려 접시를 깨고 음식을 쏟고 나동그라지는 일도 허다했다. 지팡이만 짚으면 그런 사건들이 반으로 줄어들 것이 분명한데 바비는 지팡이를 짚지 않겠다고 고집을 피웠다.

"지팡이를 짚으면 바보가 된 것 같고 병신이 된 것 같아서 싫어요. 다들 나만 쳐다본다고요."

"지팡이를 짚지 않아서 넘어지고 난장판을 만들어 망신을 당하는 건 괜찮고?"

"좀 더 조심하면 돼요."

"네가 조심한다고 되는 일이 아니라 치료를 계속해야 나아진다는 걸 왜 몰라. 넌 아직 병이 다 나은 게 아니란 말이야."

우리 둘은 그렇게 싸우면서도 서로에게 위로받고 사는 관계였다. 나는 날로 나은 삶을 시는 바비의 모습에 위로받고, 바비는 나에게 바보가 아니라는 것을 보여주기 위해 노력하면서 내가 놀라고 기뻐하는 것에 위로 받았다. 대수학까지 마스터한 아들에게 나는 또 다른 도전을 시작했다. 우물 안 개구리나 다름없는 내 울타리 안에서 벗어나 아이에게 다시금 사회생활을 하도록 해주고 싶었던 것이다. 바비의 의향을 물었더니 좋다고 했다. 나는 오스틴에 있는 2년제 전문대학인 오스틴 특수대학(Austin Community College, ACC)에 바비가 입학할 수 있는 길을 알아보았다.

"학교에는 혼자 갈래요. 엄마가 지금처럼 일일이 따라다니면서 간섭한다면 안 갈 거야. 친구들에게 창피당하기 싫으니까."

"좋아. 대신에 지팡이를 사용하겠다고 약속하면 난 학교에 따라가지 않을게."

우리의 협상은 이루어졌다. 오스틴 특수대학 입학이 허락되었다. 내가 자동차로 바비를 학교에 태워다주는 일은 아이가 수용했다. 나는 바비를 내려주고 몇 시까지 픽업하러 오겠다고 약속한 뒤 바비가 강의실로 들어가는 모습을 지켜보았다. 손을 흔들어주고 차를 돌렸다. 바비는 어서 가라고 손짓을 해댔다. 아이의 성화에 못 이겨 자동차를 돌리자 바비는 안도하는 표정을 지었다. 나는 아이가 보는 앞에서 차를 몰고 학교를 떠나는 척했지만 실상은 바비가 보이지 않을 곳에 차를 세우고 몰래 바비를 지켜보았다. 지팡이는 제대로 사용하는지, 강의실은 잘 찾아가

앉는지, 다른 친구들과는 잘 어울리는지 도무지 안심을 할 수가 없었다. 숨어서 몇 시간이고 아들을 지켜보는 마음이 조마조마했다. 녀석한테 들키면 또 성질을 부릴 테고 그냥 내버려두고 가려니 발길이 안 떨어졌다. 그야말로 물가에 내놓은 어린애였다. 개강 첫 날은 하루 종일 바비 몰래 숨죽인 채 그 뒤를 쫓아다니며 아이의 행동을 주시했다. 강의실도 옮겨 다니고 쉴 새 없이 처음 만난 친구들과도 수다를 떨며 강의에 열중하는 모습이 그저 대견하기만 했다. 그 누구도 바비가 3개월이나 코마 상태에 빠졌던 아이라고는 상상조차 하지 못할 것이다. 혼자 앉지도 못하고, 물도 들이킬 줄 모르고, 밥을 삼키는 방법도 모르던 백치 상태의 아이가 학교에 와 강의를 듣고 있다니 이것이야말로 기적이 아니고 무엇이겠는가.

"천주님, 우리 바비를 살려주신다면 제가 더 많은 봉사를 하며 살겠습니다. 기적을 저에게 보여 주십시오."

바비가 영원히 식물인간으로 살아가야 할지도 모른다는 주변 사람들의 말을 강하게 부정하면서도 나는 사실 그 상황까지도 마음의 준비를 했었다. 그런 일이 닥친다 하더라도 실망하지 말고 포기하지 말고 아이를 보살펴야 한다고 나 스스로에게 수없이 다짐했었다. 식물인간의 아들을 보아야 하는 존의 마음과 그의 가슴아파하는 모습을 봐야 하는 내 마음을 생각하면 저절로 진심어린 기도가 흘러나왔다. 아마도 우리는 지옥을 헤매듯 살아야 할 것이었다.

"감사합니다. 저 아이를 저렇게 움직일 수 있고 말할 수 있게 해주셔서 정말 감사합니다. 약속대로 저는 이제 봉사하며 살 것입니다."

나는 바비가 강의실에 멀쩡하게 앉아 웃는 모습을 보며 혼자 감동에 사로잡혔다. 아이가 화를 내도, 물건을 던져도, 욕설을 내뱉어도, 소리 치고 고함을 질러도 절대 섭섭해 하지 않아야 한다는 생각이 들었다. 그 행위 모두 혼수상태가 아니기에 가능한 일이고 그럴 수 있기를 얼마나 기도했는지 모른다. 병원 침대에 누워 있지 않은 것만도 감사하고, 대소변 받아내고 있지 않은 것도 감사하고, 어눌하게나마 말을 할 수 있다는 것도 감사하고 그저 모든 것이 다 감사하다는 것을 미처 깨닫지 못하고 억울해서 눈물을 흘렸던 나 자신을 꾸짖었다. 나는 나를 자랑스러워해야 하고 나를 칭찬해야 한다. 바비를 이렇게 일으켜 세우고 소리 지르며 화낼 수 있게 만든 것을 기쁘게 받아들여야 하는 것이다. 감사함을 느끼자 가슴이 벅차올랐다.

앞서 짧게 언급한 이야기지만, 나는 결혼 초 임신을 한 적이 있다. 결혼과 더불어 두 아이들을 내 친자식으로 여기고 최선을 다해서 사랑으로 키우겠다는 다짐을 한 터라 고민이 되었다. 나의 아이를 키우며 피터와 바비에게 지금과 똑같은 관심과 사랑을 줄 수 있을지 의문이 생겼다. 아이들에게 동생이 있으면 좋겠냐고 물었더니 두 아이 모두 동생이 싫다고 했다. 두 아이의 말에 나의 고민은 더 커지고 무거워졌다. 며칠을 밤낮으로 이 생각 저 생각에 시달리며 머리가 복잡하고 마음이 착잡했다. 계속해서 나 자신에게 '내가 내 친자식이 생겨도 과연 이 두 아이들을 내 자식과 똑같이 보살필 수 있을까?' 되묻게 되었다. 피터와 바비에게 나의 친아들과 자신들을 비교하는 상황에 처하게 하고 싶지 않았고 또 두 아이가 나를 자신들의 친엄마로 받아들여 주기를 진심으로 원했다. 결국 내가 이 두 아이에게 헌신을 다해 돌보아야만 그들도 나를 친엄마와 다름없이 대할 것이라는 생각이 들었고 내가 나의 친자식을 갖는다면 그런 헌신이 불가능할 것이라는 결론에 이르렀다. 어릴 때부터 가톨릭 신자로 살아온 내게 그 때 가장 힘든 인생의 결정을 해야만 했다. 그렇지만 나의 종교적 신념보다 내게 주어진 사명, 두 아이들의 엄마로서의 사명이 그 때 당시 내게 더 우선이었고 결국 난 뱃속의 내 아기를 포기했다. 그 때는 천주님께서 나의 헌신하려는 마음 희생의 마음을 받아주시겠지 생각하며 옳은 결정을 했다고 믿었었는데 사고 후에 바비가 내게 '친엄마도 아니면서' 하고 불평할 때, 정말 인생이 무언가 하는 허망함에 시달려야 했다. 가톨릭 신자로서 범한 죄도 죄지만 인간으로서 내 아기에 대한 미안함과 죄의식으로 늘 가슴 한 구석이 텅 빈 듯 허전한데 그렇게 헌신했던 아이에게 내가 이런 사람밖에 못되는가 하는 생각이 들 때마다 인생무상을 깊이 느꼈다.

아기를 포기한 후 10여 년 지난 1996년, 나는 자궁에 혹이 생겨 자궁 적출 수술을 받았다. 그때 내가 천주님께 벌을 받는가보다 하는 생각에 사로잡혔다. 동시에 천주님이 한없이 원망스러웠다. 여자의 상징인 자궁을 들어낸다는 사실에 허탈감에 빠져 있었는데 나의 슬픔을 제대로 표현할 수도 없었다. 이 때 바비가 한창 치료에 박차를 가하고 있을 때여서 오래 입원해 있을 수도 없었고 길게 신을 원망할 겨를도 없이 자리를 털고 일어나야 했고 바비의 치료에 집중해야 했다. 어렴풋이 내가 선택한 두 아이를 위해서 살라는 신의 뜻이라 해석하고 그 원망을 떨쳐버리기로 했던 것 같았다. 그렇듯 두 아들은 나의 모든 것을 버려도 아깝지 않은 내 손가락 같은 자식들이다. 두 손가락 중에서 특히 바비는 더 아픈 손가락이 되었다.

약속한 시간이 되어 나는 자동차로 돌아와 시동을 걸고 바비를 픽업하기로 한 장소로 갔다. 바비가 친구들과 인사를 나누고는 내 차를 향해 절룩절룩 지팡이를 짚으며 걸어왔다. 사고 당시 워낙 다리뼈가 심하게 으스러져 버렸기 때문에 정상인처럼 걷기는 불가능한 일이지만, 중심 잡기는 꾸준한 연습과 훈련을 통해 나아질 수 있다. 그런데 바비는 그 연습과 훈련을 그만 하겠다고 우겨서 나하고 충돌을 여러 번 빚었다. 절룩거리며 걸어오는 바비를 차창으로 내다보며 난 다시 바비로 하여금 균형감각 치료를 더 받게 해야 한다는 생각을 한다.

"바비, 오늘 어땠어? 강의 잘 들었어? 친구 많이 만들고?"

이미 내 눈으로 다 지켜본 일이지만 바비로부터 직접 하루에 대한 소감을 듣고 싶었다. 바비의 기분 좋은 표정을 지켜보며 아이가 무슨 말을 꺼낼까 궁금증을 갖는다.

"여자 아이들도 있던 걸."

육체나 신체 모두 정상이 아니지만 역시 20대 청년의 관심은 여자였다. 바비의 정신세계가 중학생 수준의 정신 연령이라 하더라도 신체 연령은 20대가 분명했다. 단지 상대를 대하는 매너가 다를 수는 있겠지만 이성을 느끼는 감정은 할아버지도 소년들과 똑같다고 하지 않던가.

"그래? 마음에 드는 여학생이 있었어?"

"뭐 그냥……."

"강의는 이해가 가? 재미있고?"

"엄마한테 많이 배워서 그런지 정말 쉬웠어."

"다행이구나. 혼자 해낼 수 있겠니?"

"얼마든지."

바비는 어깨를 으쓱거리며 신이 나서 떠들었다.

"바비, 이제 살을 빼야 해. 그래야 멋진 여자들이 널 좋아하게 될 거야."

아이의 대화를 귀담아 들어보면 음의 높낮이 없이 쭉 같은 톤으로 말을 이어가기 때문에 무슨 말인지 잘 이해가 되지 않는 부분이 많다.

"여자들은 핸섬하고 말을 멋지게 잘하는 남자를 좋아하거든."

"난 시를 잘 써. 여자들은 시를 좋아해."

나는 어처구니가 없어서 그저 웃고 말았다. 녀석의 기분을 망치게 하고 싶지 않았다. 바비가 시 이야기를 하니 갑자기 바비의 시집에 대한 기억이 떠올랐다. 병원에서 퇴원하고 집에 돌아온 후 나는 바비에게 시를 쓰도록 시켜 시를 읽으면서 아이의 심리 상태를 파악해 보려고 애썼다. 그래서 바비가 시 쓰는 일에 재미를 붙이게 하기 위해 여러 방법을 궁리했다. 시 한 편을 쓰면 바비가 좋아하는 맥도날드에서 햄버거를 사주겠다고 아이를 꼬시기도 했다. 처음 시를 썼을 때 그 내용이 매우 혼란스러웠다. 시작과 끝이 연결되지 않았고 중간에도 횡설수설하여 무슨 메시지를 전하려는지 의도가 전달되지 않았다. 아마도 시를 쓰려던 처음 의도를 잊어버리고 헤맨 것 같았다. 그러다가 조금씩 시가 안정되어 갔다. 그것을 나는 아이의 머릿속이 차분하게 정리되어간다는 뜻으로 해석했다. 바비는 계속해서 시를 썼고 나는 후에 바비가 쓴 시를 모두 모아 책으로 출판하여 바비의 친구들, 선생님들, 그리고 바비의 책을 필요로 하는 사람들에게 나누어주었다. 나는 자신의 시집을 보며 바비가 자신감을 갖게 해주고 싶었고 또 장애인임에도 불구하고 이렇게 시집을 낸 바비를 통해 다른 장애를 가진 사람들에게 용기를 갖게 해주고 싶었다. 실제 이 책은 읽는 사람 모두를 감동케 했다.

그 때문인지 바비는 자신의 장애 때문에 사람들 앞에서 주눅 들어 있기보다 언제나 자신감 있고 당당해 보인다. 부모 입장에서는 차라리 잘된 일일 것이었다. 아마도 바비가 이렇게 당당할 수 있는 또 다른 이유는 병원에서 치료를 시작할 때부터 늘 '너는 그동안 많이 아팠고 아직도 회복 중이야. 계속 치료를 받으면 머지않아 다른 정상인들과 똑같아질 거니까 창피해야 할 필요도 주눅들 필요도 없어.' 라고 누누이 반복해서 말해준 덕이 아닌가 싶었다.

그러나 그것이 나중에 더 큰 화근이 될 줄은 결코 예측하지 못했다.

두 학기를 마치자 강의나 학과 과정을 아이가 충분히 따라갈 수 있다는 자신감이 들었다. 2년제 특수대학으로는 만족할 수 없었다. 이를 놓고 바비를 받아준 지도교수에게 상담을 청했다.

"저렇게 잘 하니 이제 4년제 종합대학교에 보내면 어떨까요?"

"이 정도로 만족하시지요. 다른 아이들과 똑같은 조건에서 학업을 하고 있는 것은 아니잖아요."

오스틴 특수대학에 입학할 때부터 나는 학교 측에 아이의 핸디캡을 인정해주고 다소간의 특례를 베풀어 줄 것을 요청했다. 인지 능력이 떨어지고 이해력이 늦는 점을 감안해 시험을 볼 때 다른 학생보다 조금 더 시간을 주는 등의 특혜를 부탁했던 것이다. 이는 남들에게는 주지 않는 특혜를 바비에게만 불공평하게 주라는 것이 아니었다. 비슷한 장애를 가진 모든 학생들에게 학교 자율성에 의거해 특정 혜택을 주라는 것이었다. 이러한 나의 요청이 받아들여져 바비는 오스틴 특수대학에 입학하게 된 것이었다. 상담했던 지도 교수의 부정적인 반응을 뒤로 하고 자리를 떴지만, 그냥 이대로 포기할 수는 없어 바비를 담당하고 있는 신경과 전문의사를 찾아가 보았다.

"대학교에서 바비와 같은 장애자에게 약간의 배려만 해준다면 바비의 학업은 충분히 가능한 일일 텐데 모두 만류를 하네요. 학습 능력이 가능한 아이를 더 발전하도록 도와주는 것이 이 사회와 부모와 스승이 할 일이 아닐까요?"

나는 내 의지를 확고하게 내비치며 그에게 조언을 구했다. 의사는 잠시 생각한 끝에 자신의 의견을 말했다.

"어머님의 뜻이 정 그러시면 먼저 바비가 어머니를 떨어져서도 혼자 생활할 수 있는지 기회를 줘보세요. 지금처럼 늘 가까이에서 계시면서 데려다주고 데려오고, 또 숨어서 지켜보고, 불편한 일은 대신 다 처리해 주신다면 학업도 아무런 의미가 없습니다. 바비의 다음 훈련은 어머니를 떠나서 홀로서기를 하는 것입니다."

그의 말에 나는 공감했다. 애를 아직 믿지 못하고 염려가 되어 손발처럼 도와주고 있지만 평생을 바비 곁에서 모든 일을 대신하며 살 수는 없는 일이었다. 자신의 일은 자기 스스로 해결하고 사건을 일으키면 그 수습도 혼자 해결할 능력이 필요한 나이였다. 나는 존과 의논했지만 그는 쉽사리 결정을 내리지 못했다.

"바비, 너 러벅에 가서 혼자 대학교에 다닐 수 있겠어? 그곳에서는 모든 것을 너 혼자 해야만 해."

아이는 나에게서 벗어난다는 사실만으로도 흥분되는 모양이었다. 예상했던 대로 당연히 그럴 수 있다고 대답했다. 나는 피터가 있는 텍사스 텍 대학교로 바비를 보내기로 결정했다. 비록 피터가 매일 동생을 챙겨주지 않는다 하더라도 바비가 정신적으로 의지가 될 것 같아서였다. 곧 피터가 졸업을 하겠지만 그래도 형을 보러 자주 갔던 대학이 낯설지 않을 것이라는 점도 그 학교를 선택한 이유였다. 나는 학교 측으로부터 장애자 특혜를 주겠노라는 약속도 받아냈다. 자연과학이나 공학 등의 분야는 전공하기 어려울 것 같아 바비가 좋아하는 카운슬링을 선택했고 마침 '가족 카운슬링' 과가 그 학교에 있어 이 분야를 전공으로 선택했다. 바비는 정식으로 대학생이 되었다. 이제 불완전한 아들을 내 품에서 떼어내 자립하게 만들어야 한다는 결심으로 러벅 행을 택했지만 불안한 마음은 감출 수가 없었다.

바비가 떠나고 바비의 독립과 또 우리의 일시적인 독립, 우리 셋 모두 한 단계 나아간 것을 축하하기 위해 존과 외식을 하기로 했다. 우리가 좋아하는 레스토랑에 가서 모처럼 오붓한 시간을 즐기려던 참인데 존이 갑자기 현기증이 난다고 했다. 존은 그 말이 채 끝나기도 전에 쓰러지고 의식을 잃었다. 사람들이 급히 911으로 전화를 했고 구급차가

와서 존은 병원으로 실려갔다. 응급실에서 의사는 이런 저런 검사를 하며 존을 사흘이나 붙잡아 두었지만 결국 스트레스가 주원인이라며 자신들이 더할 수 있는 일이 없으니 집에 가서 쉬라고 권했다. 특별한 병이 있는 것이 아니라 다행이라며 존은 집으로 돌아왔으나 빛을 보면 현기증이 나고 세상이 빙글빙글 도는 것 같다고 빛을 피했다. 커튼을 이중 삼중으로 내리고 아주 깜깜한 암흑 같은 방에서 누워서 지내야만 했다. 바비를 우리 곁에서 이제 겨우 떠나보낼 정도로 회복시켰는데 이번에는 존이 드러누워 꼼짝 못하고 어두운 방에서 나오지 못하다니 기가 막혔다.

잠 잘 때 외에는 절대로 침대에 눕는 법이 없는 존이었다. 낮잠 한 번 자는 일이 없는 그였다. 아침 일찍 일어나 나를 위해 미국식 아침식사를 준비해 놓고 나를 기다리고 나에게 식사를 거르지 못하게 했던 그 부지런하고 건강한 존이 침대에서 일어나지도 방에서 나오지도 못하자 나는 온전한 정신일 수가 없었다. 속이 울렁거리고 두통이 심하며 어지러워 빛을 볼 수 없었던 존은 화장실도 혼자 가기가 어려운 정도였고 심하게 구역질을 했기 때문에 음식에 손을 댈 수도 없었다. 의사가 딱히 병명을 가르쳐주지 않았으니 제대로 처방이 있을 리 없었고 처방이 없었으니 나아지는 것을 기대하기 어려웠다. 나는 다시 의학논문을 뒤적이기 시작했다. 병명은 무언지, 원인이 무언지, 또 치료방법이 있는지를 알아내기 위해 연구논문 뿐 아니라, 책, 인터넷까지 샅샅이 뒤지기 시작했다. 전문 의학 서적과 씨름하며 꼴딱 뜬 눈으로 밤을 새울 때도 있었다. 낮에는 나가 회사 일을 보고 다시 집에 와서는 책과 논문과 씨름을 계속했다.

나는 이 때 얼마나 많은 의학 전문지가 이 세상에 존재하는지 알게 되었다. 집에 들어와 밥 할 시간이 없어서 식사를 대신할 수 있는 빵이나 요리 완제품을 사들고 들어와 끼니를 때울 정도로 나는 전력을 쏟았다.

"그러다 당신도 내 곁에 드러누우려고 이러는 거야?"

코피를 쏟아가며 충혈된 눈으로 밤을 밝히는 나에게 존은 제발 한 사람이라도 건강하게 살아남아서 벌여 놓은 일들을 마무리 짓자고 나를 말렸다.

"당신은 내가 고쳐 놓을 테니 걱정 말아요. 당신을 고칠 수 있는 약이 틀림없이 있을 거예요."

그러던 어느 날 우연히 존이 가지고 있는 증상에 효과가 있을지도 모르는 세 가지 종류의 약을 발견했다. 그래서 아버지에게 이 세 가지 약을 함께 복용케 하면 어떨지 상의를 해보았고 아버지도 효과가 있을 것 같다고 동의하고 이 약들을 존에게 처방해 주어서 존에게 복용하도록 했다. 약을 복용한 존은 점차 회복되기 시작했다.

나는 병의 원인을 알아내야 할 것 같아서 미국에서 가장 유명한 의사들이 있는 메이요 클리닉(Mayo Clinic)을 찾아갔다. 내 설명을 듣고 그곳의 의사들은 스트레스가 원인 중 하나라는 사실과 덧붙여 카페인도 한 이유가 될 수 있다고 말했다. 나는 내가 존에게 처방했던 약과 그 효과에 대해서도 자세히 설명했다. 그러자 자신들은 이전에 그런 처방전을 써본 적이 없다며 놀라워했고 앞으로 같은 증세가 나타나면 계속 복용하는 것이 좋겠다고 하면서 자신들도 이제부터 그 약을 같은 증세의 환자들에게 처방하겠다고 했다. 이러한 증세는 이전 사례가 없어서 병명도 제대로 없었기에 이 때 새로운 병명, 마이그레이너스 버티고

(migraneous vertigo)가 탄생했다.

처방한 약을 복용하면서 존에게 커피를 끊게 하자 그렇게 심하던 두통이 조금씩 가라앉고 속이 울렁거리는 증상도 줄어들었다. 약을 먹고 사흘 만에 존은 침대에서 일어나 혼자 화장실을 다녀왔고 약을 먹은 지 닷새째 되던 날은 안방 커튼을 걷고 거실로 나왔으며 일주일이 되어서는 냉장고에서 과일을 찾아 먹었다. 과일을 좋아하는 그가 다시 과일을 찾는다는 것은 그의 속 울렁증이 가라앉았다는 것을 말해 주는 것이었다. 결국, 두 달 동안 두통과 어지럼증으로 일상생활을 하지 못하던 존이 내가 찾아낸 약을 먹고 열흘 만에 정상으로 돌아왔다.

이 때 나는 신에게 이 모든 시련이 바비가 러벅으로 떠난 후 일어나게 하신 것에 감사했다. 만약 바비를 집에서 돌보는 중에 이런 일을 벌어졌다면 내가 존을 제대로 돌볼 수 있었을까 생각하니 정말 다행스러운 일이었다.

"이 모든 게 다 휴식을 제대로 취하지 못해서 면역력이 떨어지고 몸이 스트레스를 받아서 생긴 일이예요. 카페인을 몸이 받아들이지 못한 거죠. 이제 당신 무리하면 안 돼요. 약해진 상태에서 또 어떤 병이 당신을 덮칠지 모르는 일이야."

나는 그를 편안히 쉬게 해주고 싶었다. 병석에 있는 아내 때문에 애를 태운 세월, 바비 때문에 받은 충격, 나와 아이들 간의 전쟁 아닌 전쟁을 지켜보며 그동안 쌓인 스트레스가 복합적으로 그의 심신을 지치게 만들었음이 분명했다. 그가 쉬려면 내가 좀 더 일을 많이 해야겠다는 마음이 들었다. 그에게는 사업을 더 이상 벌이지 말라고 설득했다. 그 뒤로도 일 년에 한 번 정도 이 어지럼병이 도지곤 했는데 그때마다 그 약을 먹고 일주일쯤 지나면 괜찮아졌다.

"당신은 그동안 고생을 많이 했으니까 이제 좀 쉬어도 돼요."

나는 회복된 존을 보면서 앞으로는 좀 더 그의 건강을 보살펴야겠다는 마음으로 그에게 휴식을 권했다.

"그런 소리 마. 고생이라고는 안 해 본 당신이 나한테 와서 그야말로 생고생하고 있는 걸 내 눈으로 보고 있는 심정이 어떤지 알아?"

우리는 어려움이 커갈수록 더욱 긴밀해지고 가까워지는 부부가 되었다. 일시적으로 뜨거운 사랑보다 오랜 경륜이 있는 깊은 사랑을 나누는 우리. 둘이 식사를 하면서 머리를 맞대고 긴 시간 동안 이야기를 나누는 우리 모습을 보는 사람들은 우리를 부부로 보지 않는 것 같다. 불륜의 연인쯤으로 생각하는 눈치다. 아는 사람들은 우리에게 아직도 연애하는 것 같이 산다며 부러워한다.

천만다행인 것은 바비가 러벅으로 떠난 뒤 내가 회사에 전념을 한 덕인지 아니면 시기적으로 그럴 때가 되어서인지 회사가 어려운 고비를 넘기고 자리를 잡아갔다. 그것이 나의 어깨를 가볍게 해주었고 존을 안심시키는 상황을 만들었다.

나는 바비가 러벅으로 떠나자 매일 아이에게 쏟던 시간을 열정적으로 비즈니스에 쏟았다. 거래처에 대해 까다로웠지만 정직하고 변함없는 내 성격을 고객들이 믿어주기 시작했다. 한 번 거래를 해 본 사람들은 결국 오랜 단골 거래처가 되곤 했다. 사람이 까다로운 만큼 그녀가 만드는 제품도 완벽하고 깔끔하다는 평이 업계에 나돌았다. 가격을 흥정하고 선심 쓰듯 제품을 덤핑하는 일이란 나에게 있을 수 없는 일이었다. 많은 물량을 주문한다고 가격을 내려주고 적은 양의 제품을 주문한다고 더 비싸게 받는 일도 없었다.

"십년이 다 된 단골 거래처인데 이제 좀 편의를 봐 주시지 그래요."

가격 흥정을 벌이려고 들거나 간혹 대금 결제 일을 넘기면서 얼렁뚱땅 제품만 더 주문하는 경우 그 거래처에는 제품을 공급하지 않았다.

"물건이 들어올 날인데 오늘 물건이 안 들어왔어요. 어찌된 일입니까?"

전화통에 불이 나면 나는 느긋하게 전화를 받아들고 말했다.

"대금 입금 시킬 날짜에 입금이 안 되었으니 당연히 물건도 납품이 안 되었겠죠?"

"루시아, 당신 브이아이피(VIP) 거래처를 이렇게 무시해도 되는 거요?"

"좋은 제품을 싼 값에 꾸준히 대주는 나한테 고맙다고 하지는 못할망정 우리 회사에 손해를 끼친다면 나는 더 이상 당신을 거래처로 삼고 싶지 않아요."

그들도 내 제품을 가지고 가서 돈을 버는 사람들이기 때문에 더 아무 말도 하지 못하고 곧바로 입금을 시키고 물건을 납품 받았다. 타협을 모르는 대신 칼같이 약속을 잘 지키는 성격 못된 여성 경영주로 인식되었다.

나는 모든 일에 현실적이고 이성적인 사람이었지만 존에게만은 감성적인 사람이었다. 오늘 저녁에 존을 만나면 이 이야기를 해줘야지, 오늘 존을 보면 이것을 보여줘야지 하는 마음으로 일을 하고 하루를 보낸다. 힘이 들면 들수록 존을 더 많이 생각하고 찾는다. 몇 분 안 되는 거리에 존의 사무실이 있고 내 회사 바로 위층이 집이지만 존은 먼저 퇴근하여 나를 위해 저녁을 차려놓고 기다려준다. 나를 위해 그가 준비한 와인과 간단한 안주와 저녁 식사는 종일 일한 나에게 그가 내리는 상과도 같다. 고달픈 하루에 대한 보상이요 하루의 피로를 풀게 해주는 피로회복제이다. 우리는 함께 식사를 하며 '오늘 당신 일은 어땠어?' 라고 서로 묻고 대답하며 하루를 마무리한다.

러벅에 있는 텍사스 텍 대학교에서는 바비에게 무슨 일이 생기면 언제나 나에게 전화를 걸어왔다. 내가 번호를 주면서 필요하면 언제라도 전화하라고 일러 놓았기 때문이었다. 텍사스 텍 대학교에서 바비는 골칫거리로 자리를 잡아가고 있는 것 같았다. 지금과 달리 장애자 우대 제도가 없던 시절이어서 공식적으로 혜택을 받을 수는 없었다. 단지 교육자의 본분과 양심에 호소하며 바비에게 배움의 길을 열어 달라 설득하여 입학하게 된 것이었다. 이렇게 어렵게 입학한 바비가 그저 별 사건사고를 일으키지 않고 무사히 졸업해 주기를 빌었지만 그건 내 욕심에 지나지 않았다.

어디 가서든지 가만히 있을 바비가 아니었다. 한 달이 멀다하고 학교에서 문제를 일으켜 학교의 트러블 메이커(trouble maker)로 취급을 받고 있었다. 어느 날 학장에게서 전화가 걸려왔다.

"바비 어머니, 바비를 이대로 학교에 둘 수 없으니 제발 바비를 좀 데려 가세요. 제가 교수들 불평을 견딜 수가 없습니다."

"바비 때문에 교수들이 학장님께 불평을 한다고요? 교수님들께 못되게 굴 아이가 아닌데요."

"못되게 굴어서가 아닙니다."

젊고 예쁜 여교수들에게 꽃을 주고 시를 써서 바치며 끈덕지게 따라다닌다는 것이다. 그러지 말라고 아무리 말해도 듣지를 않는다는 것이었다. 한 여교수는 바비가 그만두지 않는 한 학교 강의를 나오고 싶지 않다고 말하는 정도라고 했다. 바비가 어떤 행동을 하는지 보지 않아도 알 수 있었다. 병원에서도 예쁜 간호사들에게 간혹 그런 행동을 했는데 그때는 모두들 바비가 뇌손상을 입은 환자임을 알기 때문에 크게 문제 삼지 않았고 엄마인 나에게 귀띔을 해주면 내가 바비를 타일러서 무마되곤 했다. 그렇다고 학장 앞에서 내 아들의 잘못을 시인하고 싶지는 않았다.

"그걸 왜 학장님께 불평을 합니까? 때 묻지 않은 순수하고 착한 청년이 예쁜 교수님을 예쁘다고 표현하는 것이 잘못된 일은 아니잖아요? 순수하게 받아주지 못하는 그 교수한테 문제가 있는 게 아닐까요?"

나는 뾰족한 수가 없어 그냥 억지를 써 보았다.

"받아들이는 사람이 순수한 표현으로 받아들이기 힘드니 문제가 있는 것이지요."

"우리 아이가 그 교수한테 무슨 못된 짓이라도 했다던가요?"

"그런 일을 미연에 방지하자고 전화 드리는 것 아닙니까? 나중에 문제가 생기면 어머님이 책임지시겠어요?"

나는 전화로 바비에게 타이르고 주의를 주고 한 번만 더 그런 일이 있으면 다시 오스틴으로 돌아와야 한다고 협박을 했다. 바비가 제일 싫어하는 것, 그것은 다시 내 곁으로 돌아와 내 지시 하에 내 잔소리를 듣는 것임을 나는 누구보다 잘 알고 있었다.

"약속해. 안 그러면 내가 당장 너를 데리러 출발할 거야."

같은 말을 수없이 반복하며 다짐을 받고 약속을 하라고 닦달했다. 그 약속을 아이 입으로 되 뇌게 했다.

"나 바비는 다시는 여교수한테 꽃을 주지 않고 시를 써주지도 않는

다. 또 그러면 오스틴으로 돌아간다."

그렇게 아이를 들볶아대고 전화를 끊으면 내 마음이 편할 리가 없다. 어눌하고 느린 어조로 내가 일러준 말을 되풀이하며 약속하던 바비 목소리가 귀에 쟁쟁했다. 그런 홍역을 한 번 치르면 그 후 얼마간 잠잠하게 학교생활을 해냈다.

또 어느 날은 퇴학을 시키기로 결정했다는 통보를 해왔다.

바비가 어떤 교수와 언쟁을 벌였는데 학생으로서 해서는 안 될 말을 해서 돌이킬 수 없는 사태가 벌어졌다는 것이었다.

"네가 교수면 교수지 왜 나를 무시해?"

무슨 일로인지 그렇게 시작된 언쟁이 과격해졌다고 한다. 아마도 교수가 먼저 심한 말로 바비에게 모욕을 주었던 것으로 짐작되었다. 바비가 제일 싫어하는 것이 바보 취급을 당하는 것인데 아무래도 그 교수에게 그런 취급을 당한 모양이었다. 그에 바비는 '못 생기고 뚱뚱한 놈, 교수가 아니었으면 넌 내 손에 죽었어.' 하며 욕설을 퍼부었다는 것이다.

이 사태는 전화로 처리할 사건이 아니었다.

학교에서는 핑계 김에 골칫거리 학생을 퇴학시킬 심산인 듯 했다. 나는 러벅으로 달려갔다. 그곳에 도착해 보니 사태가 생각보다 심각했다. 죄송하다고 한 번만 이해해달라고 해서 해결될 일이 아님을 직감했다. 그러나 나는 아이가 학교에서 퇴학당하는 것을 보고 있을 수는 없었다. 오히려 학교보다 더 강하게 나가기로 결심을 굳혔다.

"우리 아이가 뇌손상을 입어서 인지 능력이 떨어지고 상황 판단이 빠르지 못한 것은 인정합니다. 성질이 나면 그것을 제어하지 못해 과격한 행동이나 말도 합니다. 그러나 퇴학을 당할 만한 행동을 했다고는 생각지 않습니다. 퇴학시키겠다는 법적 근거를 제시하세요. 만약 그러지 못하고 우리 아이를 퇴학 시킨다면 저는 법적 싸움도 불사할 것입니다."

내가 법적 근거를 대라고 강하게 맞서자 그들은 기가 막힌다는 표정으로 쓴 웃음을 지었다. 나는 그 틈을 놓치지 않고 그들의 교육자적 양심에 호소했다.

"코마 상태에 빠졌던 청년이 삼 개월 만에 기적적으로 소생하여 대학교에까지 온 것을 생각하신다면 교육자로서 이럴 수는 없으실 겁니다. 학문을 가르치는 것도 교수님들의 역할이지만 인성이 부족한 학생에게 바른 인성과 예의를 가르치는 것 또한 교수님들의 임무가 아닌가요?"

그들은 별로 흔들림을 보이지 않았다.

"이 아이가 만약 당신 아들이라면 퇴학시킬 수 있습니까?"

분을 참지 못한 채 용서할 기미를 보이지 않는 사건 당사자 교수에게 나는 단도직입적으로 물었다. 그는 잠시 당황한 기색으로 나를 쳐다보더니 대답 대신 고개를 돌렸다.

"죽은 거나 다름없던 자식을 살려낸 부모의 심정이 되어 다시 한 번 기회를 주실 것을 부탁드립니다. 저는 이대로 물러서지 않을 것입니다. 내 아들의 명예를 위해서도 퇴학은 받아들일 수 없습니다."

학장과 징계위원 교수들은 나에게 잠시 나가 있으라고 했다. 회의실 밖으로 나오니 후들거리면서 심한 갈증이 느껴졌다. 궁지에 몰린 내 아들을 위해 억지를 쓰며 강하게 맞섰지만 그들에게 미안한 마음을 감출 수가 없었다. 물 한 잔을 청해 마시고 그들의 결정을 기다리는 동안 손이 떨려왔다. 아침부터 마음을 조이며 식사도 제대로 하지 못한 후유증인 듯 했다. 20분쯤 시간이 흐른 뒤 안에서 나에게 들어오라는 소리가 들렸다.

"어머님의 모성애에 저희들은 많은 감동을 받았습니다. 어머님이 다시 이런 일이 발생하지 않도록 하겠다는 약속을 해주신다면, 그리고 한 번 더 이런 일이 생기면 그땐 스스로 자퇴하겠다고 약속을 하신다면 이번 퇴학 결정은 철회하겠습니다. 어머님 생각은 어떠십니까?"

"제가 다시는 이런 불미스러운 일이 없도록 아이에게 다짐을 받겠습니다. 말씀대로 또 이런 일이 생기면 제가 아이를 데리러 오겠습니다. 약속드리지요."

기숙사 앞으로 바비를 불러내었는데 그 애 얼굴을 보는 순간 화가 나기보다는 가엾고 애처로운 마음부터 일었다.

"엄마가 너무 욕심을 내서 널 힘들게 하는 건 아닌지 모르겠다. 엄마랑 오스틴으로 돌아갈까?"

"싫어. 난 여기가 좋아. 나 퇴학당한 거야?"

"퇴학당하는 건 싫어?"

"학교 다니고 싶어."

"그러려면 누구와도 싸우면 안 되지. 사람들은 싸우고 욕하는 사람을 다 싫어해."

"교수님이 먼저 날 병신 취급했어."

"그래도 참아야 하는 거야. 아직 네가 다 낫지 않아서 그런 거니까 그 사람들 눈에는 그렇게 보이는 거야. 네 잘못도 아니지만 그 사람들 잘못도 아니야. 이제 그러면 안 돼. 또 이런 일이 생기면 그땐 무조건 오스틴으로 돌아가야 하는 거야."

"이번엔?"

"이번에는 특별히 용서해 주신댔어."

"오, 하나님 감사합니다."

바비는 절대로 누구와 싸움도 하지 않고 성질도 부리지 않겠다고 나와 약속했다. 학교에 남게 되었음을 좋아하는 철없는 바비를 두고 비행기 시간이 촉박해서 공항으로 출발하는데 가슴이 먹먹해졌다. 학교를 상대로 싸워 이겼으니 가뿐한 발걸음이어야 하지만 발걸음이 힘들게 떼졌다. 내 자신이 초라하고 두고 온 아이가 불쌍해서 자꾸 헛발걸음을 떼며 공항으로 향했다. 비행기 안에서는 또 다시 이런 일이 일어나지 않기를 신께 빌었다.

많은 우여곡절 끝에 드디어 아들이 대학교를 졸업했다.

뇌손상 장애자로 대학교를 졸업하기는 바비가 처음이었다. 센 데이빗 병원에서 의학계에 보고를 했는지 안 했는지 나는 알 수 없지만 그들 말로는 첫 케이스라고 말해 주었다. 졸업식을 마치고 돌아온 바비를 위해 우리는 큰 파티를 열었다. 우리 부부와 바비를 아는 많은 사람들에게 뇌손상 장애자도 해낼 수 있다는 것을 알려주고 확인시켜주고 싶었다. 모두들 '장하다', '대단하다' 하며 축하해주었으나 나는 단지 또 한 고비를 넘겼을 뿐이라고 생각했다.

바비는 아직 20대의 청년으로 그가 갈 길은 멀다. 내가 살아있는 한 나는 바비에게서 자유로워질 수 없다는 것을 알고 있다. 얼마나 많은 고비가 나를 기다리고 있을지 나는 알 수 없다. 형인 피터도 아버지 존도 나만큼 철저하게 그 아이를 지킬 수는 없다. 바비의 앞날은 나에게 달려 있고 바비를 이끌고 나가야 하는 것이 나의 영원한 과제임을 나는 알고 있다.

Perfect love

약속

나는 뇌손상 장애자 아들 때문에 다른 일을 제대로 하지 못한다는 말을 듣고 싶지 않았다. 직장 때문에 아이들 교육에 소홀하다는 말을 듣고 싶지 않았던 것과 마찬가지로. 아들을 핑계로 사회생활에서 은둔할 생각도, 일거리를 줄일 생각도 없었다. 그것은 아들을 욕되게 하는 일이라 생각했다. 그래서 더 적극적으로 사회 활동에 참여했다.

텍사스 주는 보수적이고 배타적이어서 타 지역 사람들이나 다른 나라에서 온 사람들이 생존경쟁에서 살아남기가 힘든 곳이다. 사업도 힘들거니와 생활하기도 힘든 지역이다. '미국인이냐 외국인이냐'를 묻는 것이 아니라 '텍사스 인이냐(혹은 원주민이냐) 미국인이냐'고 물으며 텃세를 부린다. 미국 내에서도 콧대 높은 자부심을 가지고 살아가는 뉴요커들도 촌뜨기라고 우습게 여기는 텍사스에 와서 울고 간다는 말이 있다. 우리는 텍사스에 그런 고질병을 잘 아는 터라 동양이민자들을 돕기 위해 '텍사스 아시안 상공협회(Texas Asian Chamber of Commerce)'를 만들었다. 1997년이었다.

우리가 '성공한 동양인'이라는 오만함으로 그런 협회를 만드는 것은 아닌지 의혹에 찬 눈길로 우리를 보는 사람들이 적지 않았다. 우리는 당시 성공했다고 생각지도 않았고 단지 텍사스에서 뿌리를 내리기 시작한 동양인으로 텍사스를 잘 몰라서 어려움을 겪고 있는 같은 동양인들을 도와주고 싶었을 뿐이었다. 텍사스에는 많은 첨단 기술 관련 사업체들이 있었고 이러한 기업체들과 소규모 기업체들을 서로 연결시켜 줌으로써 서로에게 이득을 주자는 것이 이 협회의 주목적이었다. 시간이 한가한 것도, 그 일을 한다고 누구에게 칭찬을 듣는 일도, 돈이 생기는 일도 아니었다. 우리는 그들에게 도움이 될 아이디어를 짜내고 우리가 가진 노하우와 정보를 하나라도 더 알려주기 위해 노력했다. 물론 우리 사무실, 우리 경비, 우리 인력을 총동원한 봉사 정신에서 시작된 일이었다. 낯선 나라에서 살아보겠다고 힘들게 이민 온 사람들이 텍사스에서 견뎌내려면 누군가의 도움이 절실했다. 그것을 알면서도 모르는 체할 수가 없었다.

협회를 설립하던 시점은 바비를 병원에서 데리고 나와 밤낮으로 개인 치료를 받게 하려고 뛰어다니던 때였다. 아이가 죽음과 같은 잠을 자고 있을 때, 아이만 살려주면 남을 위해 봉사하며 살겠다고 신께 약속을 했었고 그 약속을 지키려는 내 의지가 한 몫을 거들었다. 존이 내 마음을 이해하고 적극적으로 협회 만드는 일에 발 벗고 나섰기에 가능한 일이었다. 시작한 첫 해부터 기다렸다는 듯이 많은 아시아인들이 모여들었다. 그들에게는 그만큼 정보가 아쉬웠고 누군가의 조언이 절실했던 것이다.

"성공한 아시아 사업체와 새로 이민 온 사람들을 같은 나라 사람끼리 연결시켜주면 좋지 않을까?"

　나는 존과 수없이 대화를 나누었고 우리는 그들의 카운슬러가 되다시피 했다. 텍사스에서는 어떤 사업을 어떻게 해야 성공할 수 있는지 정보도 주고 방법도 알려 주었다. 존과 나는 아시아인 중에서도 특히 한국 사람들을 더 많이 도와주고 싶어 했는데 이곳에 찾아와 도움을 청하는 한국인이 많지 않았다. 간혹 도움을 청하는 사람들 중에는 자신들이 성실하게 일을 처리하려기보다 우리가 자신들의 일을 모두 해결해 주기를 바라는 사람들도 있었다.

텍사스 아시안 상공 협의회
의장으로 재직했던 루시아와
남편 존(2004)

텍사스 아시안 상공협의회 갈라에서 바비와 루시아

"같은 한국 사람끼린데 이왕 도와주는 김에 당신들이 좀 알아서 그냥 처리해 주시죠."

없는 시간을 쪼개고 쪼개어 우리도 도와주려 하는데 우리를 마치 커미션(commission)이라도 받고 일하는 브로커(broker) 취급을 하는 한국인도 있었다. 대부분의 사람들은 우리의 도움을 고마워하면서 우리가 제안한 대로 성심성의껏 자료를 준비하여 왜 자신들의 회사가 다른 대기업보다 나은지 설명하는데 최선을 다했는데 일부 한국인들은 '한국 사람이면서 한국 사람들 안 도와주고 다른 나라 사람들 도와준다'며 우리 협회를 욕하곤 했다. 협회를 운영하는 동안 우리는 우리와 같은 핏줄

▲ 텍사스 아시안 재단에서 수여하는 장학금 수상자들과 함께(2007)
▼ 텍사스 아시안 재단을 대표하여 장학금을 수여하는 루시아(2013)

이기에 한국 사람들에게 더 애착을 가지고 도우려고 했는데 이러한 일부 사람들 때문에 상처를 받기도 했다. 또 일을 하면서 베트남, 일본, 중국, 인도 사람들을 경험하게 되고 나라마다 각각 국민성이 다르다는 것도 알게 되었다. 나라를 막론하고 게으르고 불성실하고 놀기 좋아하는 사람들은 어디에나 있었고 이런 사람들은 자기들이 노력하지 않은 것은 생각지 않고 잘못된 것을 협회 탓으로 돌리곤 했다.

이 협회를 설립하고 몇 년 후 내가 협회장으로 있을 당시 나는 텍사스 아시안 재단(Texas Asian Foundation)을 설립했다. 이 재단의 목적은 어려운 학생들에게 대학에 갈 수 있도록 장학금을 주는 것이었다. 아주 우수한 학생들만이 받을 수 있는 장학금으로 성적과 과외활동을 심사 기준으로 삼았다. 장학생 선발을 위해 신청서를 받아보면 한국 학생들은 성적은 우수한데 봉사활동이라고는 해 본 적이 없는 경우가 대부분이었다. 미국 사회에서는 성적은 물론이지만 사회활동을 얼마나 잘 하고 있는지 봉사활동은 얼마나 했는지가 '리더'의 자격 기준이 되기 때문에 장학생 선발에서도 봉사활동 점수를 참작한다. 1년에 네 명에게 장학금을 지불하는데 그 중 한국인이 선발되지 않으면 우리는 또 비난의 대상이 되고 말았다. 한국인들과는 자꾸 거리가 멀어질 일만 생겼다. 그들이 고운 시선으로 우리 부부를 보아주지 않는 한 그들과 거리감 없이 가까워지기는 어려울 것 같았다. 이 협회와 재단에서 총합 18년 동안을 일하고 봉사했다. 협회 일을 보는 동안 안 그래도 바쁜 우리는 더더욱 바빴고 힘들었지만 봉사의 결실이 있을 때 보람을 느끼고 기쁨을 느꼈다.

이러한 협회, 재단 활동을 하다 보니 자연스럽게 오스틴 시의 행정 담당자들과 가깝게 되었고 당시 오스틴 시장은 우리에게 한국의 도시와 자매결연을 맺고 싶은데 우리가 중간에서 돕는 역할을 해줄 것을 부탁했다. 그러나 이 무렵 우리는 우리의 사업과 이전에 언급된 협회와 재단 일로 너무 바쁜 탓에 쉽게 수락하기 어려웠으나 결국 돕기로 하고 일을 추진하게 되었다.

솔직히 마음 한 구석에는 시에 대한 이런 봉사가 나중에 바비에게 어

◀ 장학금 신청자들 중 최종선발 직전 후보로 올랐던 학생들과 함께(2007)
▶ 의장으로 재직 당시 텍사스 아시안 재단 프레지던트로 일했던 알렉스 곤잘레스와 함께(2009)

떤 이득을 줄 수 있지 않을까 하는 생각도 들었다. 자매도시로 광명시가 선정되었고 광명시와 오스틴시를 연결하는 많은 행사들이 벌어졌다. 오스틴 시장을 중심으로 한 오스틴 팀은 광명시의 기술, 예술, 교육, 비즈니스 분야에서의 교류를 원했고 광명시팀은 미국에 한국 문화를 소개할 팀과 교육자, 사업자들을 파견했다.

이러한 모든 것의 시초가 된 것은 삼성(Samsung USA)이라는 큰 한국의 대기업이 오스틴에 자리를 잡고 있다는 것도 한 몫을 했다. 협회에서는 한국 광명시와 오스틴시가 자매도시가 된 것을 계기로 오스틴 시와 함께 대대적인 행사를 가졌는데 오스틴 시장을 비롯해 주요 인사와 명사들이 다 초청된 중요한 자리였다.

이러한 많은 행사들에 참여할 기회가 주어진 나는 이러한 행사들을 이용하여 바비의 사회성도 키워주고 사회적 입지도 다지게 해주고 싶어 바비를 종종 행사에 초대하곤 했다. 어느 한 행사에서 나는 바비로 하여금 행사 직전 기도를 하게 했다. 많은 사람들 앞에 엄마가 호스트임을 보여주고 자부심을 가지게 해주고 싶었다. 또 자신도 그 많은 사람 앞에서 한 역할을 할 수 있는 사람이라는 자신감을 갖게 해주고 싶었다. 시를 잘 쓰기 때문에 바비에게 직접 기도문을 쓰게 했는데 기도 내용이 행사와는 성격이 맞지 않아서 다시 쓰라고 했다가 또 충돌이 빚어졌다.

"제발 날 어린애 취급 좀 하지 말아요."

"기도문이 그날 행사와 맞지 않는다고 가르쳐주는 것을 왜 어린애 취급이라 생각해?"

"난 엄마 간섭에 스트레스를 받아서 살맛이 안 난다고요."

"내가 안 가르쳐주면 누가 너한테 그런 걸 가르쳐 줘? 앞에서는 다들 박수치고 돌아서서는 욕할 걸."

바비와 함께

"엄마가 고치라는 대로 다 고치면 이게 엄마 기도지 내 기도야? 이럴
바에는 안 할래."

"바비, 이런 기회는 자주 오지 않아. 귀한 사람들이 모인 좋은 장소에
서 기도하는 것은 아주 중요하고 값진 일인데 왜 안하려고 하는 거야?
다른 사람 시킬까?"

설득 끝에 바비는 기도문을 몇 번이나 고쳐 써서 외웠고 행사장에서
그대로 기도를 올렸다. 가슴에 와 닿는 훌륭한 기도였다는 평이 쏟아지
자 바비도 나도 뿌듯했다. 얼굴이 상기될 정도로 기분이 좋은 바비를 보
자 사고 나기 전의 상냥하던 어린 시절이 그리웠다. 애교도 많고 립 서
비스도 잘하고 친절하던 아들이었다. 너무나 친구가 많아서 엄마와 놀
아줄 시간이 없을 정도로 인기가 많은 게 나는 불만이었던 적이 있었다.
다시 그런 바비로 돌아올 수 있을지 가슴이 아팠다.

"맘, 생일에는 무슨 선물을 해줄까?"

요즈음도 아주 기분이 좋을 때 바비는 가끔 애교를 부린다. 생일, 어
머니 날, 크리스마스에 무슨 선물을 원하느냐고 묻기도 한다.

"바비, 정말 엄마에게 선물하고 싶어?"

"맘이 원하는 선물해줄게."

"나에게 선물로 네 집을 청소하게 해주면 그게 나한테 제일 큰 선물
인데 어때?"

바비가 대학교를 졸업하고 오스틴으로 돌아왔을 때 바비는 독립하고
싶다고 말했다. 나는 그냥 데리고 있는 것이 치료에 도움이 될 것 같아
서 반대를 해보았다.

"지금은 우리와 사니까 이만큼 해줄 수 있지만 네가 집을 나가겠다면

차도, 집도, 용돈도 모두 없어지는데 괜찮아? 이 모든 건 다 우리 것이지 네 것이 아니야."

"그래도 성인이 됐으니까 부모에게서 독립해야 하는 거잖아. 아무 것도 안 줘도 나가야 한다고 생각해요."

이미 아이가 마음을 결정한 것 같아서 우리는 우리 집과 20분 거리에 있는 적당한 콘도를 마련해서 바비를 독립시켰다. 어쩌다 가보면 아무 것도 버리지 못하고 건드리지도 못하게 하여 집이 엉망이었다. 청소를 해주고 싶어도 마음대로 건드렸다가는 또 어떤 싸움이 일어날지 몰라 기분 좋을 때 허락을 받으려는 것이었다. 그렇게 허락하면 한 번씩 바비의 집을 청소할 수 있었다. 또 바비는 균형 잡는 운동이 더 필요한데 근력운동을 하려 들어서 마찰을 빚었다. 안 그래도 힘이 세서 나를 꽉 붙들면 나는 꼼짝달싹 할 수가 없었고 남들이 무거워서 절절 매는 것도 번쩍번쩍 들어올렸다. 존은 아들이 힘이 세어진 것도 대견하고 대학교를 졸업한 것도 기특하지만 혼자 독립해서 살아갈 수 있게 됐다는 사실이 믿어지지 않는다고 했다. 매달 우리는 정해 놓은 액수의 돈을 바비에게 보낸다. 그 돈 범위 안에서 생활비, 식비, 렌트비 쓰는 법을 가르쳐주자 바비는 어떻게든지 그 돈에 맞추어 생활을 해 나갔다. 따로 나가 살면서 자동차가 없어서 불편한 탓에 부쩍 운전을 하겠다고 억지를 부려 또 나와 대립한다.

"병원 드라이빙 테스트에도 합격했는데 왜 그걸 인정해주지 않는 거예요?"

중심 잡는 훈련과 운전하는 테스트까지 통과한 것을 들먹이며 바비는 고집을 부린다.

센 데이빗 재활센터에 드라이빙 프로그램은 텍사스에서 제일 유명한 프로그램이다.

특히 전쟁이나 군대에서 다친 경험이 있는 군인들도 이 프로그램에 많이 참여한다. 꼭 신체적인 환자만이 아니라 정신적으로 자동차에 대한 두려움을 가지고 운전을 하지 못하는 사람들도 많이 찾아온다. 프로그램을 진행하면서 환자의 문제점을 관찰, 파악하여 그 치료를 하고 치료 과정이 끝나면 운전을 해도 좋다는 증명서도 발급해준다. 모의 운전을 시키면서 환자가 무엇을 두려워하는지 알아내고 그 치료 결과에 따라 운전을 할 수도 있고 그렇지 않을 수도 있다. 바비는 그 테스트에서 합격했고 운전해도 좋다는 증명서를 발급 받았다. 그러나 나는 그것을 인정할 수가 없었다. 운전을 하다 사고가 났고 아직 판단력, 순발력, 반사 신경이 무딘 아이가 운전하다가 갑자기 다급한 순간이 닥치면 대처할 수가 없기 때문에 나는 반대였다. 이 문제는 끝이 나지 않는 싸움이 될 것이다.

바비가 대학교를 졸업할 즈음에 피터가 결혼할 여자를 데려왔다.

"여자 어디가 마음에 들어서 결혼할 생각을 했니?"

무던하고 유순해 보이는 금발의 아가씨였다.

"엄마와 닮은 구석이 많아요. 평생 무던하게 잘 살 것 같아요."

우리 부부는 다른 이유보다 평생 잘 살 것 같다는 말에 결혼을 승낙했다. 피터의 말대로 그 애들은 별 문제 없이 아이를 낳고 잘 살고 있다.

우리 친정아버지 최박사에게도 커다란 변화가 생겼다.

엄마가 돌아가신지 1년 만에 아버지가 자식들에게 재혼의 의사를 밝혔다. 나만 제외하고 우리 남매는 모두 아버지의 재혼을 반대했다.

"엄마 산소에 아직 풀도 나지 않았어요."

오빠를 위시해서 남동생, 여동생 모두 말도 안 되는 소리라고 아버지를 몰아세웠다. 그 중에서 나만 아버지의 재혼을 찬성했고 우리 형제들을 설득하기 바빴다.

"아버지께서 외롭게 사시기를 바라는 거야? 돌아가신 분은 돌아가신 분이지 일 년이든 한 달이든 무슨 상관있어? 우리들이 아버지를 모시고 함께 살아드리지도 못하면서 반대할 자격이 있어?"

재혼 상대는 엄마가 간이식수술을 위해 오마하 병원에 입원해 있을 때 LA에서 수술 받으러 와 있던 환자의 언니였다. 그곳에서 인사를 나누었던 여자가 엄마의 장례식에 오고 그때부터 아버지께 위로전화를 했던 모양이었다. 나는 외롭게 혼자 생활하는 아버지가 불쌍하고 안 되어 아버지의 재혼을 적극 도와주었다.

"누나, 미쳤어? 엄마를 생각해봐. 이럴 순 없어."

"언니, 지금 제정신이야? 어떻게 일 년도 안돼서 재혼을 할 수 있어? 난 용납할 수 없어."

"넌 오빠 말을 무시하고 뭐든 네 마음대로 하는 버릇이 여전하구나. 그렇지만 이 일만은 네 마음대로 할 수 없어."

차마 아버지한테 직접 쏟아 붓지 못하는 비난이 모두 나에게 쏟아졌다. 아버지 재혼을 찬성하는 내가 돌아가신 엄마한테 큰 죄를 짓고 있는 불효자식이 되어 버렸다. 아버지는 60세로 재혼을 강행했다. 아버지와 새엄마는 우리가 성장하고 살아온 렉싱턴에서 1년을 살고 LA로 이사를 갔다. 아버지가 코리아타운 한국 음식을 워낙 좋아해서 그곳으로 가고 싶어 하셨다. 그러나 이사 간 LA의 집은 코리아타운에서 너무 먼 곳이

아버지와 사 남매(칠순, 팔순 기념사진)

라 한국 음식점에도 자주 가지 못했다. 아버지와 우리 남매들의 관계는 새엄마라는 존재로 인해 멀어지기 시작했다. 새엄마 역시 자기와의 결혼을 극구반대한 우리 형제들에 대해 좋은 감정을 가질리 없을 터였다. 나는 그들 사이에 중간 연락책이 되어 형제들과 아버지의 소식을 전하는 역할을 담당하게 되었고 새엄마는 나에게만 직접 통화를 하는 사이가 되었다.

우리를 자주 못 보시게 되었지만 아버지는 언제나 우리 남매들이 각자 자신의 분야에서 성공하여 인정받고 있다는 것에 흐뭇해하시고 자랑스러워 하셨다. 오빠 프란시스코(Francisco Choi, 한국이름 최태근)는 어려서부터 건축에 관심이 많았고 이 분야에서 많은 상을 받으며 세계적으로 인정받는 건축가가 되었다. 세계적으로 인정받는 거장 페이(I. M. Pei)와 몇 년 동안 그의 오른팔이 되어 함께 일했고 세계 곳곳의 스카이라인을 변화시켜온 그리고 한국 송도개발을 위한 마스터 플랜을 짰던 팍스(Kohn Pedersen Fox)와도 함께 일했다.

남동생 어거스틴(Augustine Choi, 한국이름 최명근)은 아버지의 뒤를 이어 듀크(Duke), 존스 홉킨스(Johns Hopkins), 예일(Yale)을 거쳐 하버드(Harvard) 의대 학장으로 일했다. 그는 의사로, 교수로, 학자로 세계의 주목을 받는 하버드 의대 교수가 된 것이다. 아버지는 심장 전문의였지만 동생은 호흡기 계통에서 세계에서 손꼽히는 전문의가 되었다. 체내에서 발생된 일산화탄소의 세포와 조직보호기능을 세계 최초로 규명하여 저농도 일산화탄소 호흡을 통한 새로운 난치병 치료법을 개발해냈다. 한국에서도 삼성에서 세계 최고 권위자들에게 수여하는 호암상을 수상했다. 현재 그는 코넬(Cornell) 대학에서 회장(chairman)으로 재직

중인데, 첫 동양인 회장이며 또 가장 젊은 나이에 회장이 되는 영예를 안았다.

앞서 소개한 막내 동생 애나(한국이름 최지희)는 유럽에서 연주자로, 음악평론가로 남 못지않은 명성을 떨쳤다. 아버지는 언제나 자식 자랑으로 흐뭇해 하셨으며 이민 오기를 잘했다고 자신이 그토록 고생한 보람이 있다고 만족해 하셨다.

그런데 아이러니하게 아시아 최초의 심장수술 전문의였던 아버지는 심장병으로 고생을 하셨다. 엄마가 아프기 전인데 아버지가 존스 홉킨스 대학 병원에서 심장수술을 받게 되었다. 아버지를 수술한 집도 외과팀은 수술대에 누워 마취로 정신이 혼미해진 환자(아버지)로부터 집도 지시를 받으며 수술했다는 뒷이야기도 있다. 그토록 강인한 최씨의 근성이 자식들을 성공으로 이끌었고 자신도 미국 땅에서 실력 있는 의사로 살아남았지만 사랑하는 엄마를 살리지는 못했다. 아버지는 두 번에 걸친 심장수술 말고도 직장암수술, 대동맥판막수술 등 많은 병으로 고생하셨는데 나는 이민 와서 아버지가 정말 허리가 휘도록 고생하며 일한 탓에 몸을 돌보지 않았기 때문이라고 생각한다.

나는 이국 땅 미국으로 이민 와서 혼자 그 무거운 짐을 지고 모진 세월을 살아온 아버지를 생각할 때마다 가슴이 시리고 아프다. 그래서 아버지가 더 이상 외롭게 살기를 바라지 않았고 아버지가 원하는 것이면 무슨 일이든 다 들어드리고 싶었다. 아버지가 새엄마하고 살면서 행복한지 그렇지 않은지 한 번도 물어본 적은 없었다. 행복하다면 다행이지만 불행하다 해도 돌이킬 수 없는 일이기 때문에 물을 필요가 없는 일이었다. 결혼은 하나의 약속이다. 아버지는 평생 약속을 잘 지켜온 사람이니 변함없이 약속을 잘 지킬 사람이었다. 우리 엄마와의 결혼에서도 성실히 자신이 한 약속을 지키셨으니 새엄마와의 약속도 성실히 지키실 분이다. 나는 불평을 내색하지도 않고 말하지 않는 아버지가 언제나 존경스러웠다. 요즈음은 뭔가 맞지 않으면 노력하여 문제를 해결해 보려하기보다 먼저 이혼부터 생각한다. 결혼이라는 약속을 너무 가볍게 생각하니 약속을 깨는 일도 쉽다. 나는 존과 살면서 단 한 번도 이혼을 생각해 본 적이 없다. 우리도 다른 두 사람이 만났기에 서로 의견 충돌도 있었고 서로를 실망시키기도 했지만 그렇지 않은 부부가 이 세상에 어디 있겠는가. 우리는 사랑으로 만나 결혼에 이르렀지만 사랑이 존경과 깊은 애정으로 발전하고 서로에 대한 믿음과 신뢰를 낳았다. 이러한 존경과 신뢰가 내 아이들과 남편을 지키는 힘이 되어 주었다. 갈등과 실망이 있을 때 그 저변에 사랑과 신뢰가 있으면 갈등은 해결이 될 수 있고 실망은 덮어질 수 있다고 믿는다. 어려운 인생의 고비를 함께 넘긴 부부만이 진정한 사랑과 믿음을 말할 자격이 있다고 나는 생각한다.

아이들이 집을 떠나 처음으로 둘 만이 남겨진 우리 부부는 결혼 후에도 가져보지 못한 신혼 아닌 신혼처럼 살아간다. 은퇴해서 일이 많지 않은 남편은 일하고 돌아오는 나를 위해 멋진 저녁 식탁을 차려준다. 내가 좋아하는 와인을 준비하고 맛있는 치즈를 유리 접시에 담고 은촛대에 초를 켜고 지쳐 들어서는 나를 기다려주는 남편. 나는 그런 남편을 보며 하루의 피로를 푼다. 그리고 새로운 힘을 얻는다.

존이 어느 날 내 친구에게 말했다.

"바비가 교통사고로 혼수상태에 빠졌을 때 나는 신이 원망스러웠어요. '겨우 악몽이 희미해져가는 나에게 또 이런 시련을 주시다니요.' 하고 주저앉을 뻔 했지요. 눈앞이 캄캄해지더군요. 저 사람이 없었으면 나는 바비를 일으켜 세울 수 없었어요. 두 번 감당할 기력이 없었거든요."

그가 한 번도 나에게 하지 않았던 말을 내 친구에게 고백했을 때 나는 가슴이 뭉클했다.

"고생이라곤 안 해 보고 산 사람이 거기다 저렇게 연약한 몸 어디에서 그런 힘이 나오고 용기가 나오는지 나는 알 수가 없을 때가 많아요. 요즘세상은 큰 어려움은 고사하고 가벼운 고통도 피하려고 이혼도 마다 않는 시대인데 그런 사람들 눈으로 보면 저 사람은 아주 큰 바보이지요. 누구나 피하고 싶어 할 고통의 길을 스스로 택한 사람이니까요."

그날 나는 그가 말로 내색하지는 않지만 내 마음을 다 알고 있다는 믿음을 다시 한 번 확인하게 되었다. 그가 나를 믿고 의지하고 있다는 사실은 나에게 힘을 주고 내가 무엇이든 다 할 수 있다는 자신감을 북돋아 준다. 나는 정말 존을 쉬게 해주고 싶어 쉬게 해주려 애쓰고 노력하는데 존도 쉴 복을 타고 나지 않은 사람인가 보다. 일을 줄이고 쉬어보려 해도 이 사람 저 사람 찾아와 부동산에 대해 배우고 싶다는 등 이민 생활에 대해 조언을 해달라는 등 하며 시간을 빼앗는다. 존은 그런 사람들이 약속도 없이 덜컥 찾아오면 매번 거절하지 못하고 힘이 닿는 대로 성의껏 그들을 도와주느라 일찍 퇴근하지 못하는 날이 많았다. 그때 나는 남편 존이 제일 야속했다.

"이제는 다른 사람들한테 맡기고 나가서 골프를 좀 즐기세요."

존은 젊어서부터 골프를 참 좋아했는데 늘 일 때문에 바빠서 골프를 칠 시간이 없었다. 또 바비의 사고 때문에도 골프를 칠 짬이 없었다. 나는 그것이 안쓰러워서 시간만 있으면 나가서 골프 치기를 권했다. 나에게 그는 원하는 것을 하며 쉽게 해주고 싶은데 별반 고마움도 모르는 사람들이 그의 착한 심성을 이용하여 그의 시간을 뺏고 그를 잡고 있으면 화가 났다. 또 어지럼병이 도져서 자리에 눕지나 않을까도 염려되었다. 나는 내 친구들에게도 우리 아이들에게도 과거에 존이 고생한 이야기를 숨기려 하지 않았다. 그것은 부끄러운 일이 아니라 성실하게 잘 살아온 사람만이 당당하게 말할 수 있는 자랑거리라고 생각했다. 그러나 존은 내 생각과 달리 지난 고생스러웠던 과거에 대해 별로 말하고 싶어 하지 않았다.

"아이들도 아버지가 어떻게 살아왔는지 알아야 할 권리가 있어요. 하루아침에 거저 잘 살 수 있는 것이 아니라 노력해야만 이렇게 살 수 있다는 걸 가르쳐줘야 한다고요."

그래도 그는 아이들에게 그런 말을 하지 않았다. 하는 수 없이 내가 아이들에게 아버지 이야기를 해주기로 했다. 그래서 아이들을 키울 때 두 아들에게 아버지가 미국에 와서 얼마나 고생하며 공부를 했는지, 수잔이 아플 때 어떻게 아이들을 돌보았는지, 지금 이 위치에 오기까지 얼마나 열심히 일했는지 기회가 있을 때마다 이야기를 들려주었다. 생모인 수잔에 대해서도 나는 내가 알고 있는 것을 아이들에게 들려주었다. 사진 한 장도 없이 모든 흔적을 다 지워버린 존에게 묻고 물어서 알고 있는 것이 전부였지만 아는 대로 아이들에게 알려주었다.

"너희들은 엄마에 대한 기억이 하나도 안 나?"

아이들이 기억하는 엄마의 모습은 머리를 지지하는 받침대가 있는 높은 휠체어를 타고 있었다는 것이 전부였다. 자신들의 생모보다는 신시내티에서 돌봐주었던 큰엄마를 더 가깝게 생각하는 듯했고 그녀와 보낸 시간들을 더 그리워했다. 나는 존과 수잔의 이야기를 애들이 잊지 않도록 잊을 만하면 읊어 주었다. 아이들이 귀담아 듣지 않는 것 같으면 얼마쯤 세월이 지난 후에 자연스럽게 또 존의 이야기를 꺼내곤 했다. 피터와 바비한테 '너희들은 얼마만큼 성공할 것 같니?' 하고 물은 적이 있었다. 그때 피터는 '글쎄' 라고 고개를 갸웃거렸는데 바비의 대답은 달랐다.

"아버지는 아무 것도 없이 이만큼 성공했는데 나는 벌써 많은 것을 가졌으니까 아버지보다는 훨씬 성공하겠지?"

그리도 자신만만하던 바비였는데 만약 사고를 당하지 않았더라면 정말 존보다 더 성공할 수 있었을까? 돌이킬 수 없는 일인 줄 알면서도 가끔 한 번씩 나는 우리에게 그런 일이 없었더라면 존이 훨씬 더 행복했을 텐데 하는 헛된 망상을 해본다. 존의 힘겨운 인생살이, 유학시절의 고생과 어려움, 수잔의 사고로 인한 불행과 좌절, 그리고 또 이어서 당한 바비의 사고 모두가 존만의 아픔이 아니라 나의 아픔이 되었다. 차라리 나의 아픔만으로만 존재하면 좋겠다. 돈으로든 뭐로든 지워 없앨 수 있는 일이라면 어떤 대가를 치루더라도 나는 그의 지난 아픈 기억들을 깨끗이 지워주고 싶다. 내가 그의 아내가 되고 그의 아들들의 엄마가 되기로 결정했을 때 나는 그의 모든 고통을 대신 짊어지겠노라 마음먹었다. 그것은 그와의 약속이 아니라 나 자신과의 약속이었다. 나는 그 약속을 지키기 위해 최선을 다해 온 것이다.

Perfect love

빗나간 화살

대학교 졸업과 함께 우리로부터 독립한 바비는 혼자만의 삶을 꿈꾸며 가슴 설레 하는 것 같았다. 우선은 내 소소한 간섭에서 벗어날 수 있고 혼자 생활하니 일일이 본인의 외출을 나에게 허락받지 않아도 된다는 것에 들떠 있었다. 집을 떠나 이사를 나간 첫 날부터 나는 전화를 걸어 주의사항을 늘어놓았다. 한참을 잠잠히 듣고 있다가 전화를 끊을 때 바비가 말했다.

"맘, 이제 나한테 자주 전화하지 마. 내가 알아서 할 테니까. 나 이제 어린애 아니야."

화도 내지 않고 어눌하지도 않은 또렷한 말투로 그 말을 했는데 처음으로 바비가 낯설게 느껴졌다.

나는 바비의 직장을 알아보느라 여러 군데 서류를 넣고 전화를 걸었다. 겨우 크리스천 계통의 청소년 상담소에서 바비를 상담사로 채용하겠다는 허락을 받았다. 출근한 지 일주일 만에 상담소에서 나에게 전화를 걸어 싸늘한 한마디를 내뱉었다.

"와서 당신 아들 데려 가시오."

소년소녀들을 상담하던 바비가 그 아이들에게 고함을 치며 성질을 부리자 아이들은 자기 부모에게 '이상한 상담 선생'이라고 일렀고 부모들은 상담소에 항의를 해왔다는 것이다.

"뇌를 다친 미친 녀석한테 우리 아이의 상담을 맡겼단 말이에요?"

실제로 상담사 자격증이 있는 지까지 의심하더라고 했다. 그래서 그 직장은 일주일 만에 끝이 났다. 바비에게 왜 화를 냈느냐고 묻자 아이가 질이 나빠서 야단을 쳤다고 대답했다. 거짓말을 할 바비가 아니었다. 아마도 아이의 고민을 들어보니 아이가 이미 나쁜 길로 가고 있었고 바로 잡아주려고 한다는 것이 성질을 못 이겨 고함을 치고 만 것 같았다.

또 어느 다른 기관에 상담사로 취직을 시켰다.

돈을 벌게 하려는 것이 아니라 일하는 즐거움을 알게 해주고 자기가 이 사회에서 필요한 존재임을 인식시켜 주고 싶어서였다. 그곳에서 일주일을 넘기고 이 주일이 되도록 별 불평이 없어서 안심하고 나는 컨벤션이 열리는 내쉬빌(Nashville)로 떠났다. 컨벤션 사흘 째 날 바비의 직장에서 전화가 걸려왔다. 내가 '헬로우' 하고 전화를 받는 순간 상대의 흥분한 고함소리가 터져 나왔다.

"지금 당장 아들을 데려가요."

"무슨 일이신지?"

"무슨 일인지는 와서 들으면 알 것 아니오. 어서 데려 가요."

"제가 지금 오스틴에 있지 않고 사업 때문에 내쉬빌에 와 있어서 당장 가긴 어려운데요. 내일 제가 찾아뵙겠습니다."

"당장이라는 말 못 알아들어요? 문제 일으킨 상대에게 사과시키고 수습하시란 말이오. 안 그러면 고소를 한다고 하니 더 큰 일 벌어지기 전에 수습하는 것이 좋을 거요."

3주를 잘 견딘다 했더니 결국 문제가 터지고 말았다. 결국 하루 남은 컨벤션을 직원에게 맡기고 오스틴으로 돌아와 바비의 직장을 찾아갔다. 고소를 하게 되면 그땐 문제가 더 커지고 바비가 곤경에 처해질 수도 있는 일이었다. 상담을 받던 상대는 그 회사 여직원이었다. 자초지종 이야기를 들으니 충분히 여직원이 화가 날만한 일이었다. 상담을 한다며 방문을 닫을 때부터 여자는 바비를 이상하게 여겼다고 했다. 원래 바비는 집에 있을 때도 자기 방에 들어가면 꼭 방문을 닫는 버릇이 있어서 무심코 한 행동이었는데 여직원은 그것부터 문제 삼기 시작했다. 다른 흑심이 있어서 문을 닫은 게 아니냐는 식이었다.

"그건 바비를 잘 몰라서 오해를 한 것 같군요. 제 아들은 착한 아입니다. 교통사고로 뇌 손상을 입어 몸이 좀 불편하고 말이 느리긴 하지만 아기처럼 순수해서 나쁜 생각은 하지 않습니다."

"그럼 뇌손상 환자란 말인가요? 그런 환자에게 상담을 받으라 한 거였어요?"

"이제 다 나았어요. 그리고 대학교에서 '가족상담'을 전공해서 자격증도 있습니다. 사람을 그렇게 코너로 몰지 마세요."

"댁의 아들이 무슨 짓을 했는지 아세요?"

여직원은 같은 회사에 다니는 남편과의 문제로 상담을 청했다고 했다. 부부간의 문제를 꼬치꼬치 물어서 할 수 없이 대답을 했는데 점점 남에게 말하기 곤란한 문제까지 캐묻더라는 것이었다. '내가 당신 심정 이해한다. 그러니 숨김없이 다 말해라.' 하며 어깨에 손을 얹었다고 한다. 여직원은 바비의 눈빛이 이상해서 방문을 열고 뛰쳐나왔다고 했다. 상담을 핑계로 다른 마음을 품고 못된 짓을 하려 했다는 주장이었다. 나는 뭐라 설명할 말을 찾지 못했다. 쉽게 풀어질 오해가 아닌 것 같았다. 얼마만큼 사회에서 용납되고 어느 순간에서 멈추어야 하는지 사회 통념과 관습을 모르는 바비가 당연히 저지를 수 있는 실수였는데 상대는 다른 나쁜 뜻을 가지고 한 행위로 받아들이고 있었다.

"우리 아들에 대해서 잘 모르셔서 오해가 생긴 것입니다. 제 말을 믿어 주세요. 바비는 얼마 전 대학교를 졸업했습니다만 오랜 동안 혼수상태에서 있었기 때문에 사회에 대한 이해가 조금 부족합니다. 사회생활을 처음부터 다시 배운 아기 같은 청년입니다. 못된 마음으로 그렇게 한 것이 절대 아님을 알아주십시오. 아무튼 아직 사회를 잘 모르는 아들을 직장에 보낸 것이 제 잘못이니 한 번만 이해해 주시기 바랍니다. 미안합니다."

"아픈 사람은 병원으로 가야지, 왜 직장엘 보냅니까?"

나는 젊은 여직원에게 머리 숙여 사과하고 바비를 데리고 나왔다. 돌아서는 우리 등 뒤에 대고 다시 한 마디 던지는 여직원이 괘씸했지만 나는 빨리 그곳을 벗어났다. 바비가 자기는 잘못한 게 없다고 투덜거리며 나를 따라 나왔다.

"엄마가 말했지. 어느 시점에서는 멈출 줄 알아야 한다고. 네가 지나쳤기 때문에 이런 일이 생긴 거야."

"맘은 가족 상담에 대해 잘 몰라서 그런 소리를 하는 거야. 솔직하게 말해 주지 않으면 상담을 할 수 없는 거라고."

그런 모욕적인 말을 들었는데도 바비는 실망하거나 좌절하지 않고 상담이 무엇인지 모르는 인간들이라고 되레 큰소리치고 있었다. 나는 아직 이 사회가 바비처럼 어려움을 겪고 다시 서려는 사람들을 받아들이지 못하는구나 하는 생각에 씁쓸해졌다. 이렇듯 망신에 가까울 정도로 푸대접을 받은 것을 알면 존이 속상할까봐 그에게는 자세한 사정도 말하지 못하고 나는 혼자 속을 앓았다.

그 후 직장이나 직업이 아닌 봉사활동의 일환으로 상담을 맡게 했으나 역시 바비는 상담사로서 부적격자인 듯싶었다. 남의 고민을 들어주는 상담사의 기본도 바비는 가지고 있지 못했다. 상담자의 말을 신중하게 들으며 문제를 파악하고 해결책을 주어야 하는 것이 상담사의 기본인데 흥분하여 소리를 지르거나 상담자에게 심한 말을 해서 오히려 상처를 주기 일쑤였다. 상담사가 할 행동이 결코 아니었다. 냉정하게 생각해 보면 바비가 아직 판단력이 흐리다고 내 입으로 늘 말하면서 남의 고민을 상담해주라고 했던 것이 말도 안 되는 것인지 몰랐다. 대학교에서 '가족 상담'을 공부했다지만 그것은 이론만을 배웠을 뿐 실제 세상을 제대로 모르는 바비가 이론을 실제에 적용시키는 것이 불가능한 것 같았다. 아이에게 상담사로서의 삶을 살게 하겠다는 내 욕심은 이쯤에서 접어야 한다는 판단이 섰다.

그러나 엄마의 욕심은 끝이 없는가보다. 바비의 언어와 행동이 조금 더 자연스러워졌다고 판단되자 상담사가 아닌 다른 사무적인 일을 하게 하면 어떨까 생각했다. 바비도 몇 차례 사회 경험을 하고나서 좀 달라진 것 같았다. 그때 마침 텍사스 주 정부 청사 사무실에서 서류를 분류하는 직원을 찾는다는 정보를 입수했다. 미국의 관공서에서는 반드시 몇 명의 장애인을 고용하여야 하는 법 규정이 있기에 그것에 희망을 걸었다. 내가 바비에게 채용 서류를 제출하자고 하자 '내가 그런 일이나 할 사람이야?' 하며 자존심 상해했지만 나는 바비를 달랬다.

"네가 아직 사회 경험이 필요하니까 이런 일 저런 일을 해보는 게 좋아. 더더구나 주 정부 청사에서 근무하면 앞으로 네가 다른 원하는 사회 생활 하는 데도 좋은 경력이 될 거야."

채용이 결정되자 나는 지난 실수를 되풀이 하지 않도록 바비에게 여러 번 주의를 주었다.

"여자 직원들에게 꽃을 주어서도 안 되고 시를 써줘도 안 돼. 이번에는 정부 청사 근무기 때문에 특히 조심하고 더 바르게 행동해야만 해."

매일 아침마다 출근할 때 또 한 번씩 일러 보냈다. 바비는 걱정 말라고 큰 소리 치며 출근했다. 바비가 1년 반 동안 큰 말썽 없이 근무하자 우리 부부는 '이제 적응을 좀 하는가보다.' 하며 안도의 한숨을 쉬었다. 그러던 어느 날 직장 상사로부터 급한 연락이 왔다. 바비가 마리화나를 피워서 사무실이 발칵 뒤집혔다는 것이었다. 후에 알게 된 것이지만, 같은 사무실에서 일하는 멕시코인 몇몇이 바비를 싫어하고 질투하여 바비의 주머니에 슬쩍 마리화나가 담긴 봉지를 집어넣고 자신들의 상관에 고자질을 한 것이었다. 나는 바비가 조사받고 있는 곳으로 허겁지겁 달려갔다. 제일 먼저 바비와 잠시 둘이 이야기하게 해달라고 양해를 구했다. 둘이 있는 가운데 바비에게 그것이 사실이냐고 물었다.

"아니. 난 그런 거 한 적 없어. 정말이야."

바비는 강력하게 부인했다. 나는 바비를 너무나 잘 안다. 코마에서 깨어난 이후 바비는 거짓말을 한 적이 없었다. 어떻게 된 일인지 자초지종을 말하라고 했다.

"담배를 피우러 흡연실에 갔다 온 일밖에 없어."

"거기서 누구를 만났니? 누구랑 담배를 피웠어?"

바비는 흡연구역으로 담배를 피우러 나갔는데 한 사무실에서 근무하는 멕시코인이 라이터를 빌려 달래서 불을 붙여주었을 뿐이라고 말했다. 친한 사이냐고 물었더니 친하고 싶지 않은 상대라며 바비는 그를 무시해 버렸다. 그쪽에서도 자기를 별로 좋아하지 않을 거라고 대답했다.

나는 그 말을 듣는 순간 사태가 짐작되었다. 담배를 피우고 들어오자 멕시코인들은 자기들 상관인 사무실 책임자에게 '바비가 마리화나를 피웠다' 고 고자질하고 상관은 주 정부 청사에서 벌어진 마약 사건은 중대사이므로 보안관을 불렀다. 보안관은 바비의 몸을 수색하고 소지품을 검사했는데 바비의 재킷 주머니에서 작은 비닐 팩에 든 마리화나가 나왔다. 바비는 모르는 일이라고 주장했지만 아무도 바비의 말을 믿어주지 않았다. 주머니에서 증거물인 마리화나가 나왔으니 극구 변명해도 소용없는 일이었다. 꼼짝없이 뒤집어쓰게 된 것이다.

나는 바비가 너무 많은 사람들을 자신의 적으로 만든다는 사실을 이미 알고 있었다. 대학교에서 상담을 전공했고 자격증도 있으며 재력 있는 부모님 때문에 부족한 것 없이 살고 있는 자기 자신을 늘 다른 사람보다 우월하다고 생각하며 우쭐대곤 했다. 바비는 '나는 많이 배웠고 잘났고 너희들과는 질적으로 달라' 하는 마음으로 한 직장 사람들을 대했다. 그러니 가난해도 열심히 살려는 다른 사람들 눈에는 얼마나 바비가 꼴불견이었겠는가. 아무리 그렇다 해도 선량한 바비를 상습 마리화나 흡연자로 몰아넣다니 정말 억울한 일이었다. 방법을 강구하지 못한 채 바비를 데리고 집으로 왔지만 보통 일이 아니었다. 마약 사건에 연루

되었으니 사실이 아님을 증명하지 못하면 바비의 기록에 남고 바비의 일생에 족쇄가 될 수 있는 일이었다. 그것도 다른 곳이 아닌 주 정부 청사에서 일어난 일이어서 죄는 몇 배 더 무거웠다. 청사에서 범죄 행위가 이루어지면 다른 장소에서와 똑같은 행위를 했어도 그 벌은 두 배, 세 배 가중되었다. 며칠 뒤, 3주 후에 법정에 출두하라는 소환장이 도착했다. 피의자 본인 외에 단 한 명과 함께 올 수 있다고 명시되어 있었다.

"변호사가 당연히 같이 가야겠지? 한 명만 갈 수 있는데 변호사가 가면 내가 갈 수 없으니 어쩌면 좋지?"

존에게도 의논하고 친한 친구들에게도 의논을 해 보았다. 그런데 모두들 법적으로 대응할 변호사보다는 아들을 사랑하는 엄마의 진심을 이용해 동정심에 호소하는 게 더 좋겠다는 의견을 내놓았다. 그 사무실의 멕시코인이 자기가 한 짓이라고 실토하기 전에는 절대로 마리화나가 바비 것이 아님을 증명할 방법은 없다는 것이었다. 그렇다면 법정에서 바비의 사고 이후 피눈물 나는 치료 과정과 취업하게 된 경위를 상세히 설명하며 인간적으로 호소를 하는 것이 바비에게 더 도움이 될 것이라는 말이었다.

내 생각도 그들과 같았다. 나는 바비의 사고 기록부터 병원 입원 기록, 치료 기록, 장애 우대를 받았던 학교 기록 등 서류를 꼼꼼히 준비하고 바비가 어떻게 해서 코마에서 깨어나 여기까지 왔는지, 그 애 심성은 어떤지 상세한 보고서를 만들었다. 그리고 법적 근거를 찾기 위해 3주 동안 열심히 법조문을 공부하며 법적 대응도 준비했다.

법정에 출두하던 날, 아침 9시에 법정으로 들어섰다. 네 명의 주(州) 판사가 바비와 나를 마주했다. 보안관(Court sheriff)은 다른 좌석에 앉아 우리를 지켜보았다. 그들이 나에게 변론을 허용하자 나는 먼저 마약을 한 바비의 소변검사, 피검사를 왜 하지 않았느냐고 따져 물었지만 그들은 마약을 소지하고 있는 것만으로도 죄가 된다며 내게 대응했다. 나는 준비해 간대로 바비의 그간 경위를 모두 설명하며 바비가 장애가 있다 보니 사회를 제대로 몰라 남들의 기분을 상하게 하는 일이 많고 따라서 적이 많다고 하며 그러나 실상 바비는 이 사회가 버린 아이라고 호소했다.

"죽음의 고비를 넘긴 우리 아들이 사회에서 매장당하지 않도록 도와주실 것을 간곡히 부탁드립니다."

네 명의 판사가 각각 바비의 향후에 대한 결정을 내렸다. 실망스럽게도 처벌하자는 판사가 두 명, 한 번 기회를 주자는 판사가 두 명으로 의견이 나뉘었다. 하는 수 없이 연방 판사의 판결을 받아야 하는 상황이 벌어졌다. 그런데 연방 판사의 판결을 받을 때까지 바비는 구치소에서 대기해야 한다고 했다. 판사들은 퇴정하고 보안관이 바비를 데려가기 위해 일어섰다. 바비가 구치소에 가야한다니 갑자기 눈앞이 캄캄해지고 아무 생각도 떠오르지 않았다. 그저 바비를 그런 곳엔 보낼 수는 없다는 생각뿐이었다. 나는 나도 모르게 그 보안관 앞에 쓰러져 바지를 잡고 엉엉 목 놓아 울며 매달렸다. 이제 마지막으로 그에게 매달리는 것밖에 달리 방법이 없는 것 같았다.

"차라리 날 데려 가세요. 당신도 자식이 있을 게 아닙니까? 겨우겨우 목숨을 건져 살려낸 아이를 당신 같으면 그런 곳에 보낼 수 있습니까? 당신 자식이라고 한 번 생각해 보세요. 얼마나 불쌍합니까? 한 번만 도와주세요. 부탁입니다."

나는 눈물을 펑펑 쏟으며 땅바닥에 주저앉아 그를 붙들고 울었다. 보안관이 나를 한참 내려다보더니 나를 일으켜 앉혔다.

"알겠으니 일어나세요. 나한테도 열아홉 살 난 아들이 있습니다. 내가 이 직책을 맡은 지 30년이 되었지만 이런 일은 처음입니다."

내가 너무 섧게 울어대며 사정을 하자 그의 눈에도 눈물이 고였다. 나는 염치불구하고 그에게 도움을 요청했다.

"이 아이가 범죄자로 살지 않도록 이번 기록을 삭제해 주시면 안 될까요? 억울한 누명을 쓴 것이 분명합니다. 제발 몸 불편한 이 아이가 사회생활을 해나가는 데 지장 없도록 도와주세요."

그는 나를 의자에 앉혀 놓고 좀 기다리라고 하더니 어딘가를 다녀왔다. 한참 만에 돌아온 보안관은 바비 처벌을 원했던 두 명의 주 정부 판사를 만나서 그들을 설득하여 '석방' 판결을 받아 왔다며 보여주었다.

"대신 다시는 주 정부의 어느 곳에서도 절대 일할 수 없다는 조건입니다."

"알겠습니다. 절대로 당신의 이 고마움을 잊지 않겠습니다. 진심으로 감사합니다."

나는 그의 두 손을 잡은 채 너무 감격스럽고 고마워서 말도 하지 못하고 그저 여러 차례 고개를 숙여 감사함을 표했다.

이 일이 있고 나서 나는 바비에게 직장을 갖고 일하도록 하겠다는 생각을 포기했다. 바비가 마약 중독자라는 누명을 쓰고 감옥에 갈 수 있었다는 사실이 나의 마음을 돌려놓은 것이다. 장애자 아들로 하여금 남들처럼 사회생활을 하며 살게 해주고 싶었는데 잘못하면 아이로부터 기본 생활도 제대로 못하게 할 수 있다는 사실을 현실로 받아들여야 한다고 생각했다.

나는 바비가 여러 방면에서 사회생활에 적응하기 어려움을 확인했다. 다른 사람들과 원만한 의사소통이 잘 이루어지지 않고 원만한 대인관계를 유지하지 못하니 바비는 그 소외감을 떨치기 위해서라도 점점 더 잘난 척을 하고 주변 사람들은 이러한 바비를 더 멀리하고 싫어하는 악순환이 계속되고 있었다. 바비는 2, 3년 쉬었다가 신학대학원 석사 과정을 시작했다.

내가 바비의 문제로 밤잠을 못자면서 애를 태우던 어느 날, 피터가 자기 가족들을 데리고 오스틴에 다니러 왔다가 조용한 틈을 타서 나에게 부탁했다.

"맘, 이제 우리 가족에게도 신경을 좀 써 주세요. 바비가 사고 나면서부터 오로지 그 애한테만 온갖 정성 다 쏟고 저는 뒷전이었어요. 나는 우리 아이에게 엄마가 우리를 어떻게 교육시키고 어떻게 키웠는지 말해 줬어요. 호되게 야단맞고 독하게 공부시키고 철저하게 교육 받았지만 그것이 다 사랑이었다고요. 지금 엄마 심정을 제일 잘 아는 사람은 나예요. 얼마나 우리를 진심으로 대해 주었는지 아이들을 키워보니까

272 *Perfect Love*

알겠어요. 바비에게 그만하세요."

"뭘 그만하라는 거니?"

"시간 투자, 돈 투자, 간섭, 치료 강요, 직장 알선, 과잉보호……. 뭐든 이제 그만하시라고요. 우리 식구들도, 아버지도 엄마의 가족이잖아요. 손자 재롱도 보시고 아버지와 한가로운 시간도 가지면서 여유 있게 사세요. 두 분 다 휴식이 필요해요."

"네가 보기에도 내가 바비를 아기 취급하는 것 같아?"

"지나칠 정도지요. 걘 장애자가 아니에요. 엄마가 뭐든 다 해주기 때문에 바비 입장에서는 장애자가 된 기분일 거라고요."

나는 피터의 말을 들으며 바비의 불평이 괜한 불평이 아니었구나 하고 느꼈다. 바비에게도 여자 친구가 생겼는데 피터는 도무지 마음에 들지 않는 여자라고 했다. 둘 사이는 가까워지기는커녕 점점 더 멀어져 갔다.

"네가 만약 여자 친구를 가족 모임에 데리고 온다면 나는 그 모임에 가지 않을 테니 그리 알아."

"그래? 여자 친구를 못 오게 하면 나도 가족 모임에 안 가."

형의 말에 바비는 화를 내며 등을 돌렸다. 형제가 이렇게 언쟁하는 모습이 나에게는 속상하고 가슴 아픈 일이었다. 나는 어릴 때부터 두 형제가 우애 깊게 서로 도와가면서 살아주기를 간절히 바랐다.

두 사람의 관계가 소원해지는 것 같아 두 사람의 관계를 회복시켜주고 싶어 한참 전에 떠났던 여행이 갑자기 생각났다. 바비가 코마에서 깨어나 어느 정도 걷게 되었을 때였다.

"바비도 어지간하니까 우리 넷이 가족여행을 떠나요. 피터와 바비가 다시 가까워질 기회도 될 거고 우리도 그동안 여행 갈 여유가 없었잖아요."

존은 '당신이 원한다면 나도 좋아.'라고 했고 피터는 '별로 좋은 아이디어가 아닌 것 같은데······.' 하면서도 모처럼의 가족여행이 싫지는 않은 듯 내 제안을 받아들였다. 바비가 병원에서 나온 지 5년 만이었다. 모두들 조금씩은 들떠 있었다.

우리의 여행지는 멕시코 캔쿤(Cancun)이었다.

그곳은 우리가 가 본 여행지 중에서 최고의 휴양지였다. 캐리비안(Carribean) 해의 바다 색깔이 보석 비취처럼 빛나는 아름다운 지상의 낙원이었다. 우리는 해양 스포츠를 비롯해 모든 여가를 한꺼번에 누릴 수 있는 리조트를 예약했다. 일주일 예정이었다.

한껏 들떠서 출발한 우리 가족은 공항에서 비행기를 타기 위해 탑승 수속을 밟으면서부터 뭔가 불길한 예감에 휩싸였다. 역시 바비가 문제였다. 바비는 십자 로고가 박힌 휴대용 스위스 빅토리녹스(일명 스위스 아미) 칼을 좋아했는데 그날도 그 칼을 챙겼다.

"칼은 부치는 짐 속에 넣어야 해. 칼을 휴대하고는 비행기에 탈 수 없어."

존이 미리 두 번 세 번 주의를 주고 아이가 자기 여행 가방에 넣는 것을 확인했다는데 탑승 수속 때는 그 칼이 주머니에 있었다. 당연히 검색관은 바비의 칼을 압수했다.

"이건 휴대하고 비행기에 오를 수 없습니다. 압수하겠습니다."

그가 칼을 압수하자 바비가 갑자기 검색하는 남자에게 온몸을 날려 돌진하면서 '내 칼 내 놔!' 하고 소리를 질렀다. 공항 경찰이 달려오고

우리 가족
(상단 왼쪽부터 피터, 피터의 부인 스테파니, 손자 앤더슨, 바비, 존, 손자 해리슨 그리고 나)

검색대 앞에서 소동이 벌어졌다. 존과 피터는 바비를 말리고 나는 검색
하던 남자와 경찰에게 바비가 뇌손상을 입은 환자라고 그들에게 이해
를 구했다. 여행 갔다가 귀국할 때 돌려주겠다는 확답을 받은 후에야 바
비의 소동이 진정되었다.

"휴대하지 말고 짐 속에 넣어 부치라고 아버지가 몇 번 말했어? 너
제발 말썽 피우지 마."

피터는 소란을 진정시키느라 진땀을 빼고 비행기에 오르며 바비에게
핀잔을 주었다. 바비는 여행길에 칼을 가지고 가지 못하는 것이 분해서
퉁퉁 부은 채 그 말에 대꾸도 하지 않았다. 이 사건 덕에 비행기 안에서

별 다른 대화 없이 적막한 가운데 목적지 캔쿤까지 날아갔다. 그러나 캔쿤에 막상 도착하자 눈앞에 시원하게 펼쳐진 아름다운 바다와 주변의 멋진 경치와 리조트 광경에 모두들 기분이 나아졌다. 각자 방에 짐을 풀고 모두들 야외 카페로 나갔다. 피터는 예전부터 좋아하던 수상 스키를 타겠다고 했다.

"나도 탈거야."

바비가 피터를 따라 나섰다. 나는 급히 아이를 말렸다.

"넌 균형을 잡지 못하기 때문에 안 돼. 내년에 와서 타."

"내가 할 수 있다는데 왜 또 날 병신 취급하는 거예요?"

바비가 신경질적으로 나에게 대들며 기어이 수상 스키를 타겠다고 우겼다.

"안 된다면 안 돼."

"잘 탈 수 있다니까."

해변이 훤히 보이는 파라솔 아래 앉아 즐겁게 웃고 떠들며 과일과 음료를 즐기던 가족들이 두 사람의 높아진 언성에 조용해졌다. 피터는 '네 마음대로 하라' 며 리조트 아래 수상 스키장 입구로 내려갔다. 바비도 형 뒤를 따라갔다. 나는 두 아이들을 붙잡고 협상을 벌였다.

"그렇게 수상 스키가 타고 싶으면 피터와 함께 타."

한 보트에 두 개의 스키를 매달고 달리는 스키를 권했다. 피터는 그럴 바에야 타지 않겠다고 해서 바비도 수상 스키 타는 일을 포기해야 했다. 초원에서 말을 탈 때도 말다툼이 벌어졌다. 흔들리는 말 위에 앉아 균형을 잡을 수 없는 바비가 혼자 말을 타겠다고 억지를 부렸다. 슈퍼맨의 주인공이었던 유명한 배우 크리스토퍼 리브(Christopher Reeve)가 말에서 떨어져 전신마비가 되어 고통의 삶을 살고 있다는 것은 아는 사람은 다 아는 일이다. 또 말을 타다 다리 골절에 뇌를 다친 사람도 있다는 말을 들은 내가 그 위험한 일을 허락할 수는 없었다. 어떻게 살려놓은 아인데 또 그런 위험한 경기를 하게 내버려 둔단 말인가.

"그럼 내가 골라주는 말을 타."

나는 승마 지도사에게 순하고 얌전한 말을 골라달라고 했다. 그 말을 들은 바비가 불같이 화를 냈다. 말을 타고 하는 폴로와 같은 스포츠를 너무도 하고 싶어 했던 바비였다. 그러나 이는 바비의 몸으로는 불가능한 레저 활동이었다.

"당신은 엄마도 아니야."

핫도그를 사기 위해 바비와 둘이 줄을 서서 기다리는데 바비가 소리질렀고 줄 서 있던 많은 사람들이 모두 힐끗힐끗 우리를 쳐다보았다. 나는 못 들은 척하고 핫도그를 사서 가족들이 기다리는 경기장으로 돌아왔다. 옳고 그른 것을 판단할 능력이 없어 아무 것에나 감정이 폭발하는 자식을 붙들고 싸울 수는 없었다. 바비가 아무리 고집을 부려도 나는 허락하지 않았다.

결국 바비는 피터 뒤에 앉아 말을 타고 경기를 하는 것으로 만족해야 했다. 여행 내내 이런 식이었다. 바비가 해서는 안 되는 일을 고집을 부리면서 하겠다고 하고 나는 반대를 하다 보면 한판 언쟁이 벌어지고 존은 강압적으로 바비를 야단치고 이것은 피터의 기분을 상하게 했다. 여행 사흘 만에 우리 모두는 기진맥진 지쳐버렸다. 쉬러 온 여행이 아니라 아들과 싸우러 온 여행 같았다.

"맘, 나는 먼저 돌아갈래요."

참다못한 피터가 여행 일정 사흘을 남겨두고 먼저 캔쿤을 떠나겠다고 선언했다. 나는 피터와 둘이 앉아 처음으로 진지하게 마음에 있는 진심을 털어놓았다.

"난 네 심정 충분히 이해해. 나도 지쳐서 그냥 돌아가고 싶어. 그렇지만 피터, 우리가 언제 또 이런 여행을 올 수 있을까? 아마 너도 다시는 바비와 여행 오려하지 않을 테고 나도 가족들 기분 망치는 여행 스케줄 다시는 만들지 않을 거야. 네가 떠난다면 우리도 여기 남아 있을 이유가 없어. 당연히 우리도 남은 일정 포기하고 함께 이곳을 떠날 거야. 이렇게 된 우리들이 너무 슬프지 않니?"

"어느 날부터, 아니 정확하게 바비의 사고 이후부터 우리 가족은 다 각자의 인생을 포기한 것 같아요. 특히 엄마의 인생은 바비 때문에 완전히 바뀌고 어긋났잖아요. 나는 엄마처럼 되고 싶지 않아서 일부러 더 바비에게 냉정했는지도 몰라요. 엄마를 보면 정말 화가 나요. 왜 그렇게 사는지. 다른 엄마들은 아들이 아파도 엄마처럼 살지는 않아요."

아버지 존을 닮아 말이 많지 않고 표현을 잘하지 않던 피터가 속마음을 몽땅 내비치기는 처음이었다. 역시 장남은 뭐가 달라도 다른 모양이었다.

"피터, 난 그냥 내 자식을 포기하지 않았을 뿐이야. 희생이라 생각해 본 적이 없어."

"이러다 엄마도 아버지도 건강을 잃을지 몰라요. 자기 자신을 죽이는 일이라고요. 나도 엄마의 가족이고 아들인데 왜 내 생각은 해주지 않는 거예요?"

나는 피터를 끌어안았다. 큰아들을 안아 본 게 얼마만인지 기억이 가물가물했다. 그의 말대로 바비의 사고 이 후 다른 가족은 전혀 신경 쓰지 못했음을 나는 시인해야 했다.

"그렇게 많은 정성과 시간과 돈을 쏟아 부었는데 엄마한테 돌아오는 건 '내 엄마 아니다' 는 말 뿐이잖아요. 엄마의 방법이 틀렸다는 걸 인정하셔야 해요. 과녁을 잘못 맞힌 거라고요."

갑자기 아들의 넓은 가슴이 더욱 믿음직스러웠고 대견했다.

'어느새 네가 성장하여 어른이 되었구나.'

피터의 말대로 내가 바비를 향해 쏜 무수히 많은 화살은 모두 빗나간 화살인지도 몰랐다. 결과가 그렇게 말해주고 있지 않은가. 육체적 회복만큼 정신적 회복에도 노력을 했어야 했는데……. 이런 결과를 얻게 될 줄 왜 몰랐을까 싶었다. 그저 누운 곳에서 일으켜 앉히고, 앉은 곳에서 세우는 일에만 급급해 더 중요한 그 아이의 정신세계나 정신 치료에는 소홀했음을 인정하지 않을 수 없었다.

피터의 양보와 도움으로 나머지 일정은 큰 탈 없이 마쳤다. 나는 존 외에도 내 옆에 든든한 지원자가 있었음을 뒤늦게야 깨우쳤다. 그런 의미에서 캔쿤 여행은 커다란 소득이 있었던 여행이었다.

Perfect love

눈물의 장례식

2013년 늦가을, 정기검진 통지서를 받고 잊고 있다가 한참 후에 기억이 나서 검진을 받았다.

검진 결과 유방에 혹이 잡히니 나와서 조직검사를 받으라는 통지가 왔다. 묘한 기분으로 달려가 조직검사를 받았다. 결과는 암이었다. 유방암이라는 판정을 받고도 실감이 나지 않아 이미 예정되어 있던 컨벤션 행사에 참석하기 위해 뉴저지로 떠났다.

"누나, 지금 제 정신이야? 컨벤션은 무슨 컨벤션이야. 당장 뉴욕으로 와요."

아마도 존이 남동생 어거스틴(한국이름 최명근)에게 내 유방암 소식을 알렸던 모양이었다. 워낙 강경하고 다급하게 호출을 하는 통에 한마디 항변도 못하고 뉴욕 코넬 병원(Cornell Hospital)으로 달려갔다. 병원에 도착하자 바로 다시 한 번 체크를 하여 유방암임을 확인했다.

"뉴욕에서 수술할래요? 휴스턴에서 할래요?"

무조건 수술을 해야 한다고 결정을 내린 동생이 물었다. 나는 존이 오스틴에서 뉴욕까지 왔다 갔다 할 것이 걱정되어 오스틴에서 가까운 휴스턴에서 수술을 받겠다고 했다. 휴스턴도 세계적으로 유명한 암센터가 있는 곳이므로 의료 기술이 뉴욕과 크게 다르지 않을 것 같아 내린 결정이었다. 휴스턴에서 수술 받겠다는 말을 들은 존이 결사적으로 반대하고 나섰다.

"뉴욕 병원에서 수술을 받으면 어거스틴이 최고로 훌륭한 의료팀을 구성해줄 텐데 왜 그것을 마다하고 휴스턴으로 가려는 거야? 세계적으로 유명한 의사 남동생이 자기가 있는 병원으로 오라는데 어디로 가겠다는 거냐고? 아무 말 말고 뉴욕에서 수술을 받도록 해요."

존과 삼십 년을 사는 동안 그처럼 펄펄 뛰면서 내 의사를 무시하고 자기 마음대로 일을 진행시킨 적은 단 한 번도 본 적이 없었다. 나는 그의 기세에 놀라 순순히 그 말에 따랐다. 뉴욕 코넬 병원에 수술 날짜를 잡아 놓고 오스틴으로 돌아와 장기 입원할 준비를 서둘렀다. 가져갈 짐을 챙기고 내가 하던 일들을 잠시 보류할 수 있게 조치를 취하고 내가 없는 동안 손볼 것이 없는지 그 큰 집을 살피느라 바빴다.

그동안 우리에게는 많은 변화가 있었다. 우리는 일을 줄이고 조용히 살고 싶었다. 그래서 다섯 개의 계열회사들을 하나 둘 정리하기 시작했다. 존도 여기저기 널려 있던 부동산들을 정리했다. 나 역시 판매 제품이 한 개에서 500여 개로 늘어난 케미컬 회사를 팔았다. 내가 1년 간 회사에 나가주는 조건이었다. 늘어난 직원들을 교육시키고 제조와 판매를 감시 감독해달라는 말에 나는 기꺼이 그러겠다고 받아들였다. 내가 아끼고 공들여 키운 회사가 남의 손에서 어떻게 돌아가는지 당분간 내 눈으로 확인해야 나도 마음이 편할 것 같았다. 우리는 은퇴를 준비하기 시작했던 것이다.

바비를 위해 개조해서 살던 2층 회사 건물에서 10년 만에 이사를 했다. 존이 5년 동안 심혈을 기울여 손수 지은 멋진 집으로였다. 로마풍의 웅장하면서도 따뜻한 느낌을 주는, 로맨틱한 그 집은 존이 나를 위해서 최고급 동네에 지은 집이라 했다. 손이 큰 존이 아담한 집에서 조용히 살고 싶다는 내 뜻과 달리 크고 고급스러운 집을 지어 또 내 잔소리를 들었다. 무엇이든 나에게는 최고를 주고 싶다던 자신의 소원을 이룬 것이었다.

"또 결국 사고를 치고 말았군. 이게 나를 위하는 길이 아니라고요."

내가 싸움을 걸고 불평을 해대도 존은 대꾸를 하지 않기 때문에 싸움이 성사되지 않았다.

"누가 손 큰 부동산업자 아니랄까봐 이런 대저택을 지었어요?"

4층으로 지어진 집은 로마풍의 죽죽 뻗은 원형 기둥이 위용을 과시했다. 안이 훤히 들여다보이는 대문 쪽보다 남들에게 보이지 않는 집 뒤쪽이 더 위풍당당했다. 단지의 마지막 끝 집임을 활용하여 수영장과 잔디밭, 바비큐 장, 자꾸지(jacuzzi: 물에서 기포가 생기게 만든 욕조)를 모두 뒤쪽 정원에 배치하여 완전한 사생활을 즐길 수 있게 하였다. 존이 일부러 그런 땅을 골랐음을 그가 말하지 않아도 알았다.

수영장은 어느 대형 호텔 수영장보다 규모가 크고 화려했다. 수영장 사방에서 분수가 쏟아지게 만들어 밤에 색색가지 조명을 켜면 수영장과 분수가 어우러져 장관을 이루었다. 아마도 그가 마음먹고 그동안의 경험을 통해 쌓은 노하우를 총동원하여 지은 집 같았다. 나로서는 이건 부질없는 사치고 낭비였지만 그것도 그의 행복이고 즐거움인 것 같아서 더 이상 아무 말도 하지 않기로 했다.

"수술 받으러 갈 사람이 뭘 그렇게 준비할 게 많아?"

"당신이 너무 큰 집을 지은 덕이죠."

"또 그 소리. 당신 없어도 다 알아서 관리할 테니까 아무 걱정 말고 수술 받아요."

우리 모임의 멤버인 친구부부들이 내가 뉴욕으로 수술 받으러 간다는 소리를 듣고 우리 부부를 위로하고 돌아가면서 집을 살펴봐 주기로 했다고 한다. 그들이라면 나도 안심하고 맡길 수 있었다. 책임감이 강하고 맡은 일은 끝까지 수행하는 철저한 친구들이니까. 뉴욕으로 떠나기로 한 전날 밤, LA에서 아버지가 감기로 병원에 입원했다는 연락이 왔다.

"아무래도 LA를 들러 아버지를 뵙고 뉴욕으로 가야겠어."

나는 고민 끝에 존과 동생 어거스틴에게 말했다. 어거스틴을 비롯한 뉴욕 코넬 병원의 의사들은 나의 현 상태로 여행을 하는 것은 위험하며 몸이 상하면 수술도 힘들어진다고 LA행을 극구 반대했다. 그래도 나는 내 뜻을 꺾지 않았다. 수술하다 내가 잘못될 수도 있고 85세의 나이 많은 아버지가 병환이 더 심해질 수도 있는데 이번에 못 뵙고 갔다가 평생 후회할 일이 생길지도 모른다 싶었다.

"딱 나흘만 수술 날짜를 연기해 주세요. 아버지 얼굴을 꼭 보고 수술하고 싶어요."

내 의지가 너무도 확실해서 동생도 존도 더는 말리지 못했다. 입원실에 누워 있는 아버지를 보며 '오길 잘했다'는 생각이 들었다. 한동안 안 뵌 사이에 유난히 더 늙어 보여 낯선 노인을 보는 것 같은 느낌이었다.

우리 아버지가 이렇게 힘없고 쪼그라진 노인이라고 느껴본 적이 없었다. 나는 아버지 병상을 지키며 오랜만에 많은 이야기를 나누었다.

"아버지, 어거스틴은 미국에서뿐 아니라 세계적으로도 유명한 호흡기 내과 의사예요. 심지어 대통령들도 어거스틴으로부터 치료를 받고 싶어 하는 귀한 존재가 됐다고요."

나는 핸드폰에 저장된 사진 앨범에서 어거스틴의 사진들을 보여주었다. 그의 연구소, 병원, 그가 이끄는 의료진들, 각 나라 국빈들과 찍은 사진을 보여주자 아버지가 기쁨의 눈물을 흘렸다. 새엄마 때문에 자식들이 왕래를 끊자 자식들에게 섭섭하셨는데 그 중에서도 유일하게 의사로써 자기 후계자가 된 어거스틴에게 서운하셨던 것 같다.

"자식은 품안에 안겨 있는 것보다 나가서 성공하는 게 더 큰 효도를 하는 거라고 생각하세요. 어거스틴은 아버지의 꿈을 대신 이루어 준 효자라고 생각하세요."

아버지가 고개를 끄덕이며 '내 아들 어거스틴' 하고 작게 혼잣말처럼 중얼거렸다. 정신이 맑은 상태의 아버지와 나는 모처럼 정말 많은 대화를 주고받았다. 내가 뉴욕으로 떠날 날이 다가오는데 아버지의 병세는 점점 악화되어 갔다. 내가 뉴욕으로 떠날 때는 산소마스크를 쓸 정도로 심각해졌지만 내 수술을 미룰 수도 없었다.

나는 결국 예정대로 뉴욕으로 날라 가서 유방암수술을 받고 3주 동안 입원해 있었다. 수술 후 마취가 깨고 의식을 회복하자마자 나는 아버지 병세부터 궁금했다. 아버지는 내가 떠나던 날 이후 내내 혼수상태라고 했다. 아버지를 만나고 뉴욕으로 온 것은 정말 잘한 일이었다. 유방절제수술 후 수술한 부위에서 빠져 나오는 피고름 주머니, 수액 관, 혈액 관 등 주렁주렁 내 몸에 달린 기기들을 바라보며 열심히 살아온 대가가 겨우 이것인가 하는 착잡한 심정이 되었다.

죽기 살기로 힘들게 살아 온 아버지는 병석에 누워 혼수상태이고 남편과 자식을 위해 젊음을 바친 나는 암에 걸려 이 꼴이라니 생각하니 서러웠고 눈물이 핑 돌았다. 자궁적출수술에 이제 유방절제수술까지 받았으니 여자라고 할 수도 없는 몸이 되어 버린 것 같아 더 서글프고 삶의 회의가 느껴졌다.

"이 상태라면 내일이나 모레 퇴원해도 좋다는 군. 종양은 깨끗이 잘 제거되었으니 안심해도 된대. 입원한 김에 며칠 더 요양하는 게 어때?"

존은 나를 병원 가까이에 있는 센트럴 파크(Central Park)에서 산책을 시키면서 나의 의견을 물었다. 늘 조잘대며 말을 잘 하던 내가 이런 저런 상념과 회의에 젖어 조용해지자 그 대신 과묵한 존이 말이 늘었다. 난 침묵하고 있다가 아버지를 보러가고 싶다고 했다.

"아버지를 보러 다시 LA로 가고 싶어요."

"지금의 당신 건강 상태로는 무리야. 좀 나아지면 갑시다."

"아버지를 꼭 보고 싶어요. 이번에 안보면 후회할 것 같아."

존의 반대를 무릅쓰고 병원으로 돌아와 LA로 가려는 비행 스케줄을 짜고 있을 때 전화가 울렸다. 아버지께서 돌아가셨다는 소식이었다.

새엄마의 아들이 임종을 지켰다고 했다. 나는 뭔가 불안한 느낌이 자꾸 들었었는데 아마도 아버지와의 사별을 무의식중에 느꼈나보다. 아버지의 부음을 전해 듣고 나는 미친 듯이 울었다. LA로 떠날 준비를 서둘렀다. 새엄마와의 재혼 때문에 자주 뵙지 못한 아버지에 대한 후회로 우리 형제들은 더 많이 눈물을 쏟았다. 죄송한 마음과 그리운 마음에 장례식장은 눈물바다가 되었다. 나는 뉴욕으로 수술을 받으러 가던 길에 만났던 그 초라한 노인의 모습이 자꾸 떠올라 가슴이 미어졌다.

주렁주렁 피고름 주머니는 LA로 오기 바로 직전에 떼었지만 나는 아직도 진통제 등으로 온몸이 천근만근 무거웠고 정신이 또렷하지 않았지만 장례식 절차를 밟기 시작했다. 나는 고향 렉싱턴에 있는 우리 엄마 산소 곁으로 아버지를 모시고 싶었다.

LA가 미국 서부 끝 쪽에 있다면 렉싱턴은 동부 쪽에 가까워서 3,500km나 떨어져 있다. 아버지는 유언으로 자신을 화장해 줄 것과 유골을 나누어 반은 25년을 함께 산 둘째 처와 묻어주고 나머지 반은 첫째 아내 옆에 묻어달라고 하셨지만 나는 아버지의 유골을 둘로 나누는 일을 할 수 없었다.

나는 새엄마에게 렉싱턴에서 장례비용을 모두 부담할 테니 나에게 아버지 유골을 우리 엄마 곁에 모실 수 있게 해달라고 부탁했다. 새엄마는 잠시 생각하더니 그렇게 하라고 했다. 나는 그렇게 하게 해준 새엄마가 정말 고마웠다.

아버지는 LA에서 은퇴는 했지만 마지막 숨을 거둘 때까지 의사의 삶을 사셨다. 그는 은퇴 후에도 계속 환자를 돌보아 주었는데 특히 많은 한국의 노인환자들을 친구처럼 돌보아주었다. 그래서 그런지 그의 장례식은 수많은 한국인들, 환자뿐 아니라 병원 의료진들로 가득 찼다. 장례식 전날 밤, 나는 아버지의 꿈을 꾸었는데 그가 흰색 환자복을 입고 하늘로 올라가는 꿈이었다. 그런데 미국식 환자복은 뒤에 옷고름이 달려 있어 묶게 되어 있는데 아버지의 옷고름이 풀려 있어 그의 뒷등이 훤히 드러났다. 평상시 늘 꼼꼼하고 실수가 없던 아버지라 꿈에서도 이상하게 생각되었다. 나는 그 꿈이 생각날 때마다 아버지를 생각했고 아버지를 생각하면 또 그 꿈이 떠올랐다. 아버지가 나에게 뭔가 하고픈 말을 꿈으로 보여준 것 같다는 생각이 들었다.

장례식이 열리던 날은 날씨가 화창하고 아름다웠다. 가톨릭 장례식을 전담하는 곳에 있는 조그만 채플(chapel; 소규모 예배실)에서 장례식이 열렸다. 아버지 군 시절 부하였던 군인들이 아버지 부음 소식을 듣고 찾아와 군대식 장례를 치르게 되었다. LA에서의 장례식을 잘 마치고 우리는 아버지 시신을 렉싱턴 엄마 곁으로 모실 준비에 착수했다.

LA공항에서 렉싱턴 공항까지는 총 12시간이 소요되며 중간에 다른 곳에서 비행기를 갈아타야 한다. 그런데 비행기를 환승할 때 아버지의 관이 연결편 비행기에 옮겨지지 않아 관의 행방이 묘연해져서 소동이 벌어졌다. 렉싱턴에 있는 우리들은 이미 아버지의 장례식 준비를 다해 놓고 기다리고 있는데 아버지의 관을 찾을 수가 없었다. 아버지 군 시절 부하들도 함께 장례치를 준비를 하고 시신이 도착하기만 기다리고 있었다.

결국 우리는 시신 없는 관을 놓고 장례를 치러야 했다. 오빠 프란시스코는 비행기 환승한 곳에서 관을 찾기 위해 항공사와 연락을 취하며 기다렸다. 결국 이틀 만에 아버지 관을 찾았고 우리는 엄마 곁에 아버지를 모실 수 있었다.

장례식 후, 집으로 돌아오자 쌓였던 피곤이 몰려왔다. 며칠을 북받쳐 오는 슬픔에 엉엉 울다가 잠이 들곤 했다. 한편으로 세상과 신이 원망스러웠고 모든 것에 화가 났다. 함께 많은 시간도 못 보내고 그렇게 아버지를 떠나보내야 했던 것도 화가 났고, 의사였던 아버지가 그렇게 폐렴으로 세상을 떠난 것에도 화가 났다. 또 내가 암에 걸렸다는 사실에도 화가 났다. 누구보다 열심히 인생을 산 나와 아버지인데 우리가 왜 이러한 가혹한 처벌을 받아야 하는지 이해할 수가 없었고 그러니 용납할 수도 없었다.

아버지의 죽음은 나에게 큰 충격이었다. 물론 당신이 평생 사실 것이라 생각은 하지 않았지만 내 삶의 모델이었고 평생 존경했던 아버지를 그렇게 허무하게 떠나보낼 줄은 꿈에도 생각지 못했다. 아버지의 죽음으로 난 한동안 슬럼프에 빠진 생활을 했다. 만사가 다 싫었고 짜증스러웠으며 인생을 산다는 게 허무하게 느껴졌다. 내 몸에서 떼어낸 암세포가 언제 다시 뿌리를 내릴지 실상 알 수도 없기에 남은 인생이 얼마나 될지 제대로 가늠할 수도 없지만.

우연히 뒤적거리던 빛바랜 저널 속에서 나는 메모지 한 묶음을 발견했다. 내가 바비의 사고 이후 틈만 나면 적어놓았던 메모지 다발이었다. 바비의 사고를 계기로 전혀 예상하지 못했던 내 인생의 전환점을 맞으면서 나는 꼭 누군가에게 나의 이야기를 들려주고 싶다는 생각을 했다. 처음은 막연히 나의 가족들과 가까운 친구에게라도 내가 어떻게 바비를 코마에서 깨어나게 했고 또 그를 간병했는지 알려주고 싶어 적기 시작했다.

바비의 간병이 장기화되다 보니 메모지도 점점 많아지고 두꺼워졌다. 이 안에는 바비의 상태에 따라 시시각각으로 변한 나의 감정들, 나의 희로애락이 담겨져 있고, 또 어떻게 뇌손상 당한 환자를 대해야 하고 용기를 주며 치료를 받도록 도울 수 있는지 등 삶의 지혜도 담겨져 있다.

자식을 간병하는 엄마들은 지푸라기 하나라도 붙잡고 싶은 심정일 때가 많다. 누군가의 비슷한 경험담은 유용한 정보를 제공한다는 점에서만 도움이 되는 것이 아니라 나아가 위로가 되어줄 수 있고 용기와 희망을 줄 수 있다고 생각했다. 그래서 나의 이야기를 책으로 묶어야겠다고 생각했다.

그러나 생각과 달리 책에 손을 대지 못한 채 많은 시간이 흘렀다. 나의 가혹한 현실은 나에게 시간을 허락지 않았다. 바비의 간병과 나의 사업 또 존의 건강 등이 우선 내 돌봄을 필요로 했다. 이제 곧, 이제 곧 하는 마음으로 20년을 흘려보내고 말았다. 지난 2013년은 나의 인생의 또 다른 전환점이 되었다. 나의 사랑하는 아버지와의 영원한 이별과 나의 건강에 경종을 울린 암이 동시에 나를 찾았다. 더 이상 건강을 아니 다른 어떤 것도 예측할 수 없는 시점에 이른 것 같다. 건강이 흔들려서인지 마음도 덩달아 약해지는 것 같다.

더 이상 시간이 없다고 생각하니 책 쓰는 일이 절실해졌고 마음이 급해졌다. 이제는 시간과 건강이 나를 무한정 기다려주지 않을 거라는 걸 안다. '더 늦기 전에' 하는 마음으로 시작했다. 나와 같은 세상의 많은 엄마들에게 바비의 이야기와 내 이야기를 꼭 들려주고 싶어서 20년이 지났지만 글을 쓰기 시작했다. 자식들 때문에 슬픔에 빠진 엄마들, 희망과 용기를 필요로 하는 많은 엄마들에게 이 책을 바치고 싶다.

나는 다른 회사들을 정리하는 대신에 그 동안 관심을 가져왔던 노화방지 스킨케어 (anti-aging skin care) 사업을 구상하기 시 작했다. 나처럼 젊음을 잃어가는 여자들을 위해 무언가 하고 싶었다. 나는 오랜 동안 연구하고 시장조사를 하여 노화방지에 효 과가 좋은 스킨케어 제품들을 만들어 냈다. 주름방지와 주름 개선에 탁월한 성분을 찾 아냈고 이러한 각 성분들을 어떻게 처리해

서 결합해야 가장 큰 효과가 나오는지도 알아냈다. 나는 브랜드 이름을 '더마 루 시아' 라고 붙였다. 효과적인 성분들을 잘 조합하여 만들어진 효과적인 제품들을 효과적인 방법으로 사용하여 최고의 노화방지 효과를 보자는 것이 나의 마케팅 전략이다.

한 제품 한 제품들을 오랜 동안 케미컬 회사를 운영하면서 배운 노하우와 경험을

뉴욕에 있는 마케팅 회사에서 '더마 루시아(Derma-Lucia)'라는
브랜드 이름을 결정하는 데 사용한 사진

노화방지를 위한 스킨케어 브랜드 '더마 루시아' 런칭(launching)
직전 존과 나

이용해서 개발해 냈다. 각 제품마다 의약품에 이용되는 원료들을 고농도로 함유
시키고 최신 과학기술인 나노 바이오테크놀로지(nano bio-technology)를 이용,
피부 깊숙이 침투하도록 만들었다. 이전 케미컬 회사는 내가 먹고 살기 위한 방편
으로 시작했고 27년 동안 죽도록 일해 자리 잡게 되었다면 이 사업은 정말 내가 오
랜 동안 꿈꾸어오고 소망해 왔던 사업이었다.

이 사업을 위해 회사 웹사이트(www.derma-lucia.com)를 준비 하던 중에 암 선고를 받았다. 일단 암수술이 성공적으로 이루어져 한시름 놓았지만 재발의 가능성이 높다고 한다. 또 간도 유전적으로 약하고 면역력도 낮아 나는 시한부 인생을 사는 것 같은 때가 많다. 엄마가 젊은 나이로 돌아가셨던 것도 늘 맘에 걸린다.

그래서 나는 늘 초조하고 쫓기는 느낌으로 산다. 그러나 나는 아직도 할 일이 너무 많다. 이제 막 시작된 나의 꿈의 스킨케어 사업도 성장시켜야 하고, 바비에게 계속 언어치료와 정신치료를 받도록 잔소리도 해야 하고, 피터와 피터의 가족들에게도 더 나은 엄마와 할머니 노릇도 해야 한다. 그동안 바비 때문에 소홀히 했던 것을 감안해 몇 배로 더 듬뿍. 존이 또 어지럼증으로 쓰러지지 않게 미리 그의 건강을 보살펴야 한다. 나의 형제자매들에게도 더 자주 안부를 묻고 더 많은 시간을 함께 보내고 싶다. 하고 싶고 해야 할 일은 너무나 많다.

그래도 여전히 나의 가장 아픈 손가락은 바비이고 가장 신경이 많이 쓰이는 사람도 바비이다. 바비 자신은 인정하고 싶지 않겠지만 바비는 아직도 나를 필요로 한다. 나는 바비의 치료가 끝났다고 생각지 않는다. 20대에 안되면 30대, 30대에 안되면 40대가 되더라도 바비는 치료를 통해 더 나아질 수 있고 더 나은 인간으로 살 수 있다고 믿는다. 바비 자신과 끝없는 전쟁으로 지치고 아버지의 죽음과 나의 암으로 잠시 주춤했지만 난 바비의 치료를 다시 시작하려 한다. 평생 미완성으로 살게 되더라도 더 멋진 미완성의 바비를 만들기 위해 언어치료와 정신치료를 계속해야 한다.

누가 뭐라 하든 또 결과가 어떻든 나는 내 사랑을 지키기 위해 최선을 다해 살아왔고 그래서 후회는 없다. 사람이 사람을 진심으로 사랑한다는 것은 자기 것을 남김없이 모두 다 주는 것이라고 생각하기에 나는 그것을 희생이라 부르지 않는다. 희생은 자기를 버리는 것이지만 나는 내 안에 충만함을 얻기 위해 사랑했으므로.

암수술을 받고 회복 중에 책 쓰기를 시작했다. 바비의 사고 직후부터 20년 동안 구상만 하고 실천에 옮기지 못했던 나의 프로젝트였다. 그렇게 시작된 책이 일년 만에 이제 겨우 끝이 보인다. 글을 쓰면서 나는 정말 내가 어떻게 견뎌냈을까 하는 고통스런 시간들을 여러 번 만났다. 어떤 때는 오기로, 어떤 때는 나 자신과의 약속 때문에, 어떤 때는 강한 내 모습을 존에게 보여주기 위해서 견뎌내었을 것이 분명하다. 나는 어떤 이유로든 견뎌내고 이겨냈음을 자랑스럽게 생각한다.

모든 어머니들에게, 모든 뇌손상 환자를 둔 가족들에게 환자를 포기하지 않는 법을 알려주겠다던 내 의도와 달리 나의 힘든 모습만 보여준 것은 아닌지 염려스럽다. 그래도 이 책 한 권이 그들에게 작은 힘이 되기를 바라는 마음은 책을 시작할 때나 책을 마치는 지금이나 변함이 없다.

내가 특별한 사람이라서 이 책을 쓴 것이 아니고 내가 특별하다는 것을 보여주기 위해 이 글을 쓴 것은 더더욱 아니다. 내가 이 책을 통해 진정으로 말하고 싶은 것은 변하지 않는 사랑만 있으면 포기하지 않는 용기와 희망을 얻게 된다는 것이다.

완벽한 사랑

루시아 최 허 에세이

발행처 · 도서출판 청어
발행인 · 이영철
영 업 · 이동호
홍 보 · 최윤영
기 획 · 천성래 | 이용희
편 집 · 방세화 | 이서윤
디자인 · 김바라 | 서경아
제작부장 · 공병한
인 쇄 · 두리터

등 록 · 1999년 5월 3일(제22-1541호)

1판 1쇄 인쇄 · 2015년 2월 1일
1판 1쇄 발행 · 2015년 2월 10일

주소 · 서울 서초구 효령로55길 45-8
대표전화 · 586-0477
팩시밀리 · 586-0478

홈페이지 · www.chungeobook.com
E-mail · ppi20@hanmail.net
ISBN · 979-11-85482-80-4(03810)